一種學問，總要和人之生命、生活發生關係。凡講學的若成為一種口號或一集團，則即變為一種偶像，失去其原有之意義與生命。

錢　穆

一般學術著作大多是知識性的、理論性的、純客觀的記敍，而先生的作品則大多是源於知識卻超越於知識以上的一種心靈與智慧和修養的昇華。……我之所以在半生流離輾轉的生活中，一直把我當年聽先生講課時的筆記始終隨身攜帶，唯恐或失的緣故，就因為我深知先生所傳述的精華妙義，是我在其他書本中所絕然無法獲得的一種無價之寶。古人有言"經師易得，人師難求"，先生所予人的乃是心靈的啟迪與人格的提升。

葉嘉瑩

中國古典詩詞感發

顧隨 著 葉嘉瑩 筆記

商務印書館

本書由北京大學出版社有限公司授權出版發行繁體字版

中國古典詩詞感發

作　　者：顧隨 著　葉嘉瑩 筆記

整　　理：顧之京　高獻紅

責任編輯：楊克惠

出　　版：商務印書館 (香港) 有限公司

　　　　　香港筲箕灣耀興道 3 號東滙廣場 8 樓

　　　　　http://www.commercialpress.com.hk

發　　行：香港聯合書刊物流有限公司

　　　　　香港新界大埔汀麗路 36 號中華商務印刷大廈 3 字樓

印　　刷：美雅印刷製本有限公司

　　　　　九龍觀塘榮業街 6 號海濱工業大廈 4 樓 A

版　　次：2013 年 1 月第 1 版第 1 次印刷

　　　　　© 2013 商務印書館 (香港) 有限公司

　　　　　ISBN 978 962 07 4479 2

　　　　　Printed in Hong Kong

顧隨和他的學生們

目　錄

紀念我的老師清河顧隨羨季先生

　　顧師羨季先生本名顧寶隨，河北省清河縣人，生於 1897 年 2 月 13 日（農曆丁酉年正月十二日）。父金墀公為前清秀才，課子甚嚴。先生幼承庭訓，自童年即誦習唐人絕句以代兒歌，5 歲入家塾，金墀公自為塾師，每日為先生及塾中諸兒講授《四書》、《五經》、唐宋八家文、唐宋詩及先秦諸子中之寓言故事。1907 年先生 11 歲始入清河縣城之高等小學堂，三年後考入廣平府（永年縣）之中學堂，1915 年先生 18 歲時至天津求學，考入北洋大學，兩年後赴北京轉入北京大學之英文系，改用顧隨為名，取字羨季，蓋用《論語·微子》篇「周有八士」中「季隨」之義；又自號為苦水，則取其發音與英文拼音中「顧隨」二字聲音之相近也。1920 年先生自北大之英文系畢業後，即投身於教育工作。其初在河北及山東各地之中學擔任英語及國文等課，未幾應聘赴天津，在河北女師學院任教。其後又轉赴北京，曾先後在燕京大學及輔仁大學任教，並曾在北京師範大學、北平大學、女子文理學院、中法大學及中國大學等校兼課。新中國成立後一度擔任輔仁大學中文系系主任。1953 年轉赴天津，在河北大學前身之天津師範學院中文系任教，於 1960 年 9 月 6 日在天津病逝，享年僅 64 歲而已。先生終生盡瘁於教學工作，新中國成立前在各校所曾開設之課程，計有《詩經》、《楚辭》、《文選》、唐宋詩、詞選、曲選、《文賦》、《論語》、《中庸》及中國文學批評等多種科目。在天津任教時又曾開有毛主席詩詞、中國古典戲曲、中國小說史及佛典翻譯文學等課。先生所遺留之著作，就嘉瑩今日所收集保存者言之，計共有詞集 8 種（共收詞 500 餘首），劇集 2 種（共收雜劇 5 本），詩集 1 種（共收古、近體詩 84 首），詞說 3 種（《東坡詞說》、《稼軒詞說》以及《毛主席詩詞箋釋》），佛典翻譯文學講義 1 冊，講演稿 2 篇，看書札記 2 篇，未收入劇集之雜劇 1 種，及其他零散之雜文、講義、講稿等多篇，此外尚有短篇小說多篇曾發表於 20 世紀 20 年代中期之《淺草》及《沉鐘》等刊物上，又有《揣龠錄》一種曾連載於《世間解》雜誌中，及未經發表刊印之手稿多篇，分別保存於先生之友人及學生手中。

我之從先生受業，蓋開始於 1942 年之秋季，當時甫升入輔大中文系二年級，先生來擔任唐宋詩一課之教學。先生對於詩詞具有極敏銳之感受與極深刻之理解，更加之先生又兼有中國古典與西方文學兩方面之學識及修養，所以先生之講課往往旁徵博引，興會淋漓，觸緒發揮，皆具妙義，可以予聽者極深之感受與啟迪。我自己雖自幼即在家中誦讀古典詩詞，然而卻從來未曾聆聽過像先生這樣生動而深入的講解，因此自上過先生之課以後，恍如一隻被困在暗室之內的飛蠅，驀見門窗之開啟，始脫然得睹明朗之天光，辨萬物之形態。於是自此以後，凡先生所開授之課程，我都無不選修，甚至在畢業以後，我已經在中學任教之時，仍經常趕往輔大及中國大學旁聽先生之課程。如此直至 1948 年春我離平南下結婚時為止，在此一段時間內，我從先生所獲得的啟發、勉勵和教導是述說不盡的。

先生的才學和興趣，方面甚廣，無論是詩、詞、曲、散文、小說、詩歌評論，甚至佛教、禪學，都曾留下了值得人們重視的著作，足供後人之研讀景仰。但作為一個曾經聽過先生講課有五年以上之久的學生而言，我以為先生平生最大之成就，實在還並不在其各方面之著述，而更在其對古典詩詞之教學講授。因為先生在其他方面之成就，往往尚有蹤跡及規範的限制，而唯有先生之講課則是純以感發為主，全任神行，一空依傍。是我平生所接觸過的講授詩詞最能得其神髓，而且也最富於啟發性的一位非常難得的好教師。先生之講課既是重在感發而不重在拘狹死板的解釋說明，所以有時在一小時的教學中，往往竟然連一句詩也不講，自表面看來也許有人會以為先生所講者都是閒話，然而事實上先生所講的卻原來正是最具啟迪性的詩詞中之精論妙義。昔禪宗說法有所謂“不立文字，見性成佛”之言，詩人論詩亦有所謂“不涉理路，不落言筌”之語。先生之說詩，其風格亦頗有類乎是。所以凡是在書本中可以查考到的屬於所謂記問之學的知識，先生一向都極少講到，先生所講授的乃是他自己以其博學、銳感、深思，以及其豐富的閱讀和創作之經驗所體會和掌握到的詩詞中真正的精華妙義之所在，並且更能將之用多種之譬解，做最為細緻和最為深入的傳達。除此以外，先生講詩詞還有一個特色，就是常把學文與學道以及作詩與做人相並立論。先生一向都主張修辭當“以立誠為本”，以為“不誠則無物”。所以凡是從先生受業的學生往往不僅在學文作詩方面可以得到很大的啟發，而且在立身為人方面也可以得到很大的激勵。

凡是上過先生課的同學一定都會記得，每次先生步上講台，常是先拈舉一個他當時有所感發的話頭,然後就此而引申發揮,有時層層深入,可以接連講授好幾小時甚至好幾週而不止。舉例來說,有一次先生來上課,步上講台後便轉身在黑板上寫了三行字:"自覺,覺人;自利,利他;自渡,渡人。"初看起來,這三句話好像與學詩並無重要之關係,而只是講為人與學道之方,但先生卻由此而引發出了不少論詩的妙義。先生所首先闡明的,就是詩詞之主要作用,是在於使人感動,所以寫詩之人便首先需要有推己及人與推己及物之心。先生以為必先具有民胞物與之同心,然後方能具有多情銳感之詩心。於是先生便又提出說,偉大的詩人必需有將小我化而為大我之精神,而自我擴大之途徑或方法則有二端:一則是對廣大的人世的關懷,另一則是對大自然的融入。於是先生遂又舉引出杜甫《登樓》一詩之"花近高樓傷客心,萬方多難此登臨"為前者之代表,陶淵明《飲酒》詩中之"採菊東籬下,悠然見南山"為後者之代表;而先生由此遂又推論及杜甫與陸游及辛棄疾之比較,以及陶淵明與謝靈運及王維之比較;而由於論及諸詩人之風格意境的差別,遂又論及詩詞中之用字遣詞,和造句與傳達之效果的種種關係,甚且將中國文字之特色與西洋文字之特色做相互之比較,更由此而論及於詩詞中之所謂"錘煉"和"醞釀"的種種功夫,如此可以層層深入地帶領同學們對於詩詞中最細微的差別做最深入的探討,而且絕不憑藉或襲取任何人云亦云之既有的成說,先生總是以他自己多年來親自研讀和創作之心得與體驗,為同學們委婉深曲地做多方之譬說。昔元遺山論詩絕句曾有句云:"奇外無奇更出奇,一波才動萬波隨。"先生在講課時,其聯想及引喻之豐富生動,就也正有類乎是。所以先生之講課,真可說是飛揚變化、一片神行。先生曾經把自己之講詩比做談禪，還寫過兩句詩說："禪機説到無言處，空裏游絲百尺長。"這種講授方法，如果就一般淺識者而言，也許會以為沒有世俗常法可以依循，未免難於把握，然而卻正是這種深造自得、左右逢源之富於啟發性的講詩的方法，才使得跟隨先生學詩的人學到了最可珍貴的評賞詩詞的妙理。而且當學生們學而有得以後，再一回顧先生所講的話，便會發現先生對於詩詞之評析實在是根源深厚、脈絡分明。就仍以前面所舉過的三句話頭而言，先生從此而發揮引申出來的內容，實在相當廣泛，其中既有涉及詩詞本質的本體論，也有涉及詩詞創作之方法淪，更有涉及詩詞之品評的鑒賞論。因此談到先生之教學，如果只如淺見者之以為其無途徑可以依循，固然是一種錯誤，而如果只欣賞其當時講課之生動活潑之情趣，或者也還不免有買櫝還珠之憾。先生所講的有關詩詞之精微妙理是要既有能"入"的深心體會，又有能"出"的通觀妙解，才能真正有所證悟的。我自己既自慚愚拙，又加以本文體例及字數之限制，因此現在所寫下來的實在僅是極粗淺、極概略的一點介紹而已。

　　如我在前文所言，我聆聽羨季先生講授古典詩詞，前後曾有將近六年之久，我所得之於先生的教導、啟發和勉勵，都是述説不盡的。關於先生講課之詳細內容，我多年來保存有筆記多冊，現已請先生之幼女顧之京君代為謄錄整理，編入先生之遺集，可供讀者研讀參考之用。

受業弟子葉嘉瑩謹識

開場白

詩之感發作用 [1]

自覺	覺人
自利	利人
自渡	渡人
自了漢	自救不了

平實	儒	知恥近乎勇（《中庸》）
虛無	道	萎靡　　否定
空	佛	大雄

意在救人尚不免於害人，況意在害人？

　　《論語》有"聞一而以知十"（《公冶長》）、"舉一而反三"（《述而》）之言，皆推而廣之、擴而充之之意。孟子言"推恩足以保四海，不推恩無以保妻子"（《孟子·梁惠王上》），孔子所謂"仁"，即孟子所謂"推"。人、我之間，常人只知有我，不知有人；物、我之間，只知有物，忘記自我，皆不能"推"。

　　詩根本不是教訓人的，是在感動人，是"推"、是"化"—道理、意思不足以征服人。《花間集》中顧敻詞曰："換我心為你心，始知相

---

① 葉嘉瑩在此段筆記前加括弧總結為"感發作用"四字。

憶深。"(《訴衷情》）做人、作詩實則"換他心為我心，換天下心為我心"始可。

　　王國維《人間詞話》曰："詩人必有輕視外物之意，故能以奴僕命風月。又必有重視外物之意，故能與花鳥共憂樂。"與花鳥共憂樂，即有同心，即仁。感覺銳敏，想像發達，然後能有同心，然後能有詩心。

卷 一

唐之編

初唐三家詩

一　王績五律《野望》

東皋薄暮望，徙倚欲何依。

樹樹皆秋色，山山唯落暉。

牧童驅犢返，獵馬帶禽歸。

相顧無相識，長歌懷采薇。

王績，字無功，王通（文中子，人稱"門多將相文中子"）之弟，善飲，作有《五斗先生傳》，又作《醉鄉記》。

王無功寫《野望》時心是無着落的。"徙倚欲何依"，"欲何依"三字是一種無可奈何的心情，亦即寂寞心。真正寂寞 —— 外表雖無聊而內心忙迫，王氏此詩便在此情緒中寫出。

王氏此詩是淒涼的。平常人寫淒涼多用暗淡顏色，不用鮮明顏色。"樹樹"兩句，"牧童"兩句，"相顧"兩句，生機旺盛。

“樹樹皆秋色，山山唯落暉”是內外一如，寫物即寫其心，寂寞、悲哀、淒涼、跳動的心。若但曰“樹樹秋色，山山落暉”，便死板了。“牧童驅犢返，獵馬帶禽歸”，是生的色彩。若但曰“牧童驅犢，獵馬帶禽”，也死板了。此二句是“事”，既曰“事”，自有生、有人。無功寫此二句時，真與牧童、獵人同情。“牧童驅犢返”，多麼自在；“獵馬帶禽歸”，多麼英俊！無功的確感到其自在、英俊（有英氣）。（自得與自在不同，自在是靜的，自得是動的。自得，非取自別人，是收穫而能與自己調和，成為自己的東西。君子在禮樂廟堂中固可自得，即是綁赴法場，仍是自得。此近於佛家所謂性不滅。）

“牧童驅犢返，獵馬帶禽歸”，真是生的色彩。杜審言《和晉陵陸丞早春遊望》[①]：

> 雲霞出海曙，梅柳渡江春。

詩中二句是生的色彩、力的表現，它遮天蓋地而來，而又真自在。全首只此二句好。王維詩《觀獵》：

> 風勁角弓鳴，將軍獵渭城。
> 草枯鷹眼疾，雪盡馬蹄輕。

不能將心、物融合，故生的色彩表現不濃厚。王維四句不如無功“獵馬帶禽歸”一句。

王氏首尾四句不見佳，然詩實自此出，此詩之成為好詩不只在中間兩聯。

---

① 《和晉陵陸丞早春遊望》全詩如下：“獨有宦遊人，偏驚物候新。雲霞出海曙，梅柳渡江春。淑氣催黃鳥，晴光轉綠蘋。忽聞歌古調，歸思欲沾襟。”

二　沈佺期七律《古意》

> 盧家少婦鬱金堂，海燕雙棲玳瑁樑。
> 九月寒砧催木葉，十年征戍憶遼陽。
> 白狼河北音書斷，丹鳳城南秋夜長。
> 誰為含愁獨不見，更教明月照流黃。

沈佺期，字雲卿。以人品論，沈雲卿不及王無功，王為隱士，狷潔自好；沈品不高，中宗時的韋后執政，沈尚為作《迴波詞》。

"古意"下或有"呈喬補闕知之 ②"，又"古意"一作"獨不見"。

唐詩之好處有兩點：（一）韻味（神韻）、韻；（二）氣象。韻味有遠近，氣象有大小。凡一種作品文體初一發生時氣象皆有闊大處，五言詩之在漢，七言詩之在唐，詞之在北宋，曲之在元，皆氣象闊大，雖然談不到細緻。晚唐詩每字稱量而出，故不及盛唐氣象。王無功由隋入唐，故其詩帶點悽愴衰颯情味。魯迅先生作品亦然，凝練結果真成一種寂寞，不但冷淡是如此，寫熱烈亦然，終不能闊大、發皇。

沈佺期詩真是初唐詩，氣象好，色彩、調子好。

《古意》略說：

首言"盧家少婦"，則莫愁也；堂曰"鬱金"，樑曰"玳瑁"，則豪家也。"海燕雙棲"，則良辰美景也。一首愁苦之詩，看他開端如此富麗，且莫說是修辭學所謂"對比"。

三句"九月寒砧催木葉"言閨中，四句"十年征戍憶遼陽"言塞外，始入本意，正寫愁苦，而音節如此朗暢，氣象如此闊大，以視後

---

② 　知之：喬知之，生卒年不詳，唐武后時為左補闕。

人，一切愁苦皆被壓倒，真乃天地懸隔也。詩人對人生極富同情心，而另一方面又極冷酷，言人之所不能言，欣賞人之所不敢欣賞，須於二者（同情心、冷酷）得一調和。極不調和的東西得到調和，便是最大成功、最高藝術境界。後人作詩，不是殺人不死，便是一棍棒打死老虎。後來詩人之作品單調，便是不能於矛盾中得調和。愁苦是打擊、摧殘、壓迫，使人志氣不能發揚，而沈雲卿此詩寫得好。

五、六兩句，"白狼河"、"丹鳳城"，屬對之工且不必説，須看他又是一句塞外，一句閨中，開合之妙，真與三、四兩句相同，而所謂氣象與音節者，殆將過之，此真《中庸》所説"君子無入而不自得焉"，更不必説後人詩如寒蜩聲咽、轅駒氣短也。學者須於此處着眼，不可輕輕放過。這四句中，"寒砧"對"征戍"，"音書"對"秋夜"，不工，而氣象好。

七、八兩句是結，不見有甚奇特，吾人不必責備，故亦不苛求。（八句末之"流黃"，古樂府有"中婦織流黃"［《長安有狹斜行》］之句，則流黃似是布帛之類。《文選》之《別賦》"晦高台之流黃"，李善注引《環津要略》："間色有五：紺、紅、縹、紫、流黃也。"此則流黃似顏色矣。）

古人詩開合好，尤其唐人，至宋人則小矣。如陸放翁詩：

　　小樓一夜聽春雨，深巷明朝賣杏花。

　　　　　　　　　　　　　　　　　　《臨安春雨初霽》

陳簡齋詩：

　　客子光陰詩卷裏，杏花消息雨聲中。

　　　　　　　　　　　　　　　　　　《懷天經智老因訪之》

雖亦有開合，而皆不及沈佺期《古意》開合大。

作品不能無"意"，然在詩文中，文第一，意第二。詩是要人能欣賞其文，不是要人了解其意。語言文字到說明已落下乘，說明不如表現。（處世做人有時非說明不可，然亦要簡明。）詩之好壞不在意之有無，須看其表現如何。七言之一、三、五字用字當注意。字形、字音皆可代表字義，字音應響亮。黃山谷詩與老杜爭勝一字一句之間，而不懂字音、字形與意義關係之大。如其：

> 雨足郊原草木柔。
>
> 　　（《清明》）

說的是柔，而字字硬。至如寫字，余謂當有六面，今人只講四面，不注意上面、底面，一起一落。梁武帝說王羲之之字龍騰虎擲，今人字如通草花③、紙紮人，是死的。白樂天《琵琶行》"轉軸撥弦三兩聲"，一聽便似撥弦聲，後寫琵琶聲：

> 大弦嘈嘈如急雨，小弦切切如私語。
> 嘈嘈切切錯雜彈，大珠小珠落玉盤。

字音便好。古人是以聲音、字形表現意義，不是說明。

沈氏此《古意》七律，可為唐詩中律詩壓卷之作，後人詩儘管精巧，不及其大方。

---

③ 通草花：以植物通草為主要原材料加工製成的人造花。

三　陳子昂《登幽州台歌》

> 前不見古人，後不見來者。
>
> 念天地之悠悠，獨愴然而涕下。

唐人詩不避俗，自然不俗，俗亦不要緊。宋人避俗，而雅得比唐人俗得還俗。（六言詩易俗。）

關於《登幽州台歌》，沈歸愚④曰：

> 予於登高時，每有今古茫茫之感。古人先已言之。
>
> （《唐詩別裁集》卷五）

沈氏之言雖不錯，然不免使原詩價值減低。語言文字有時"化石"了，便失去力量，"今古茫茫"四個字是對，而等於沒説。"丈夫自有沖天志，不向如來行處行。"（真淨克文⑤禪師語）

余之《苦水作劇》中有"上天下地中間我，往古來今一個人"（《饞秀才》）之語，人在社會上有摩擦時，我的意識最強，此實為不健康的。人不往高處看，不往深處想，覺得自己了不得；一到高處、深處，便自覺其渺小。

如對以上所講三首詩加以區分，則：（一）王詩，寫景；（二）沈詩，抒情；（三）陳詩，用意。陳詩也是寫景，也是寫情，然情、景二字不足以盡之，故名之曰"意"。

---

④　沈歸愚（1673—1769）：字確士，號歸愚，清代詩人。論詩主"格調"，提倡"溫柔敦厚"之詩教，著有《沈歸愚詩文全集》等。

⑤　克文（1025—1102）：號雲庵，北宋臨濟宗黃龍派高僧。死後賜號"真淨"，後人習稱"真淨克文"。《古尊宿語錄》記載："（真淨禪師）良久乃喝云：'昔日大覺世尊，起道樹詣鹿苑，為五比丘轉四諦法輪，唯僮陳如最初悟道。貧道今日向新豐洞裏，只轉個拄杖子。'遂拈拄杖向禪牀左畔云：'還有最初悟道底麼？'良久云：'可謂丈夫自有沖天志，不向如來行處行。'喝一喝下座。"

　　前人論詩常用"意"字——詩意、用意。今人所謂"意"，與古不同，後人所用"意"皆是區別人我是非。袁枚《隨園詩話》舉"生時百事中，唯不最有趣。生時得不來，死後獨不去"，謂之為"用意"，而究有何意？或有作項王詩者"博得美人心肯死，項王此處是英雄"（吳偉業《戲題仕女圖·虞兮》）亦用意之作，較上詩佳，尚有力，然亦不出人我是非。詩所講"意"，應是絕對的，無是非短長。（俗説，天下無不是之父母，正是心服所至，是絕對的。）

　　意＝理。世俗所謂"理"，都是區別人我是非，是相對的。相對最無標準，辯白不能使人心悦誠服。詩可以説理，然不可説世俗相對之理，須説絕對之理。凡最大的真實皆無是非善惡好壞之可言。真實與真理不同，真實未必是真理，而真理必是真實。説理應該説此理，否則要小心。

　　陳氏此詩讀之可令人將一切是非善惡皆放下。此詩可為詩中用意之作品的代表作。

　　前説沈氏《古意》可為唐律詩壓卷作，氣象好，然詩中無哲理，雖然寫的也是人生，而只是個人的、局部的，不是永久的、普遍的。而哲理是超時間、超空間的，所以陳子昂《登幽州台歌》可以説是説理的。詩中不但可以説理，而且還可以寫出很名貴的作品、不朽之作，使人千百年後讀之尚有生氣。不過，詩中説理不是哲學論文的説理。其實高的哲學論文中也有一派詩情，不但有深厚的哲理，且有深厚的詩情。如《論語》及《莊子》中《逍遙遊》、《養生主》、《秋水》等篇。"子在川上曰：逝者如斯夫，不舍晝夜"（《論語·子罕》），不但意味無窮（深刻哲理），而且韻味無窮（深厚詩情）。詩中可以説理，然必須使哲理、詩情打成一片，不但是調和，且要成為"一"，雖說理絕不妨害詩的美。A philosopher, in his best, is a poet; while a poet, in his best, is a philosopher.

陳詩有力。力並不是風趣、風格、風韻，然力可產生此三項。漁洋⑥論詩主神韻，而漁洋詩法"瘟"，即因無力。力，要專一、集中。（一藝成名，不能只看人成功，不看人用功。）

三篇詩分言之：一為寫景，一為抒情，一為說理。然三篇合言之，亦有相同者。做學問須能於"同中見異，異中見同"。三篇詩相同處即初唐的一種作風。初唐作風：一點是動，是針對六朝梁陳詩的"靜"的；一點是音節，此亦生於動；又一點是氣象闊大，後人寫詩多局於小我，故不能大方。

從音節說，沈氏《古意》末二句稍差，而前六句好，所以行。余有詩《病起見街頭有鬻菊者，因效楊誠齋體成長句四韻》：

　　嫌殺街頭賣花擔，觸眼黃花分外黃。
　　早識新吾非故我，不知今日是重陽。
　　風來欲掃千林葉，波漾先生兩鬢霜。
　　南北東西何處好，願為鴻鵠起高翔。

此詩前六句可勉強立住，好全仗後兩句，而後兩句音節沒翻上去。南宋姜白石與范石湖、楊誠齋、陸放翁同時，四人中僅白石為布衣，而與諸人往來甚密。白石有七絕：

　　布衣何用揖王公，歸向蘆根濯軟紅。

---

⑥　漁洋（1634—1711）：字子真，號阮亭，又號漁洋山人，清代詩人、詩論家。論詩主"神韻"。

自覺此心無一事，小魚跳出綠蘋中。

（《湖上寓居雜詠》）

自作新詞韻最嬌，小紅低唱我吹簫。

曲終過盡松陵路，回首煙波十四橋。

（《過垂虹》）

　　唐詩音節爽朗、氣象闊大，白石詩好但小氣。白石詩可為初學者入門，然此在佛家乃"聲聞小眾"，學詩者須更深求。上述白石詩後一首好在末二句，前二句有名而並不太好；第一首末二句頗似禪，可參。說自覺"此心無一事"，而"小魚跳出綠蘋中"是有事，是無事？第二首之"回首煙波十四橋"是有意，是無意？很難說。中國詩之好就在此。《登幽州台歌》一首風雷俱出，是唐人詩，且是初唐詩；白石詩"小有才，未聞君子之大道"（《孟子·盡心下》）。

長橋寂寞春寒夜，只有詩人一舸歸。

（白石《除夜自石湖歸苕溪》其七）

此身合是詩人未，細雨騎驢入劍門。

（放翁《劍門道中遇微雨》）

人間跌宕簡齋老，天下風流丹桂花。

一杯不覺流霞盡，細雨霏霏欲濕鴉。

（簡齋⑦《微雨中賞月桂獨酌》）

　　上所引三詩，詩中常有此境界，可謂之為"自我欣賞"或"自我

---

⑦　簡齋（1090—1138）：陳與義，字去非，號簡齋，南北宋之際詩人。

觀察"、"自我描寫",哲學一點可謂之"自我分析"、"自我解剖"。

　　從"世法"講,心往外跑,即"放心",沒有返照。曾子"三省吾身"
(《論語・學而》) 是收"放心",做返照。凡能稱得起詩人、哲人者,皆
須有此返照功夫,且此為基礎功夫。陶詩"採菊東籬下,悠然見南山"
(《飲酒二十首》其五) 亦是返照自我。沒有自我反省,稍錯仍自覺不
錯,這便要不得。差以毫釐,謬以千里。一失足成千古恨,再回頭已
百年身。欲糾此病,須能"自我擴大"。自我擴大,非無自我欣賞、自
我觀察、自我描寫,而是小我擴張為大我 (此大我與哲學上之大我又
不同)。"花近高樓傷客心,萬方多難獨登臨" (杜甫《登樓》),此傷感
連老杜自己也在內,可不專是自己,所以為大我。是傷感、是悲哀、
是有我,然不是小我,故謂之大我。王績《野望》中間兩聯"樹樹皆秋
色,山山唯落暉。牧童驅犢返,獵馬帶禽歸"近於客觀,老杜此二句
是主觀。然説客觀也罷,主觀也罷,究竟是誰觀?王氏所謂"樹樹"、
"山山"、"牧童"、"獵馬"實是説我,且是大我。老杜是內旋,自外向
內;王績是外旋,自內向外。無論是內旋、外旋,皆須有中心,且是
自我中心 (self-center)。自晚唐以來只是內旋,結果是小我了,故自兩
宋而後無成家之詩人。學詩可從晚唐、兩宋入門,不可停頓於此。

　　一是自我,二是大我,三是無我。無我最難講,一不小心就是佛
法、禪法。然此所講非佛、非禪,乃"詩法",又不是客觀。在自然
主義盛行時,如左拉 (Zola)⑧、佛羅貝爾 (Flaubert)⑨ 他們寫小説時,

---

⑧　左拉 (1840—1902):法國 19 世紀作家,自然主義文學領袖,代表作品為大型長篇系列小說《盧
　　貢─馬卡爾家族》。
⑨　佛羅貝爾 (1821—1880):今譯為福樓拜,法國 19 世紀中葉批判現實主義作家,代表作品有《包
　　法利夫人》、《情感教育》等。

竭力避免主觀，不批評，不說是非善惡，甚至連感情也避免，不但無是非善惡之理智，且無喜怒哀樂之感情。至莫泊桑(Maupassant)[10]，已渺乎小矣。中國詩法中"無我"境界，不是法國自然派作風，或者形式、結果上相似，而絕不可認為是一事。

---

[10]　莫泊桑（1850—1893）：法國 19 世紀後半期批判現實主義作家，被譽為"短篇小說之王"，代表作品有《羊脂球》、《項鏈》等。其師為福樓拜。

王績・寂寞心

　　凡詩能代表一詩人整個人格者，始可稱之為代表作，詩中表現的是整個人格的活動。前說之《野望》，可稱為王無功的代表作：

> 東皋薄暮望，徙倚欲何依。
> 樹樹皆秋色，山山唯落暉。
> 牧童驅犢返，獵馬帶禽歸。
> 相顧無相識，長歌懷采薇。

　　沈德潛《唐詩別裁集》對此首箋曰："五言律前此失嚴者多，應以此章為首。"然此語並不足以説出王氏《野望》之好處。王氏作此詩之動機（詩心）——有詩意前之動機、詩心的前半——即元遺山①《論詩絕句》所謂：

> 朱弦一拂遺音在，卻是當年寂寞心。

---

① 元遺山（1190—1257）：元好問，字裕之，號遺山，世稱遺山先生，金末元初文學家、批評家，仿杜甫《戲為六絕句》體例作《論詩絕句三十首》。

　　不論派別、時代、體裁，只要其詩尚成一詩，其詩心必為寂寞
心。最會説笑話的人是最不愛笑的人。如魯迅先生最會説笑話，而説
時臉上可刮下霜來。寂寞的心看不見，可寂寞的臉看得見。最是失
去母親的小孩兒，那臉是一張寂寞的臉。小説中寫寂寞者可看《現代
日本小説集》加藤武雄（英文：Takeo Katou）②的《鄉愁》。電影賈波林
（Chaplin）③的笑是慘笑，陸克（Lloyd）④是冷笑；慘笑是傷心，冷笑是
譏諷。哈代（Hardy，胖）、勞瑞（Laurel，瘦）⑤是搗亂，不是真正滑
稽。真正滑稽必須背後有一顆寂寞的心。

　　有一顆寂寞心，並不是事事冷漠，並不是不能寫富有熱情的
作品。To live a life，嚴子陵、陶淵明、王無功，皆能如此。德歌
德（Goethe）的《法斯特》⑥、意但丁（Dante）的《神曲》⑦，真是“上
窮碧落下黃泉”（白居易《長恨歌》），然此二詩乃兩位大詩人晚年
作品，雖西方人因精神飽滿，晚年仍能寫出精神飽滿的作品，然其
心已是一顆寂寞心了。必此寂寞心，然後可寫出偉大的、熱鬧的
作品來。我國《水滸傳》亦為作家晚年的作品；《紅樓夢》亦然，
乃曹雪芹晚年極窮時寫的，豈不有寂寞心？必須熱鬧過去到冷淡，
熱烈過去到冷靜，才能寫出熱鬧、熱烈的作品。若認為一個大詩人

---

② 加藤武雄（1888—1956）：20 世紀 20 年代末 30 年代初日本新興藝術派代表作家。

③ 賈波林（1889—1977）：今譯為卓別林，美國無聲電影時期喜劇學派的主要成員，現代喜劇電影的
　 奠基者。

④ 陸克（1893—1971）：今譯為勞埃德，美國無聲電影時期喜劇學派的主要成員。

⑤ 哈代（1892—1957）、勞瑞（1890—1965）：美國喜劇演員，二人一胖一瘦，被譽為世界喜劇電影
　 史上第一對著名的喜劇搭檔明星。

⑥ 歌德（1749—1832）：18 世紀德國詩人、劇作家，“狂飆突進運動”主將。《法斯特》，今譯為《浮
　 士德》，歌德所作詩劇，主要描寫浮士德一生探索真理的痛苦經歷。

⑦ 但丁（1265—1321）：意大利作家，被恩格斯譽為“中世紀的最後一位詩人，同時又是新時代的最
　 初一位詩人”。代表作為長詩《神曲》，主要描寫但丁夢中幻遊地獄、煉獄和天堂的經歷。

抱有寂寞心，只能寫枯寂的作品，乃大錯。如只能寫枯寂作品，必非大詩人。如唐之孟東野 [8]，雖有寂寞心，然非大詩人。宋之陳後山 [9] 亦抱有寂寞心，詩雖不似東野之枯寂，然亦不發皇，其亦非大詩人。

王無功《東皋子集》中，熱烈皆從寂寞心生出。

王無功善飲。詩人多好飲酒，何也？其意多不在酒。為喝酒而喝酒者，皆為酒鬼，沒意思。陶詩篇篇說酒，然其意豈在酒？其意深矣。並且凡抱有寂寞心的人皆好酒。世上無可戀念，皆不合心，不能上眼，故逃之於酒。"忽與一觴酒，日夕歡相持"（陶淵明《飲酒二十首》其一），這就是有寂寞心的人對酒的一點喜歡。

寂寞心蓋生於對現實之不滿（牢騷），然而對現實的不滿並不就是牢騷。改良自己的生活，常欲向上、向前發展，也是源於對現實的不滿。歎老悲窮的牢騷不可取，就是說，牢騷不可生於嫉妒心。純潔的牢騷是詩人的牢騷，可發。

《野望》"東皋薄暮望，徙倚欲何依"兩句，是"起"。"欲何依"三字，寂寞心。"依"字有二解：一為物質的、肉體的，"白日依山盡"（王之渙《登鸛雀樓》）之"依"；二為心理的、精神的，"皈依"之"依"。心無着落、無寄託時，即最寂寞的。（小孩子的心最大的着落、寄託即是母親，所以沒母親的孩子最寂寞。）人之信仰、事業，亦為人心之所居。"飽暖思淫慾"，逸居而不敬則為禽獸，即因其肉體

---

[8]　孟東野（751—814）：孟郊，字東野，唐中葉苦吟詩人，有"詩囚"之稱。又與賈島齊名，人稱"郊寒島瘦"。

[9]　陳後山（1053—1102）：陳師道，字履常，號後山居士，"蘇門六君子"之一，"江西詩派"重要作家，有"閉門覓句陳無己"之稱。

雖有寄託而精神無寄託，其人最可憐；心死，而自己不知道，"秦人不暇自哀，而後人哀之"（杜牧《阿房宮賦》）。而一個偉大的人在精神沒有着落、沒有寄託時，乃愈覺其偉大。如亞歷山大（Alexander）[⑩]征服世界後之悲哀，是勝利的悲哀；霸王烏江是失敗的悲哀。《西遊記》中孫悟空上天堂之後說："不是甚前倨後恭，老孫於今是沒棒弄了。"——就因無寄託。

人無"癖"不樂。

平常人之寄託多"不誠"，故不成；"誠"則能得到愉心，此所謂"涅槃"。蓋即當做一件事，心不外騖，心完全着落、寄託在所做事物上，是"誠"，是"一"，即是"涅槃"。若寄託不"誠"、不"一"，在二以上則是精神分裂，精神之車裂。孟子對梁王之問曰：

> （襄王）卒然問曰："天下惡乎定？"吾對曰："定於一。"
>
> 　　　　　　　　　　　　　　　　　　　（《孟子·梁惠王上》）

"定於一"是靜，而非寂寞——"卻於無處分明有，恰似先天太極圖"（蘇福《詠初一夜月》），"萬物皆備於我"（《孟子·盡心上》）。靜是如此，複雜的"一"，蘊是實，無是有。曹雪芹晚年一切都完了，都放下了，而拿起筆，一部《紅樓夢》出來了。王無功寫《野望》時心是無着落的。"徙倚欲何依"，"欲何依"三字是一種無可奈何的心情，亦即寂寞心。平常人無着落是無頭蒼蠅，瞎撞。詩人的心與得道之人的心不同，得道是"定於一"，作詩的那點境界，像得道而不是得道，動機不是"定於一"。因若在作詩前已"定"，則無詩矣；然若

---

⑩　亞歷山大（公元前 356—323）：古代馬其頓國王。即位後率軍征討四方，建立起地跨歐、非、亞三大洲的亞歷山大帝國。

"不定"，也作不出詩來。

　　詩人實在是不愉快的，有愉快只是創作的愉快，此愉快在創作成功之前。李太白有"落葉詩"：

> 落葉辭枝，飄零隨風。
> 客心無託，悲與此同。
> 　　　　　　　（《獨漉篇》）

　　詩人於苦是一有、二知、三受。魯迅先生說可怕的是使死屍自己站起來看見自己腐爛。[11] 詩人即是死屍站起來自己看見自己腐爛，且覺得自己腐爛。（詩人該有關公刮骨療毒的勁。）此點老杜表現最充足。世人不覺自己悲哀，是幸福的。

　　平常人在不愉快時，心是沒有生機的。心在靜止時（不起作用）是《佛經》所說的不思善、不思惡，若用儒家的話講就是"喜怒哀樂之未發"（《中庸》）——止水。有動機時如水波動，是詩心。心靜止時是詩的本體，動是後起的，非本體，然必動而後能生（表現出來）。由小到大、由有到無是生，動不一定是生。詩人的話也是平常的，而說出來卻生動美麗，複雜動人。平常人之簡單不能動人，只因其只是動而未生，心不愉快時只能動不能生，故沒有生機。詩人寫悲哀、痛苦，照樣複雜動人，何以故？有生機也。王詩"樹樹皆秋色，山山唯落暉。牧童驅犢返，獵馬帶禽歸"四句，以及末二句"相顧無相識，長歌懷采薇"，生機旺盛。真正寂寞是外表雖無聊而內心卻忙迫——身閒＋心忙＝寂寞。王

---

⑪　魯迅《墳·娜拉走後怎樣》："為了這希望，要使人練敏了感覺來更深切地感到自己的苦痛，叫起靈魂來目睹他自己的腐爛的屍骸。"

氏此詩便在此情緒中寫出，然此時是矛盾、破裂，最不易寫出好的作品。

創作不能只顧自己，抒情詩人是自我中心，然範圍要擴大。小我擴大有兩方面：一為人事，多接觸社會上人物。魯迅先生文章的技術、情緒、見解都好，然而仍是小我，未能擴大，故其小説不及西洋人偉大。人事的磨煉對做人、作文皆有幫助。另一方面，是對大自然的欣賞，此則中國詩人多能做到。然欣賞大自然要不只限於心曠神怡、興高采烈之時，要在悲哀愁苦中仍能欣賞大自然。一般人多於愁中飲酒，欲借之以“壓伏”心中悲苦耳；或者欲借外力以“消除”之。此二種皆不成。一個詩人抱着悲哀愁苦走進美麗的大自然去得到調和，雖然二者是矛盾的。一切文學皆從此出發，真正的調和便沒有詩了。如融入父母之愛中，便沒有詩，寫父母的愛，讚美之，多於父母不在時；又如歌詠兒童的詩，外國多，中國少，尤其是帶有讚美的詩，蓋覺得不必説。楊誠齋⑫尚有歌詠兒童之句——“閒看兒童捉柳花”（《初夏閒居午睡起》），實不甚好，“閒”字不好。“採菊東籬下，悠然見南山”（陶淵明《飲酒二十首》其五）是千古名句，也是千古之謎。“悠然”的是什麼？從何而來“悠然”？可以説是小我擴大了，其中沒有矛盾、抵觸，沒入大自然之內。然而一個人沒入大自然，如同沒入父母之愛中，大自然對我的撫摩，同時我心與大自然合二為一，不但是擴大，而且是混合，如此便無詩了。真正衝突、矛盾的結果是破裂，沒有作品，組織不成，作品要組織；真正的調和也沒有作

---

⑫　楊誠齋（1127—1206）：楊萬里，字廷秀，號誠齋。與陸游、范成大、尤袤並稱南宋“中興四大詩人”。

品，如糖入水，無復有糖矣，真正的調和，便沒有材料可組織作品。只有在衝突之破裂與調和、消融的過程中，才能生出作品來，於此才能言語道盡。

西洋人是自我中心，征服自然；中國人是順應自然，與自然融合。山水畫中人物已失掉其人性，而為大自然之一。西洋人對大自然是對立的；中國人是沒入的，甚至談不到順應。人在愁苦中能在人事上磨煉是英雄的人，詩人也是英雄的詩人；人在愁苦中與大自然混合是哲人、是詩人。

王氏此詩是淒涼的，平常人寫淒涼多用暗淡顏色，不用鮮明顏色。能用鮮明調子去寫暗淡的情緒是以天地之心為心 —— 只有天地能以鮮明調子寫暗淡情緒，如秋色紅黃。以天地之心為心，自然小我擴大。心內是寂寞暗淡，而寫得鮮明。王氏首尾四句"東皋薄暮望，徙倚欲何依"、"相顧無相識，長歌懷采薇"，不見佳，然詩實自此出；而此詩之成為好詩，不只在中間兩聯。凡文采、美的光彩皆須從內裏透出。

王維詩品論

佛説：“置之一處，無事不辦。”（《四十二章經》）誠則靈。

近來授書時舉禪家公案俾助參悟，從學諸君抑或以此相問，因成小詩一章：

> 一片詩心散不收，袈裟仍是兩重裘。
> 憑君莫問西來意，門外清溪日夜流。

次句用尹默[1]先生詩“兩重袍子當袈裟”，“西來”，作“新來”，亦得。

王維，字摩詰，有《輞川詩集》。（釋迦法舍下有維摩詰[2]，乃印度得道居士，曾聞如來説法，説有《維摩詰經》，又名《淨名經》，甚好。）

---

[1] 尹默（1883—1971）：原名君默，齋名秋明、匏瓜，現代學者、教育家、書法家，曾執教於北京大學，顧隨之師，著有《秋明集》。“兩重袍子當袈裟”，為沈尹默和周作人《五十自壽詩》中句。

[2] 維摩詰：古印度佛教居士，其名為梵文 Vimalakīrti 音譯之略稱，意譯為“淨名”、“無垢稱”，意即以潔淨無染而著稱的人。《維摩詰經》為大乘佛教早期經典之一，共 3 卷 14 品，以維摩詰居士命名。

一　摩詰詩之調和

王維有詩云：

> 人生多少傷心事，不向空門何處銷。
>
> 　　　　　　　　　　　　（《詠白髮》）

唐人尚有詩句"投老欲依僧"。（宋人舉此句，或對以"急則抱佛腳"。人以為不"對"，曰："去頭去腳則對矣。"[③]）別人弄禪、佛，多落於"知解"；王維弄禪，是對佛境界之感悟。別人的詩是講道理，其表現於詩是説明，尤其是蘇東坡。如蘇之"溪聲便是廣長舌[④]，山色豈非清淨身[⑤]"（《贈東林總長老》），講死了，以為確有此"舌"、此"身"，可用"溪聲"、"山色"説明者，絕非佛之廣長舌、清淨身。佛之廣長舌、清淨身雖不可説，然可領會。世上許多事情不許説，許懂。（某僧見一大師來，不下禪牀，一抖袈裟曰："會否？"曰："不會。"曰："自小出家身已懶，見人無力下禪牀。"[⑥]）

清姚鼐[⑦]《今體詩鈔》曰：

> 右丞具有三十二相，三十二相即一相，即無相。

---

③　見劉攽《中山詩話》："王丞相嗜諧謔。一日，論沙門道因曰：'投老欲依僧。'客遽對曰：'急則抱佛腳。'王曰：'"投老欲依僧"，是古詩一句。'客亦曰：'"急則抱佛腳"，是俗諺全語。上去"投"下去"腳"，豈不對也？'王大笑。"

④　廣長舌：佛教術語，《大智度論》卷八："是時佛出廣長舌，覆面上至髮際，語婆羅門言：'汝見經書，頗有如此舌人而作妄語不？'"

⑤　清淨身：佛教術語。《華嚴經・探玄記》卷八："淨德內充，名清淨身。"

⑥　見《五燈會元》卷四載趙州從諗禪師事："真定帥王公攜諸子入院，師坐而問曰：'大王會麼？'王曰：'不會。'師曰：'自小持齋身已老，見人無力下禪牀。'王尤加禮重。翌日令客將傳語，師下禪牀受之。侍者曰：'和尚見大王來，不下禪牀。今日軍將來，為甚麼卻下禪牀？'師曰：'非汝所知。第一等人來，禪牀上接。中等人來，下禪牀接。末等人來，三門外接。'"

⑦　姚鼐（1731—1815）：清代散文家。與方苞、劉大櫆並稱"桐城三祖"，提倡文章要"義理"、"考證"、"辭章"三者相互為用，著有《惜抱軒文集》，編選《今體詩鈔》。

在表現一點上，李、杜不及王之高超。杜太沉着，非高超；李太飄逸，亦非高超，過猶不及。杜是排山倒海；李是駕鳳乘鸞，是廣大神通，佛目此為邪魔外道，雖不是世法，而是外道。佛在中間。自佛視之，聖即凡，凡即聖，其分別唯在迷、悟耳，悟了即聖，迷了即凡。此二相即是一相，即是無相。

太白是龍，如其"問余何事棲碧山，笑而不答心自閒；桃花流水杳然去，別有天地非人間"（《山中問答》）、"李白乘舟將欲行，忽聞岸上踏歌聲。桃花潭水深千尺，不及汪倫送我情"（《贈汪倫》）等絕句，雖日常生活，太白寫來皆有仙氣。杜甫詩如"兩個黃鸝鳴翠柳，一行白鷺上青天"（《絕句》），笨——笨得好，笨得出奇，笨得出奇的好。老杜真要強，酸甜苦辣，親口嚐遍；困苦艱難，一力承當。"兩個黃鸝鳴翠柳"是潔，"一行白鷺上青天"是力（真上去了）；"窗含西嶺千秋雪"是潔，"門泊東吳萬里船"是力。而後面兩句之"潔"、之"力"與前面兩句有深淺層次之分。王右丞則是"蚊子上鐵牛，全無下嘴處"（藥山惟儼禪師語）。[8]

王摩詰詩法在表現一點上，實在高於李、杜。說明、描寫皆不及表現，詩法之表現是人格之表現，人格之活躍，要在字句中表現出作者人格。如王無功"樹樹皆秋色，山山唯落暉。牧童驅犢返，獵馬帶禽歸"（《野望》）數語，不要以為所表現是心外之物，是心內。"樹樹皆秋色，山山唯落暉"表現王無功之孤單、寂寞，故曰"相顧無相

---

[8] 惟儼（751—834）：唐代禪宗南宗青原系高僧，曹洞宗始祖之一。《五燈會元》卷五："師稟命恭禮馬祖，仍伸前問。祖曰：'我有時教伊揚眉瞬目，有時不教伊揚眉瞬目，有時揚眉瞬目者是，有時揚眉瞬目者不是。子作麼生？'師於言下契悟，便禮拜。祖曰：'你見甚麼道理便禮拜？'師曰：'某甲在石頭處，如蚊子上鐵牛。'祖曰：'汝既如是，善自護持。'侍奉三年。"

識，長歌懷采薇”，令人起共鳴。於此，可悟心外無物，物外無心。即白居易“轉軸撥弦三兩聲，未成曲調先有情”、“東船西舫悄無言，唯見江心秋月白”（《琵琶行》），亦是即心即物，即物即心，是“一”。

王摩詰《出塞作》：

> 居延城外獵天驕，白草連天野火燒。
> 暮雲空磧時驅馬，秋日平原好射雕。
> 護羌校尉朝乘障，破虜將軍夜渡遼。
> 玉靶角弓珠勒馬，漢家將賜霍嫖姚。

“出塞行”，乃唐人特色。王右丞出塞詩，特色中又有特色。

> 無人相，無我相，無眾生相，無壽者相。（《金剛經》）

佛是出世法，無彼、此，是、非，說傷心皆不傷心，說歡喜皆不歡喜。王詩亦然，故曰“三十二相即一相，即無相”。老杜詩“黃昏胡騎塵滿城，欲往城南望城北”（《哀江頭》）、“漫漫胡天叫不聞，胡人高鼻動成群”（《泛黃河》），笑話也是嚴肅的，是“抵觸”。王摩詰是調和，無憎恨，亦無讚美。

唐人詩不但題前有文章，題後有文章，正面文章，背面文章，尤能在咽喉上下刀。讀詩應注意正面之描寫表現。王維《出塞行》之詩句非不知其為敵人，忘其為敵人。王維即在生死關頭仍有詩的欣賞：

> 萬戶傷心生野煙，百僚何日更朝天。
> 秋槐葉落空宮裏，凝碧池頭奏管弦。
>
> （《菩提寺私成口號》）

在此情此景中應見其悲哀、傷感，而王維寫來仍不失詩的欣賞。如法國 *mendée*（《紡輪的故事》），寫一王后臨死時在刀光中看見自己的美。

再看放翁絕句二首：

> 志士山棲恨不深，人知已是負初心。
> 不須先說嚴光輩，直自巢由錯到今。
>
> （《雜感》之一）

> 故舊書來訪死生，時聞剝啄叩柴荊。
> 自嗟不及東家老，至死無人識姓名。
>
> （《雜感》之一）

人在真生氣、真悲哀時不願人勸慰。Let it alone ！青年人應當負氣，放翁至老負氣，又有是非 —— 此乃詩中是非 —— 有作者偏見，未必即真是非，然絕非"戲論"，有一部分真理。有許多好笑的事情無足道、無足取，而可愛。問別人家事皆知，問自己屋裏事，十個有五雙不知。誰個背後無人說，誰個人前不說人？文人、詩人愛表現自己，而不願被人批評，是矛盾。是與非不並立，人與我是衝突。

上述放翁二絕句中，此種等死心情頗似西洋犬儒學派（Cynic）⑨。放翁年老後，在需要休息時，內心得不到休息，有愛，有憤怒。魯迅先生說，憎與愛是人之兩面，不能憎也就不能愛。⑩憎與愛不但是孿

---

⑨　犬儒學派：古希臘四大哲學學派之一，代表人物有創始人安提斯泰尼（Antisthenes）、第歐根尼（Diogenes）。該學派反對柏拉圖"理念論"，要求擺脫世俗利益，強調禁慾主義，克己自制，追求自然。後期走向憤世嫉俗，玩世不恭。

⑩　見魯迅《且介亭雜文·七論"文人相輕"——兩傷》："能殺才能生，能憎才能愛，能生與愛，才能文。"

生，簡直是一個。放翁詩看來是憎，而同時表現，放翁心中是有愛的、是熱烈的。如其《書憤》：

> 早歲那知世事艱，中原北望氣如山。
> 樓船夜雪瓜洲渡，鐵馬秋風大散關。
> 塞上長城空自許，鏡中衰鬢已先斑。
> 出師一表真名世，千載誰堪伯仲間。

其他詩人多不注意事功，放翁頗注意事功，至其老年仍有詩云"當時哪信老耕桑"（《雪夜感舊》）！詩沒有什麼了不得，而其態度、心情很難在其他人詩中發現。其"偏見"雖有時可笑，而可愛。文學批評不是說文學中的真理、真是非，只是文人在此發表"偏見"。

放翁詩與王右丞大不同。如右丞《山中送別》：

> 山中相送罷，日暮掩柴扉。
> 春草明年綠，王孫歸不歸？

右丞詩之後二句出自楚辭"春草生兮萋萋，王孫游兮不歸"（《招隱士》），楚辭中春草是今年生，王孫至少是去年已出門，至少已是一年。楚辭二句是事後寫 —— 草生以後所寫；王氏二句乃事前寫 —— 草未生之前所寫。王詩味長如飲中國茶，清淡而優美，唯不解氣；放翁詩帶刺激性，如咖啡。王維寫的無人我是非，喜怒哀樂。

人說右丞詩"三十二相即一相"。對，是佛相，是無相。佛說：

> 若以色見我，以聲音求我，是人行邪道，不能見如來。

（《金剛經》）

"色"是色相外表，"佛"是廣長舌，發海潮音，如何非色、非相？然不可以此求之。讀右丞詩應做如是觀。右丞高處到佛，而壞在無黑白、無痛癢。送別是悲哀的，而右丞"送別"仍不失其度。放翁詩雖偏見，究是識黑白、識痛癢，一鞭一條痕。放翁詩魔力大，痛快亦其一因。右丞詩如《竹裏館》：

> 獨坐幽篁裏，彈琴復長嘯。
> 深林人不知，明月來相照。

真是無黑白、無痛癢，自覺不錯，算什麼詩？無黑白、無痛癢，結果必至不知慚愧。佛說：

> 慚恥之服，於諸莊嚴最為第一。（《遺教經》）
> 心致之一處，然後不敗。（《遺教經》）

右丞學佛只注意寂滅、涅槃、法喜、禪悅，而不知"慚恥之服，於諸莊嚴最為第一"。右丞七古《桃源行》：

> 漁舟逐水愛山春，兩岸桃花夾去津。
> 坐看紅樹不知遠，行盡青溪忽視人。
> 山口潛行始隈隩，山開曠望旋平陸。
> 遙看一處攢雲樹，近入千家散花竹。
> 樵客初傳漢姓名，居人未改秦衣服。
> 居人共住武陵源，還從物外起田園。
> 月明松下房櫳靜，日出雲中雞犬喧。
> 驚聞俗客爭來集，競引還家問都邑。
> 平明閭巷掃花開，薄暮漁樵乘水入。

清・吳穀祥《桃源圖扇》

初因避地去人間，及至成仙遂不還。
峽裏誰知有人事，世中遙望空雲山。
不疑靈境難聞見，塵心未盡思鄉縣。
出洞無論隔山水，辭家終擬長遊衍。
自謂經過舊不迷，安知峰壑今來變。
當時只記入山深，青溪幾曲到雲林。
春來遍是桃花水，不辨仙源何處尋。

中國詩人唯陶淵明既高且好，即其散文《桃花源記》一篇，亦真高、真好。右丞寫之於詩，為冷飯化粥，不易見好。如右丞之結句——“春來遍是桃花水，不辨仙源何處尋”，搔首弄姿，常人以此為有詩味，非也。此無黑白，無痛癢。老杜、放翁對桃源不遊，必有悲哀，而右丞寫來不知悲喜。不着色相與不動聲色不同，不動聲色是“雄”（英雄、奸雄），不着色相是“佛”。而世人說話有時預備好了，一滑即出，右丞此詩即未免滑口而出。

唐代王、孟、韋、柳皆學陶，寫大自然，其高處後人真不可及。如右丞《奉寄韋太守陟》：

荒城自蕭索，萬里山河空。
天高秋日迥，嘹唳聞歸鴻。
寒塘映衰草，高館落疏桐。
臨此歲方晏，顧景詠悲翁。
故人不可見，寂寞平陵東。

右丞詩以五古最能表現其高，非右丞善於五言古，蓋五言古宜於此境界。七言宜於老杜、放翁一派。王維此詩高，而亦無人我歡悲，乃最高、最空境界。

　　以上所舉放翁、右丞二人之詩，可代表中國詩之兩面。若論品高、韻長，放翁詩是真，而韻不長。如花紅是紅，而止於此紅；白是白，而止於此白。既有限，韻便非長。右丞詩：紅，不僅是紅；白，不僅是白，在紅、白之外另有東西，韻長，其詩格、詩境（境界）高。而高與好恐怕並不是一個東西，這是另一問題。古書中所謂"高人"，未必是好人，也未必於人有益。高是可以的，高儘管高，而不可以即認此為好，不可止於高，中國詩最高境界莫過這一種。放翁寫巢、由應是"高"，而其詩不高。放翁所表現不是高、不是韻長，而是情真、意足（"意足"二字見靜安《人間詞話》），一摑一掌血，一鞭一條痕（今山東、河南方言，"摑"讀乖）。

　　放翁詩無拼湊，真是咬着牙説。此派可以老杜為代表。杜詩其實並不"高"。杜甫，人推之為"詩聖"，而老杜詩實非傳統境界，老杜乃詩之革命者。詩之傳統者實在右丞一派，"春草明年綠，王孫歸不歸"，皆此派。中國若無此派詩人，中國詩之玄妙之處則表現不出，簡單而神秘之處則表現不出；若無此種詩不能發表中國民族性之長處。此是中國詩特點，而不是中國詩好點。"名士十年無賴賊"（清舒鐵雲《金谷園》），人謂中國人乃"橡皮國民"，即此派之下者，如阿Q即然。

　　放翁一派好詩情真、意足，壞在毛躁、叫囂。右丞寫詩是法喜、禪悦，故品高、韻長。右丞一派頂高境界與佛之寂滅、涅槃相通，亦即法喜、禪悦，非世俗之喜悦。寫快樂是法喜，寫悲哀亦是法喜。如送別是寂寞、悲慘，而右丞寫來亦超於寂寞、悲慘之上，使人可以忍受。人謂看山谷字如食□，使人發"風"（不是"瘋"）；放翁詩讀久，亦可使人發風。（人不能只有軀幹四肢，要有神氣——"風"；沒有神氣，便沒有靈魂。靈是看不見的，神是表現於外的。）讀右丞詩則無此病。

右丞不但寫大自然是法喜、禪悅，寫出塞詩亦然。如其《隴西行》：

> 十里一走馬，五里一揚鞭。
> 都護軍書至，匈奴圍酒泉。
> 關山正飛雪，烽火斷無煙。

右丞雖寫起火事，然心中絕不起火（若叫老杜、放翁寫，必定要發風），此點頗似法國寫實派作家。（此種小說當讀一讀。然其中莫泊桑［Maupassant］還不成，莫泊桑、佛羅貝爾［Flaubert］有點飄，不如讀都德［Daubet］⑪的小說，如其所作《水災》［見《譯文》雜誌］。）右丞詩與西洋小說寫實派相近者在不動感情，不動聲色。聲、色須是活着的，有生命的。其"明月松間照"豈非色？其"清泉石上流"豈非聲？而右丞是不動聲色，是《詩》所謂"不大聲以色"（《大雅·皇矣》）。

有——非有無——無，三個階段。右丞詩不是無，而是"非有無"。老杜寫詩絕不如此，乃立體描寫，字中出棱，"字向紙上皆軒昂"（韓愈《盧郎中雲夫寄示送盤谷子詩兩章歌以和之》），此須是感覺。若問王右丞之"居延城外獵天驕，白草連天野火燒"一首是否"字

---

⑪　都德（1841—1897）：19世紀法國現實主義小說家，代表作品有《柏林之圍》、《最後一課》等。

向紙上皆軒昂"？曰：否，仍是不動聲色，不大聲以色。老杜與此不同，如其《古柏歌》："大廈如傾要樑棟，萬牛回首丘山重。"

余贊成詩要能表現感情、思想，而又須表現得好。言中之物，物外之言，要調和，都要好。右丞詩是物外之言夠了，而言中之物令人不滿。姑不論其思想，即其感情亦難找到。如"秋槐花落空宮裏，凝碧池頭奏管弦"，亦不過是傷感而非悲哀，浮淺而不深刻。傷感是暫時的刺激，悲哀是長期的積蓄，故一輕一重。詩裏表現悲哀是偉大的，詩裏表現傷感是浮淺的。屈原、老杜詩中所表現的悲哀，右丞是沒有的。

法國寫實派作家與右丞又有不同，同是不動感情，而其所以不動者不同。日本芥川龍之介（英文：Akutagawa）的小說寫母愛之偉大，其不動聲色是強制感情；都德寫《水災》，亦是強制感情。右丞詩不是制，而是化。制，還是有；化，便是無了。制，是不發；化，便欲發也無。西洋寫實派之制是"入"，右丞之化是"出"。都德冷靜而描寫深刻，然究竟是"入"，是外國，與右丞之冷靜而是"出"不同。王無功之《野望》一首五律，亦是"字向紙上皆軒昂"，而制的力量不小，真是克己，不容易。如馬師六轡在手，縱非指揮如意，亦是駕馭有方。無功不老實，"樹樹皆秋色，山山唯落暉。牧童驅犢返，獵馬帶禽歸"四句，本是外物與之不調和，而寫出是調和。詩中寫醜，然須化醜為美，寫不調和可化為調和，此藝術家與事實不同之處。王無功寫與世人之抵觸、矛盾，而筆下寫出來是調和。這樣的作風，其結果最能表現"力"。心裏是不調和，而將其用極調和的筆調寫出，即是力。

中國所謂"誅心"⑫，即西洋所謂心的分析，其實不可靠，而必須有此功夫。心理分析（psycho-analysis）大師弗羅伊德（Freud）⑬曾對莎士比亞（Shakespeare）⑭加以分析，如其分析莎士比亞創作《哈夢雷特》(Hamlet)⑮、《馬克卑斯》(Macbeth)⑯所抱之心理。心的分析頂玄，然非如此不可。王右丞心中極多無所謂，寫出的是調和，心中也是調和，故韻長而力少。從心理分析説，右丞五律《輞川閒居贈裴秀才迪》與王無功《野望》二者可比較讀之。右丞其詩云：

> 寒山轉蒼翠，秋水日潺湲。
> 倚杖柴門外，臨風聽暮蟬。
> 渡頭餘落日，墟裏上孤煙。
> 復值接輿醉，狂歌五柳前。

王無功的《野望》亦是寫秋天，亦是寫寂寞；而一調和，一不調和。無功有所謂；摩詰無所謂，不動聲色，不動感情，且是"化"。

---

⑫　誅心：原指不問罪行的發生狀況，而直接根據其用心、動機以認定罪狀。後亦指在批駁對方時不針對對方的行為、語言來討論，而直接做出揭穿對方行為、語言的目的、動機的評價。

⑬　弗羅伊德（1856—1939）：奧地利精神科醫生及精神分析學家，精神分析學派創始人。其精神分析的主要觀點包括心理結構、人格結構、動力、心理性慾發展、防禦機制學說諸方面。

⑭　莎士比亞（1564—1616）：英國劇作家、詩人，歐洲文藝復興時期人文主義文學集大成者。

⑮　《哈夢雷特》：今譯為《哈姆萊特》或《哈姆雷特》，描寫丹麥王子哈姆萊特為父復仇的故事，為莎士比亞最負盛名的代表作。

⑯　《馬克卑斯》：今譯為《麥克白》，描寫屢建奇勳的英雄麥克白，因受女巫的蠱惑和夫人的影響，逐漸轉變為一個殘忍暴君的故事。

二　摩詰詩與"心的探討"

隱士（hermit）　　　（一）消極

　　　　　　　　　（二）為我（克己）　　充實

富而（而、如古通）可求也，雖執鞭之士，吾亦為之。

（《論語·述而》）

士志於道，而恥惡衣惡食者，未足與議也。（《論語·里仁》）

君子謀道不謀食。（《論語·衛靈公》）

謀者，求得也。於道，則求得其最完美者；不謀食，非不食。常人所最追求的，多為不屬於自己的事物。

讀書是自己充實，參學自得亦是自己充實。精神之充實之外更要體力充實。充實則飽滿，飽滿則充溢，然後結果自然流露。魯迅先生說作文如"擠牛奶"。過分的謙虛是作偽，與驕傲同病，皆不可要。魯迅先生不會作偽，然此若是實話則真悲哀。蓋魯迅先生創作中曾停頓一個時期，甚至要把自己活埋。東坡有言"萬人如海一身藏"（《病中聞子由得告不赴商州三首》之一），此所謂"市隱"，不入山林，然此亦逃兵，"直不百步耳，是亦走也"（《孟子·梁惠王上》）。東坡句不如陶詩"結廬在人境，而無車馬喧"（《飲酒二十首》其五），淵明並非不叫人來，而是人自不來，是自然；東坡是自己要"藏"。魯迅先生不是自己要藏，他原是要得人了解，《吶喊》自序上說，人能得人幫忙是好，能得人反對亦可增加勇氣，最苦是叫喊半天無人理，如在沙漠，反不如被反對。魯迅先生名此曰"寂寞"，此寂寞如大毒蛇。[17] 故欲活埋自己。魯迅先生執筆寫作時已過中年，才華茂盛之期已過。

　　人要自己充實精神、體力，然後自然流露好，不要叫囂，不要做作。禪宗所追求者吾人可不必管，而吾人不可無其追求之精神。讀書若埋怨環境不好，都是藉口。不能讀書可以思想，再不能思想還可以觀察。易卜生 (Ibsen) [18] 及巴爾扎克 (Balzac) [19] 皆有此等功夫。"習焉而不察"（《孟子·盡心上》）乃用功的最大障礙。不動心不成，不動心沒同情；只動心亦不成，不能仔細觀察。動心 —— 觀察，這就是文學藝術修養，要在動心與觀察中間得一番道理。

　　以上所講是王摩詰詩的反面。

　　一切文學的創作皆當是"心的探討"。中國多只注意事情的演進，而不注意對辦事人之心的探討，故無心的表現。前曾説對文學的批評是偏見，不是定理，但非一無可取。因偏見乃是心的探討、表現。

　　除缺少心的探討而外，中國文學缺少"生的色彩"。生可分為生命和生活二者：

$$
生\begin{cases} \text{life} & 生命（因）一世一命 \\ \\ \text{live} & 生活（緣） \end{cases}
$$

---

⑰　見魯迅《吶喊》自序："凡有一人的主張，得了贊和，是促其前進的，得了反對，是促其奮鬥的，獨有叫喊於生人中，而生人並無反應，既非贊同，也無反對，如置身毫無邊際的荒原，無可措手的了，這是怎樣的悲哀呵，我於是以我所感到者為寂寞。這寂寞又一天一天地長大起來，如大毒蛇，纏住了我的靈魂了。"

⑱　易卜生（1828—1906）：挪威戲劇家、詩人，歐洲現代戲劇的奠基人，被譽為"現代戲劇之父"，代表作品有《玩偶之家》、《人民公敵》等。

⑲　巴爾扎克（1799—1850）：19 世紀法國批判現實主義作家，歐洲批判現實主義的奠基人和傑出代表，代表作品有《歐也妮·葛朗台》、《高老頭》等。

　　缺少生的色彩，或因中國太溫柔敦厚、太保險、太中庸（簡直不中而庸了），缺少活的表現、力的表現。

　　如何才能有心的探討、生的色彩？則須有"物的認識"。然既曰"心的探討"，豈非自心？"力的表現"，豈非自力？既為自心、自力，如何是物？此處最好利用佛家語："即心即物。"科學注意分析，即為得到更清楚的認識。自己分析自己、探討自己的心時，則心便成為物，即今所謂"對象"（與自己的心成對立）。物不能離心，若人不見某物時，照唯心派的說法，則此物不在；若能想起，則仍是心了。

　　I think therefore I am.（我思故我在。）

　　天下沒有不知道自己怎樣生活而知道別人怎樣活着的人。不知自心，如何能知人心？名士十年"窩囊廢"。窩囊廢，連無賴賊都算不上。孔子、釋迦、耶穌皆是能認識自己的，故能了解人生。首須"返觀"——認識自己；後是"外照"——了解人生。不能返觀就不能外照，亦可說不能外照就不能返觀，二者互為因果。物即心，心即物，內外一如，然後才能有真正的受用、真正的力量。詩人的同情、憎恨皆從此一點出發，皆是內外一如。若是漠然則根本不能跟外物發生聯繫，便不能一如，連憎恨也無有了。

　　王維詩缺少心的探討，此中國詩之通病。散文中《左傳》、《史記》、《世說》，小說中《紅樓》、《水滸》，尚有心的過程的探討。中國君子明於禮義，而暗於知人心。至於生的色彩，王維不是沒有，可也不濃厚。王無功"樹樹皆秋色，山山唯落暉。牧童驅犢返，獵馬帶禽歸"四句內外一如，寫物即寫其心——寂寞、悲哀、淒涼、跳動的心，後二句"牧童驅犢返，獵馬帶禽歸"真是生的色彩。摩詰詩中少此色彩，即其《出塞行》一首，亦立自己於旁觀地位，"暮雲空磧時驅馬"便只是旁觀，未能將物與心融成一片，也未能將心放在物的中間。"暮雲空磧時驅馬"，旁觀，如照相機然；王無功則是畫。一為機械的，一為藝術的。即其《觀獵》之"風勁角弓鳴，將軍獵渭城。草枯鷹眼疾，雪盡馬蹄輕"四句，亦只是"觀"，不能將心物融合，故生的色彩表現不濃厚。王維此四句不如王無功"獵馬帶禽歸"一句。若以此論，王維則不是調和，是漠然（沒心），縱不然，至少其表現不夠——畫是自己人格的表現，照相只是技術的表現。

　　余所謂"物的認識"，是廣義的，連心與力皆在內。王摩詰詩中有"物的認識"，但只是世法的物，其詩減去世法的物的認識便沒有東西了。東坡《書摩詰藍田煙雨圖》評王摩詰：

> 味摩詰之詩，詩中有畫；
> 觀摩詰之畫，畫中有詩。

　　此二語不能驟然便肯，半肯半不肯。"詩中有畫"，而其畫絕非畫可表現，仍是詩而非畫；"畫中有詩"，而其詩絕非詩可能寫，仍是畫而非詩。東坡二語，似是似，是則非是。然摩詰詩自有其了不起處，如其：

> 日落江湖白，潮來天地青。
>
> 　　　　　　（《送邢桂州》）

　　此是"物的認識"。若無此等功夫，何能寫出此等句子。二句似畫而絕非畫可表現，日、潮能畫，其"落"、其"來"如何畫？畫中詩亦然，仍是畫而非詩。王右丞一切"高"的詩，皆做如是觀。

普通所謂美多是顏色，是靜的美；另一種美是姿態，是動的美。王維詩"暮雲空磧時驅馬，秋日平原好射雕"二句是動的美。其"日落江湖白，潮來天地青"二句亦不僅是顏色美，而且是姿態美、動的美，曰"落"、曰"來"，豈非動？《左傳》用虛字傳神，搖曳生姿，而《左傳》仍不如《論語》。"見賢思齊焉，見不賢而內自省也"，結得住，把得穩。《左傳》尚可以搖曳生姿讚之，《論語》則不敢置一辭矣。禪宗"丈夫自有沖天志，不向如來行處行"（真淨克文禪師語）是搖曳生姿，是氣焰萬丈，遇佛殺佛，遇祖殺祖，遇羅漢殺羅漢，不但不跟腳後跟，簡直從頭頂上邁過。氣焰萬丈，長人志氣，而未免有點爆烈、火熾。孔子之"見賢思齊焉"精神，積極與禪宗同，而真平和，只言"齊"，"過之"之義在其中。（不可死於句下，然余此解厭故喜新。）

孔子是有力量的。然"學如逆水行舟，不進則退"（《增廣賢文》）—— 不僅學，一切事皆然，不進則退 —— 日光下沒新鮮事，人不能在天地間毀滅一點什麼，也不能在天地間創造（增加）一點什麼。後來儒家沒勁，故不行。陶淵明在儒家是了不起的，實在是儒家精神。後世儒家思想不差，但同樣的話總說就沒勁了。

> 王荊公一日問第文定公（張方平）曰："孔子去世百年，生孟子亞聖，後絕無人，何也？"文定公曰："豈無人？亦有過孔孟者。"公曰："誰？"文定曰："江西馬大師[20]、坦然禪師[21]、汾

---

[20]　馬大師（709—788，或688—763）：名道一，唐代禪師，開創南嶽懷讓洪州宗。俗姓馬，世稱馬大師、馬祖。

[21]　坦然禪師：唐代禪師，為嵩嶽慧安禪師弟子，南嶽懷讓禪師同學、燈錄、史傳無載，生平事蹟不詳。

陽無業禪師㉒、雪峰㉓、岩頭㉔、丹霞㉕、雲門㉖。"荊公聞舉意,不甚解,乃問曰:"何謂也?"文定曰:"儒門淡薄,收拾不住,皆歸釋氏焉。"公欣然嘆服。後舉似㉗張無盡,無盡撫几歎賞曰:"達人之論也。"(宗杲禪師㉘《宗門武庫》)

自佛教入中國後,影響有二:其一,是因果報應之説影響下層社會;同時,今之俗語亦尚有出自佛經者,如"異口同聲"出《圓覺經》,"皆大歡喜"見《金剛經》,"五體投地"(《楞嚴經》)亦然。又其一,是佛家對士大夫階層之影響。中國莊、列㉙之説主虛無,任自然,其影響是六朝文人之超脱。唐代王、孟、韋、柳所表現的超脱精神,乃六朝而後多數文人精神。(後來文人成為無賴文人者,不是真超脱了。)超脱是遊於物外,王維的"明月松間照,清泉石上流"(《山居秋暝》),若只向"明月"、"松間"、"清泉"、"石上"去找就不對了,"明月"、"清泉"之外,尚有東西。即如"暮雲空磧時驅馬,秋日平原好射雕"在王詩中算是"着跡",然若與老杜比,仍是超脱。王維凡心未退,孟浩然可説是爐火純青,功夫更深。此功夫不但指寫實,乃指實生活而言。如孟浩然之詩句"微雲淡河漢,疏雨滴梧桐",

---

㉒　無業禪師(?—824):唐代禪師,馬祖道一弟子。

㉓　雪峰(822—908):名義存,雪峰為其號,唐末禪宗青原系高僧。

㉔　岩頭(828—887):名全豁,唐代禪師,與雪峰禪師、欽山禪師為友。

㉕　丹霞(739—824):法號天然,唐代禪師。因曾卓錫南陽丹霞山,故稱丹霞天然,或丹霞禪師。

㉖　雲門(864—949):名文偃,唐代禪師,開創禪宗雲門宗。

㉗　舉似:謂以言語舉示他人或以物與人。

㉘　宗杲禪師(1089—1163):字曇海,號妙喜,孝宗賜號"大慧"。宋代禪宗臨濟宗禪師,宋代話禪的代表人物。

㉙　莊、列:即莊子、列子。莊子(約公元前369—前286),戰國時期道家思想主要代表人物,與道家始祖老子並稱為"老莊",著有《莊子》。列子,與鄭繆公同時,道家思想又一代表人物,其學本於黃帝、老子,主張"清靜無為",著有《列子》。

此類句子是王維詩中找不到的，比王維的“日落江湖白，潮來天地青”更超脫，真是“不大聲以色”。王、孟相比，孟浩然真是超脫，王維有時尚不免着跡。

撫今追昔乃人類最動感慨的，然孟浩然之《與諸子登峴首》撫今追昔，感慨而仍與旁人不同：

> 人事有代謝，往來成古今。
> 江山留勝跡，我輩復登臨。
> 水落魚梁淺，天寒夢澤深。
> 羊公碑尚在，讀罷淚沾襟。

孟襄陽布衣終生，雖超脫，而人總是人。他的“不才明主棄，多病故人疏”（《歸故園作》），這兩句真悲哀。知識要用到實生活上，實際詩便是實生活的反映。知識要與實生活打成一片，如此方是真懂。俗説“百日牀前無孝子”，孟氏多病，“故人”之“疏”尚不止於孟氏之病，故人皆貴，誰肯來往？“多病故人疏”五個字，多少感慨，多少悲哀，以孟之超脫而有此句子，亦人情之不免。“羊公碑尚在，讀罷淚沾襟”二句，亦悲哀；而前四句“人事有代謝，往來成古今。江山留勝跡，我輩復登臨”，真自然，如水流花開，流乎其所不得不流，開乎其所不得不開，此真佛教精神加以莊、列思想而成，在六朝以前，如“三百篇”、“十九首”絕不如此。“三百篇”、“十九首”老實、結實，佛教精神與莊、列思想相合是學術上的“結婚”，產生此一種作品。

余希望同學看佛學禪宗書，不是希望同學明心見性，是希望同學取其勇猛精進的精神。細中之細是佛境界，故曰精進；儒為淡薄（如上所舉王荊公與張文定公的對話所言），沒有勇猛精進，故較禪宗淡薄。

　　"生的色彩"，要在詩中表現出生的色彩。王、孟、韋、柳四人中，柳有生的色彩，其他三人此種色彩皆缺少。唐詩人中，老杜、商隱皆生活色彩甚濃厚。人的生活寫進詩作，如何能使生的色彩濃厚起來？中國六朝以後詩人生的色彩多淡薄，近人寫詩只是文辭、技巧、功夫，不能打動人心。在此大時代，寫出東西後有生的色彩，方能動人。如何能使生的色彩濃厚？於此老僧[30]不惜以口說之。

　　欲使生的色彩濃厚：第一，須有"生的享樂"。此非世人所謂享樂，乃施為，乃生的力量的活躍。人做事要有小兒遊戲的精神，生命力最活躍，心最專一。第二，須有"生的憎恨"。憎恨是不滿，沒有一個文學藝術家是滿意於眼前的現實的，唯其不滿，故有創造；創造乃生於不滿，生於理想。憎恨與享樂不是兩回事，最能有生的享樂，憎恨也愈大，生的色彩也愈強。有憎就有愛，沒有憎的人也沒有愛。"世界微塵裏，吾寧愛與憎"（李商隱《北青蘿》），不然。今所講乃愛恨分明，憎得愈強，愛得愈強，愛得有勁，憎也愈深。此外第三，還要有"生的欣賞"。前二種是真實生活中的實行者，僅只此二種未必能成文人、詩人，前二者外更要有生的欣賞，然後能成大詩人。在紙篇[31]外更要有真生活的功夫，然後還要能欣賞。因為太實了，便不能寫出，寫不出來，不得不從生活中撤出去欣賞。不能鑽入不行，能鑽入不能撤出也不行。在人生戰場上要七進七出。

　　中國自上古至兩漢是生與力的表現，六朝是文采風流。古人寫詩是不得已，後人寫作是得已而不已，結果不着邊際，不

㉚　老僧：顧隨自謂。

㉛　紙篇：指寫出的作品。

着痛癢，吆喝什麼不是賣什麼的。往好説是司空表聖㉒《詩品》所説"超以象外，得其圜中"，self-center，自我中心。文人是自我中心，然自己須位在中心才成。"得其圜中"是"入"，西洋人只做到此；中國人則更加以"超以象外"。"超以象外"並非拿事不當事做，拿東西不當東西看，而有拿事不當事、拿東西不當東西的神氣，並非不注意，而是熟巧之極。勝固欣然，敗亦可喜，即"超以象外，得其圜中"，絕非拿事情不當事情。不是不認真，而是自在。西洋人認真而不能得自在，中國真能如此的人亦少。

> 欲持一瓢酒，遠慰風雨夕。
> 落葉滿空山，何處尋行跡。
>
> （韋應物《寄全椒山中道士》）

> 秋氣集南澗，獨遊亭午時。
> 回風一蕭瑟，林影久參差。
>
> （柳宗元《南澗中題》）

　　韋、柳此等詩句，"超以象外，得其圜中"，由認真而得自在。韋之"落葉滿空山，何處尋行跡"二句，始寫相思，而超相思之外。柳子厚詩寫愁苦，而結果所寫不但美化了，而且詩化了。（常人寫愁苦不着痛癢，寫殺頭都不疼。）説愁苦是愁苦，而又能美化、詩化。此乃中國詩最高境界，即王漁洋所謂"神韻"。寫什麼是什麼，而又能超之，如此高則高矣，而生的色彩便不濃厚了，力的表現便不充分

㉒　司空表聖（837—908）：司空圖，字表聖，唐晚期詩人、詩論家，著有《詩品》。

了，優美則有餘，壯美則不足。壯美必有生與力始能表現，如項王之《垓下歌》^㉝，真壯。欲追求生的色彩、力的表現，必須有"事"，即力，即生。

三　摩詰詩之靜穆

王維詩中禪意、佛理甚深，與初唐諸人不同。唐初陳子昂、張九齡、"四傑"^㉞，尚氣，好使氣，此氣非孟子所謂"浩然之氣"(《孟子·公孫丑上》)，此氣乃感情的激動。初唐諸詩人之如此，第一因其身經亂離，心多感慨。第二則朝氣，因初唐經南北朝後大一統，是真正太平的，人有朝氣(歡喜)、蓬勃之氣。故人自隋入唐，經亂離入太平，一方面有感情之衝動，一方面有朝氣之蓬勃。但不能以此看王維詩。王維乃詩人、畫家，且深於佛理，深於佛理則不許感情之衝動，亦無朝氣之蓬勃，其作風者，乃靜穆。

王維受禪家影響甚深，自《終南別業》一首可看出：

> 中歲頗好道，晚家南山陲。
> 興來每獨往，勝事空自知。
> 行到水窮處，坐看雲起時。
> 偶然值林叟，談笑無還期。

放翁"山重水複疑無路，柳暗花明又一村"(《遊山西村》) 與王維《終南別業》之"行到水窮處，坐看雲起時"頗相似，而那十四字

㉝　《垓下歌》全詩如下："力拔山兮氣蓋世，時不利兮騅不逝。騅不逝兮可奈何，虞兮虞兮奈若何！"
㉞　"四傑"：即"初唐四傑"王勃、楊炯、盧照鄰、駱賓王的合稱，簡稱"王楊盧駱"。

真笨。王之二句是調和，隨遇而安，自然而然，生活與大自然合而
為一。

$$生 \longrightarrow 道$$
$$人 \longrightarrow 自然$$

生即道，人與大自然合而為一。陶詩"採菊東籬下，悠然見南山"
（《飲酒二十首》其五）亦然，偶然行至"東籬下"，偶然"採菊"，偶
然"見南山"，自然而然，無所用心。王維之"行"並非意在"到水窮
處"，而"到水窮處"亦非"悲哀"；"坐看"亦非為看"雲起"，看到"雲
起時"，亦非快樂。只是自然而然，人與自然合而為一。

天下值得歡喜的事甚多，而常忽略過去。一弟子聞飯熟而拍掌大
笑，師問之，曰："肚飢得飯吃，故大喜。"師以為得道。晚上一覺
好睡亦舒服事，而有誰拍掌大笑？人生常感到憤慨、不滿足，於是羨
慕、嫉妒，此真如大毒蛇來咬人心。每節《佛經》末後皆有"諸弟子
皆大歡喜，信受奉行"等字，真好！"信受奉行"之前必為"皆大歡
喜"，歡喜則無"隔"心。有時理智上令人做事，而心中不歡喜，勉
強之事不能持久。不必拍掌大笑，只要自己心中覺得受用、舒服即
可。令人大笑之事只是刺激，佛不要刺激，甘於平淡而歡喜。慈母愛
子相處，不覺歡喜，真是歡喜，然後知"採菊東籬下，悠然見南山"
是多大歡喜，而不是哈哈大笑。"行到水窮處，坐看雲起時"二句亦
然。"山重水複"十四字太用力，心中不平和。詩教溫柔敦厚，便是
教人平和。王此二句或即從陶詩二句來。

宋人詩中有兩句似王氏二句，而很少被人注意，即陳簡齋《題小
室》：

爐煙忽散無蹤跡，屋上寒雲自黯然。

才說爐煙散盡，即接上"寒雲"，意境好，唯"黯然"二字太冷，境象亦稍狹小、枯寂耳。（莊子薪盡火傳之意，意似"爐煙接雲"。）

王摩詰詩是蘊藉含蓄，什麼也沒說，可什麼都說了。

雨中山果落，燈下草蟲鳴。

（《秋夜獨坐》）

二句是靜，不是死靜，是佛的境界，佛講"寂滅"而非"斷滅"。王維蓋深於佛理，"滅"乃"四諦"之一（諦：真理之意）。"斷"是止，是死，佛非如此。佛講寂滅，既非世俗盲動，又非外教斷滅，"雨中山果落"二句即然。又孟浩然《與諸子登峴首》：

人事有代謝，往來成古今。
江山留勝跡，我輩復登臨。

20個字，道盡人生世界，而讀之如不着力，此點亦可說為是寂滅，不是斷滅。但王、孟所用醞釀蘊藉功夫，我們不能用了。"長安居，大不易"（張固[35]《幽閒鼓吹》），自古而然，於今為然。這真苦而又有趣，凡不勞而獲的皆沒趣。現時代不能用蘊藉之功夫而還要用。

此外還須注意，王維其描寫多為客觀的。陳子昂、張九齡二人之好乃主觀之抒寫，非客觀的描寫。（抒寫——主觀，描寫——客觀。）此非絕對的，不是說初唐便無客觀描寫，王維便無主觀抒寫；

---

[35]　張固：生卒年不詳，唐懿、僖之際（860—888）人，著有《幽閒鼓吹》一卷。《幽閒鼓吹》載："白尚書應舉，初至京，以詩謁著作顧況，顧睹姓名，熟視白公曰：'米價方貴，居亦弗易。'"

唯陳、張之抒寫，王之描寫較顯著耳。

　　印象是死的，外物須活在心中再寫。有的詩人所寫景物不曾活於心中。人或說文學是重現（re-appeme[36]），余以為文學當為重生。無論情、物、事皆為 re-naissancn，復活，重生。看時是物，寫時非物，活於心中。或見物未立即寫，可保留心中，寫時再重生。故但為客觀，雖描寫好，而爾為爾，我為我，不相干。人以陶（淵明）、謝（靈運）並稱，余對陶不敢置一辭，而謝不見得好，乃客觀的描寫。若說陶為詩人，則謝為詩匠。王維以山水詩名，多客觀的描寫，而余不喜歡。如《藍田山石門精舍》（精舍，學佛處）：

　　　　安知清流轉，偶與前山通。

　　算是詩，也是二三流詩，不能算高。描寫曲折，而詩人的詩心本不是曲折的。

　　王維、孟浩然、儲光羲等寫田園，是寫實的、客觀的。

　　　　開軒面場圃，把酒話桑麻。
　　　　待到重陽日，還來就菊花。
　　　　　　　　　　（孟浩然《過故人莊》）

　　說田園只是田園，場圃只是場圃。陶淵明寫“種豆南山”一事，象徵整個人生所有的事。

　　王維是寫實的，陶淵明是象徵的；王維是狹隘的，陶淵明是普遍的。

---

[36]　此與下文 re-naissancn 同為法語。

王維之《渭川田家》，余最不喜歡：

> 斜光照墟落，窮巷牛羊歸。
> 野老念牧童，倚杖候荊扉。
> 雉雊麥苗秀，蠶眠桑葉稀。
> 田夫荷鋤立，相見語依依。
> 即此羨閒逸，悵然吟《式微》。

不喜歡其沾沾自喜。人應能發現自己之短處，在自己內心發現悲哀，才能有力量。世俗所謂歡喜是輕浮，悲哀是實在，佛所謂歡喜是真實。必發現自己之短處，才能有長進、有生活的力量。沾沾自喜者，故步自封。余是入世精神，受近代思想影響，讀古人詩希望從其中得一種力量，親切地感到人生的意義，大謝^⑰ 及王維太飄飄然。山水詩作此必此詩，詩外無詩，無餘味。孟浩然"微雲淡河漢，疏雨滴梧桐"亦無人生，而余喜歡，即因孟寫得深，王淺。

王摩詰有時露才氣，如《觀獵》：

> 風勁角弓鳴，將軍獵渭城。
> 草枯鷹眼疾，雪盡馬蹄輕。
> 忽過新豐市，還歸細柳營。
> 回看射雕處，千里暮雲平。

偉大，雄壯。然寫此必有此才（才氣是天生），否則不能有此句。

王維送別詩《送元二使安西》：

---

⑰　大謝 (385—433)：謝靈運，南北朝詩人。與謝朓合稱"大小謝"、"二謝"。

渭城朝雨浥輕塵，客舍青青柳色新。

勸君更盡一杯酒，西出陽關無故人。

末二句夠味。沈歸愚以為乃王勸其友人語，余以為乃其友人語，二者相較，此意為恰。送別詩中《送綦毋校書棄官還江東》[38]亦好，因其亦旁人事。

姚鼐謂王摩詰有“三十二相”(《今體詩鈔》)。(佛有三十二相，乃凡心、凡眼所不能看出的。)摩詰不使力，老杜使力；王即使力，出之亦為易；杜即不使力，出之亦艱難。

欲了解唐詩、盛唐詩，當參考王維、老杜二人。幾時參出二人異同，則於中國之舊詩懂過半矣。

---

[38] 王維《送綦毋校書棄官還江東》，全詩如下：“明時久不達，棄置與君同。天命無怨色，人生有素風。念君拂衣去，四海將安窮。秋天萬里淨，日暮澄江空。清夜何悠悠，扣舷明月中。和光魚鳥際，澹爾兼葭叢。無庸客昭世，衰鬢日如蓬。頑疏暗人事，僻陋遠天聰。微物縱可采，其誰為至公。余亦從此去，歸耕為老農。”

太白古體詩散論

一詩人成功與天時、地利、人和有關。老杜生當"天寶之亂"，正足以成其詩；李白豪華，亦其天時、地利、人和。

一個詩人不許承認自己之不為人了解、作品之不為人所欣賞是應當的，這樣便可減少傷感牢騷。又須知詩人生活原與常人不同，這樣便可增長意氣。俗言"有狀元徒弟，沒狀元先生"，佛羅貝爾（Flaubert）與弟子居伊・德・莫泊桑（Guy de Maupassant），若二人者師生皆狀元。F氏對莫泊桑說："既做文人便無權利與常人同樣生活。"能懂此，雖非心平氣和，而傷感牢騷可減少，且意氣更增長。

太白是天才。太白天才不為世人所認識——"世人皆欲殺，我意獨憐才"（杜甫《贈李白》），此非標榜、恭維，真是從心坎中流出。（杜甫贈李白詩甚多而且好。）平凡的社會最足以迫害偉大的天才，如孔子、基督。

人生得一知己可以無憾，太白除老杜外，明皇亦其知己。明皇有才，青年時曾平"韋后之亂"，且能詩。如其《經魯過孔子齋而祭》有云：

　　夫子何為者，棲棲一代中。

　　地猶鄹氏邑，宅即魯王宮。

　　歎鳳嗟身否，傷麟怨道窮。

　　今看兩楹聯，當與夢時同。

　　"夫子何為者，棲棲一代中"，真寂寞。寂寞是文學、哲學的出發點，必能利用寂寞，其學問始能結實。詩中又云"今看兩楹聯，當與夢時同"（孔子臨歿，夢於兩楹之間），亦好。此二句音節、氣象好。明皇是天才天子，太白受知於帝，其詩何能不豪華？《離騷》之有如彼作風，亦其天時、地利、人和。楚地天氣溫和，草木茂盛，故屈原富於幻想。佛在幻想上亦一大詩人，如其《觀普賢行經》，此經是叫人信行，非叫人知解。孟子《離婁上》有言："徒法不足以自行。"學作詩亦是只聽講不成，須信行。只有在印度才能出釋迦。雲蒸霞蔚方能鳳翥鸞翔。印度地方即雲蒸霞蔚，釋迦思想即鳳翥鸞翔。屈原生於雲夢澤，行吟，故好。（現在我們不但天時不成，地利就不成。）

　　太白詩飛揚中有沉着，飛而能鎮紙，如《蜀道難》；老杜詩於沉着中能飛揚，如"天地為之久低昂"（《觀公孫大娘弟子舞劍器行》）。

一　高致

　　世之論李、杜者每曰太白復古，工部開今：太白之古乃越六朝而上之，雖古實亦新。太白《古風》似古並不古，沒什麼了不得。才氣有餘，思想不足。中國詩向來不重思想，故多抒情詩。且吾國人對人生入得甚淺，而思想必基於人生，不論出世、入世，其出發點總是人生。入世者如《論語》，"為學"與"為政"相駢，為己為人，欲改變人生；出世者則若莊、列，亦因見人生痛苦，欲脫離之。孔子不言“道”，而莊子必言“道”。吾國詩人亦未嘗不自人生出發，只入得不深，感得不切，説得不明。太白詩思想既不深，感情亦不甚親切。如其“處世若大夢，胡為勞其生”（《春日醉起言志》）一首，即思想不深，情感不切，可為其壞的方面代表。漢、魏詩如古詩十九首、曹氏父子詩，思想雖淺而情感尚切。

太白詩號稱有“高致”。王靜安[①] 説：

> 詩人對宇宙人生，須入乎其內，又須出乎其外。……
> 入乎其內，故有生氣；出乎其外，故有高致。　（《人間詞話》）

身臨其境者難有高致，以其有得失之念在，如弈棋然。太白唯其入人生不深，故有高致。然靜安“出乎其外”一語，吾以為又可有二解釋：一者，為與此事全不相干，如皮衣擁爐而賞雪，此高不足道；二者，若能着薄衣行雪中而尚能“出乎其外”，方為真正高致。情感雖切而得失之念不盛，故無怨天尤人之語。人要能在困苦中並不擺脱而更能出乎其外，古今詩人僅淵明一人做到。（老杜便為困苦牽扯了。）陶始為“入乎其中”，復能“出乎其外”：

> 弊廬交悲風，荒草沒前庭。
> 被褐守長夜，晨雞不肯鳴。
>
> 　　　　　　　（《飲酒二十首》其十六）

---

① 王靜安：王國維（1877—1927），字伯隅，一字靜安，號觀堂、永觀，近代中國著名學者，代表作為《人間詞話》。

宋・梁楷《李白行吟圖》

交者，四面受風也。此寫窮而不怨尤，寒酸表現為氣象態度，怨尤乃心地也。一樣寫寒苦，陶與孟東野絕不同。孟東野《答友人贈炭》：

> 驅卻坐上千重寒，燒出爐中一片春。
> 吹霞弄日光不定，暖得曲身成直身。

“暖得曲身成直身”，親切而無高致。陶入於其中，故親切；出乎其外，故有高致。

太白則全然不入而為擺脫，故雖復古而終不能至古，僅字面上復古而已。其《古風》59首中好的皆為能代表太白自己作風的，而非能合乎漢魏作風的。如其《古風》第一首言：

> 我志在刪述，垂輝映千春。
> 希聖如有立，絕筆於獲麟。

“我志在刪述”，“刪”指孔子刪詩書、定禮樂，“述”亦指孔子“述而不作”；又曰“絕筆於獲麟”，不明其意所在，乃說大話而已。孔子有中心思想，太白無有，憑什麼亦“絕筆於獲麟”？杜詩：

> 致君堯舜上，再使風俗淳。
>
> 　　　　　　　　　（《奉贈韋左丞丈二十二韻》）

> 許身一何愚，竊比稷與契。
>
> 　　　　　　　　　（《自京赴奉先縣詠懷五百字》）

此亦說大話。但自此亦可看出李、杜二人之不同：李但言文學，杜志在為政。太白的高致是跳出、擺脫，不能入而復出；若能入污泥而不染方為真高尚，太白做不到。

明・陳洪綬《屈原像》

　　太白詩表現高致，有時用幻想。高——幻想；下——人生。而吾國人幻想不高，"下"又不能抓住人生核心。詩人缺乏此種抓住人生核心的態度，勉強説杜工部尚有此精神，他人皆有福能享、有罪不敢受，不能看見整個人生。人生是一，此一亦二，二生於一。欲了解一，須相容二；擺脱一，則不成二，亦不成一矣。

　　對人生應深入咀嚼始能深，"高"則須有幻想，中國幻想不發達。常説"花紅柳綠"，花，還它個紅；柳，還它個綠，是平實，而缺乏幻想。無論何民族，語言中多有 Ля [②] 之音，而中國沒有。Ля音顫動，中國漢語無此音，語音平實。平實如此可愛，亦如此可憐。中國幻想不發達，千古以來僅屈原一人可為代表，連宋玉都不成。漢人簡直老實近於愚，何能學《騷》？後之詩人亦做不到，但流連詩酒風花，不高不下何足貴？而此種詩車載斗量。屈子之後，詩人有近似《離騷》而富於幻想者，不得不推太白。

　　盛唐李白有幻想而與屈原不同，有高致而與淵明不同。屈之幻想本乎自己親切情感，人謂之愛國詩人；屈之愛國，非只口頭提倡，乃真切需要，如飢之於食。此幻想本乎此真切不得已之情感（思想），有根；太白幻想並無根，只有美，唯美。屈原詩無論其如何唯美，仍為人生的藝術；太白則但為唯美，為藝術而藝術，為作詩而作詩。為人生的藝術有根，根在人生。太白有幻想與屈不同，太白有高致與陶不同，故其詩亦不能復古到漢魏。

　　欲了解太白詩高致，須參其"鄭客"一首（即《古風》第三十一）：

---

② 　Ля：俄文字母，捲舌音。

> 鄭客西入關，行行未能已。
>
> 白馬華山君，相逢平原裏。
>
> 璧遺鎬池君，明年祖龍死。
>
> 秦人相謂曰：吾屬可去矣！
>
> 一往桃花源，千春隔流水。

讀書須真正嘗味。末四句是高致而跳出人生。

二　詩之敍事

太白有《經下邳圯橋懷張子房》：

> 子房未虎嘯，破產不為家。
>
> 滄海得壯士，椎秦博浪沙。
>
> 報韓雖不成，天地皆振動。
>
> 潛匿遊下邳，豈曰非智勇。
>
> 我來圯橋上，懷古欽英風。
>
> 唯見碧流水，曾無黃石公。
>
> 歎息此人去，蕭條徐泗空。

此與前一首"鄭客"相近，皆敍事而未能詩化。

吾國敍事詩甚少，不知是否吾國人不喜之或不能之，或中國文字敍事不便？此諸原因蓋有連帶關係，蓋敍事非有彈性不可。如太史公《項羽本紀》，可稱立體描寫。《廿五史》③以文論，太史第一，寫人、

---

③　《廿五史》：中國歷代 25 部紀傳體史書的總稱，包括《史記》、《漢書》、《後漢書》、《三國志》、《晉書》、《宋書》、《南齊書》、《梁書》、《陳書》、《魏書》、《北齊書》、《周書》、《隋書》、《南史》、《北史》、《舊唐書》、《新唐書》、《舊五代史》、《新五代史》、《宋史》、《遼史》、《金史》、《元史》、《新元史》、《明史》。

寫事皆生動，一字做多字用。敘事用散文尚易，詩則體太整齊。

　　唐人詩抒情、寫景最高，上可超過漢魏六朝，下可超越宋元明清。唐代雖小詩人，只要是真詩人，皆能寫，抒情、寫景甚好。《長恨歌》敘事，失敗了，廢話多，而不能在咽喉上下刀。如寫貴妃之死，但曰：

　　　　六軍不發無奈何，宛轉蛾眉馬前死。

　　真沒勁！

　　説話為使人懂，且令人生同感。太白《經下邳圯橋懷張子房》之"天地皆振動"，讀之不令人感動。若老杜之"觀者如山色沮喪，天地為之久低昂"（《觀公孫大娘弟子舞劍器行》）。

　　字字如生鐵鑄成，而用字無生字，句法亦然，小學生皆可懂，而意味無窮，似天地真動。李則似無干。李白才高，惜其思想不深。哲人不能無思想，而詩人無思想尚無關，第一須情感真切，太白則情感不真切。老杜不論説什麼，都是真能進去，李之"天地皆振動"並未覺天地真動，不過為湊韻而已。必自己真能感動，言之方可動人。寫張子房必寫其別人説不出來的張子房之精神始可。李白"豈曰非智勇"，若此等句誰不能説？

　　《經下邳圯橋懷張子房》前數句敘事亦失敗，不能詩化。即再低一步，敘事須令人明白。而若李之"鄭客"一首，敘事真不能令人明白。

　　　　君子深造之以道，欲其自得之也。自得之，則居之安；居之安，則資之深；資之深，則取之左右逢其原。（《孟子·離婁下》）

資，倚靠、倚賴。學詩、學道之方法與態度相近，取之左右、不逢其原，則諸多窒礙，自不能頭頭是道。

詩可用典，而須能用典入化，不註亦能明白始得。如陳後山之"一身當三千"（《妾薄命》），用白樂天《長恨歌》"後宮佳麗三千人，三千寵愛在一身"二句，不讀白詩則不懂陳詩，用典如此，真不通矣。而太白真有好的地方，如《經下邳圯橋懷張子房》：

> 唯見碧流水，曾無黃石公。

此二句，真好，講不出來。吾人亦可以有此意，而絕寫不出這樣的詩。太白蓋以張子房自居，而無神仙黃石公教授兵法。"唯見碧流水"句在現在，"曾無黃石公"一句則揚到千載之前，大合大開。開合在詩裏最重要，詩最忌平鋪直敍。（不僅詩，文亦忌平鋪直敍。魯迅先生白話文上下左右、龍跳虎臥、聲東擊西、指南打北，他人文則如蟲之蠕動。敍事文除《史記》外推《水滸傳》，他小說敍事亦如蟲之蠕動。）再者，曰"碧"、曰"黃"，水固"碧"矣，黃石公何曾"黃"？且根本無黃石公，而太白說出來、寫出來便好。若曰"唯有一水在，不見古仙人"，此等詩一日要100首也得，太普通。而太白曰"碧"、曰"流"，便令人如見。

《經下邳圯橋懷張子房》之末兩句：

> 歎息此人去，蕭條徐泗空。

亦高。意思雖平常，而太白表現得真好。死並不嚇人，奈何以死感之？"報韓雖不成，天地皆振動"一句即如此。感人必有過於"死"者。末兩句字字有生命、有彈性，比老杜"天地為之久低昂"還飄灑。

三　詩之散文化

太白《遠別離》乃仿古樂府《古別離》之作。《遠別離》所寫乃娥皇、女英：

> 遠別離，古有皇、英之二女，乃在洞庭之南，瀟湘之浦。海水直下萬里深，誰人不言此離苦？日慘慘兮雲冥冥，猩猩啼煙兮鬼嘯雨，我縱言之將何補。皇穹竊恐不照余之忠誠，雷憑憑兮欲吼怒。堯舜當之亦禪禹，君失臣兮龍為魚，權歸臣兮鼠變虎。或云堯幽囚，舜野死。九疑聯綿皆相似，重瞳孤墳竟何是？帝子泣兮綠雲間，隨風波兮去無還。慟哭兮遠望，見蒼梧之深山。蒼梧山崩湘水絕，竹上之淚乃可滅。

太白七言古，用古樂府題目，實則徒有其名而無其實。故其詩雖分七古、樂府兩種，實則皆七言古風。後之詩人雖亦用長短句寫古風，而皆不及太白，即技術不熟。李之長短句長乎其所不得不長，短乎其所不得不短，比七言、五言還難，若可增減則不佳矣；而其轉韻，亦行乎所不得不行，止乎所不得不止。

太白詩一唸便好，深遠。遠——無限；深——無底。《遠別離》不但事實上為“遠別離”，在精神上亦寫出“遠別離”來。純文學上描寫應如此，但有實用性、無藝術性不成其為文學。一切藝術皆從實用來，如古瓷碗，其美在於其本身，後則加美於其身上，實用性漸少，藝術性漸多。

詩是一種美文，最低要交代清楚。太白此首開端交代得清楚：

> 遠別離，古有皇、英之二女，乃在洞庭之南，瀟湘之浦。

　　然文學需能使人了解後尚能欣賞之，即在清楚之外更須有美。太白在寫事實清楚之外，更以上下左右情景為之陪襯：

　　　　海水直下萬里深……日慘慘兮雲冥冥，猩猩啼煙兮鬼嘯雨……雷憑憑兮欲吼怒。

此乃文學上的加重描寫。

　　天地間一切現象沒有不美的，唯在人善寫與不善寫耳。如活虎不可欣賞，而畫為畫便可欣賞。靜安先生分境界為優美、壯美，壯美甚複雜，醜亦在其內。中國人有欣賞石頭者，此種興趣，恐西洋人不了解。（如西洋人剪庭樹，不能欣賞大自然。）人謂石之美有“三要”：皺、瘦、透。然合此三點豈非醜、怪？凡人庭院中或書桌上所供之石，必為醜、怪，不醜、不怪，不成其美。詩人根本即“怪”（在世眼上看，不可通）。

　　太白此詩亦並不太好，將散文情調詩化。“說取行不得底，行取說不得底。”（洞山④禪師語）“取”，乃助詞，無意義。說不得底，乃最微妙、高妙境界，雖不能說而能行。會心，有得於心。由所見景物生出一個東西，說不得而是有。如父母之愛說不出而行得了。莫泊桑的老師佛羅貝爾曾告訴他說，若想做一文學家就不允許你過和常人一樣的生活。

　　太白之詠娥皇、女英，暗指明皇、貴妃。“馬嵬之變”，作成長

---

④　洞山（807—869）：名良價，唐代著名禪師，禪宗曹洞宗開山之祖。因居於江西洞山傳法，世稱洞山良價或洞山。《五燈會元》卷四載：“(洞) 山又問其僧：‘大慈別有甚麼言句？’曰：‘有時示眾曰：說得一丈，不如行取一尺。說得一尺，不如行取一寸。’山曰：‘我不恁麼道。’曰：‘和尚作麼生？’山曰：‘說取行不得底，行取說不得底。’（雲居云：‘行時無說路，說時無行路。不說不行時，合行甚麼路？’洛浦云：‘行說俱到，即本分事無，行說俱不到，即本分事在。’）”

恨，不得不責明皇國政之付託非人。⑤《遠別離》之意在"君失臣兮龍為魚，權歸臣兮鼠變虎"二句，凡做領袖者首重知人，然後能得人，能用人。明皇以內政付國忠，軍事付安祿山，即不知人。"堯舜當之亦禪禹"句中"之"字，當為下二句代名詞，通常用代名詞必有前詞，此則置前詞於後，"堯舜"二字，"堯"為賓，"舜"為主。

"帝子泣兮綠雲間"，"綠雲"，猶言碧雲也。如江淹之"日落碧雲合，佳人殊未來"（《休上人怨別》）。又，稱女人髮亦曰"綠雲"，猶言"青絲"，黑也。或以為"綠雲"指竹林。

四　詩之美

"詩言志"（《尚書·堯典》）。言志者，表情達意也。詳細分起來，"志"與"意"不同；合言之，則"志"與"意"亦可同。詩無無意者，然不可有意用意。宋人詩好用意、重新——新者，前人所未發者也。吾人作詩必求跳出古人範圍，然若必認為有意跳出古人範圍方為好詩，則用力易"左"。詩以美為先，意乃次要。屈子"吾令羲和弭節兮，望崦嵫而勿迫。路漫漫其修遠兮，吾將上下而求索"（《離騷》），意固然有，而說得美。說得美雖無意亦為好詩，如孟浩然"微雲淡河漢，疏雨滴梧桐"。然有時讀一首寫悲哀的詩，讀後並不令讀者悲哀，豈非失敗？蓋凡有所作，必希望有讀者看，真有話要寫，寫完總願意人讀，且願意引起人同感，如此才有價值。然如李白之《烏夜啼》，讀後並不使人悲哀，豈其技術不高，抑情感不真？此皆非主因，主因乃其寫得太美。

---

⑤　葉嘉瑩此處有按語：此詩實作於"馬嵬之變"以前，但亦有以為暗指此事件者。

黃雲城邊烏欲棲，歸飛啞啞枝上啼。
機中織錦秦川女，碧紗如煙隔窗語。
停梭悵然憶遠人，獨宿孤房淚如雨。

詩原為美文，然若字句太美，則往往字句之美遮蔽了內中詩人之志，故古語曰：“美言不信，信言不美。”（《老子》）此話有一部分可靠。然如依此說，則寫好詩的有幾個是全可信的？一個大詩人說的話並不見得全可靠，只看它好不好而已。如俄國小說家契柯夫（Chekhov）⑥，舊俄時代以短篇小說著名，人稱之為“俄國莫泊桑”，實則契柯夫比莫泊桑還偉大，其所寫小說皆是詩，對社會各樣人事了解皆非常清楚。莫泊桑則抱了一顆詩心，暴露人世黑暗殘酷，令人讀了覺得莫泊桑其人亦冷酷。而契柯夫是抱了一顆溫柔敦厚的心，雖罵人亦是詩。

有時詩寫悲哀，讀後忘掉其悲哀，僅欣賞其美。太白《烏夜啼》即如此。首句“黃雲城邊烏欲棲”所寫景物淒涼，而字句間名詞、動詞真調和；次句“歸飛啞啞枝上啼”，如見其飛，如聞其啼。此二句謂為比亦可，謂之興亦可。“比”者，謂烏尚棲，何人不歸？“興”者，則謂此時聞烏啼而已。“碧紗如煙隔窗語”句真好。詩固然要與理智發生關係，而說好是與幻想發生關係，“碧紗如煙隔窗語”句即由幻想得來。“黃雲”、“歸飛”、“碧紗”此三句是詩，另“機中”、“停梭”、“獨宿”三句乃寫實。因欣賞“黃雲”等三句之美，遂忘其獨宿空房之悲。“淚如雨”何嘗不悲？唯令人忘之耳。

---

⑥　契柯夫（1860—1904）：今譯為契訶夫，19 世紀末期俄國批判現實主義作家、短篇小說藝術大師，代表作品有《變色龍》、《套中人》等。

詩之美與音節、字句皆有關。詩之色彩要鮮明，音調要響亮。太
白《烏夜啼》之"黃雲"二字，若易為"暮雲"，意思相同而不好，即
因不鮮明、不響亮。清趙執信（秋谷）有《聲調譜》、《秋谷談龍錄》，
指示古風之平仄，比較而歸納之。然此書實不可據。近體詩有平仄，
古詩無平仄，而亦有音節之美。如太白"黃雲城邊烏欲棲，歸飛啞啞
枝上啼"二句，平平仄仄平仄平，平平平平平上平，非律詩之格律，
卻有音節之美。格律乃有法之法，追求詩之美乃無法之法。

《金剛經》有言："說法者無法可說是各說法。"其實所謂詩法便
非詩法。太白此二句，就不可講。

《詩經·王風》有《君子于役》：

> 君子于役，
> 　不知其期。
> 　　曷至哉？
> 雞棲于塒，
> 　日之夕矣，
> 　　羊牛下來。
> 君子于役，如之何不思！

余寫舊詩不主分行分段，而此首如此寫好。

太白一首《烏夜啼》先不點題，此則開端便言"君子于役"，點出
題來，此首如此寫好。"曷至哉"三字，味真厚。傍晚時思之最甚，
平常日暮則歸，故日暮不歸則思人之情愈厚。若吾人寫必先說"日之
夕矣"，再接"曷至哉"，而此詩將"日之夕矣"加於"雞棲于塒"、"羊
牛下來"之間，好。心中但思君子，忽見"雞棲于塒"，因知"日之夕

矣”，再遠望見“羊牛下來”。且“羊牛”二字比“牛羊”好，“羊”字在中間音似一起，太提，不好。絕對是“羊牛下來”。或曰：羊行快故在牛前。如此解，便死了。“如之何不思”亦好。比太白之《烏夜啼》“悵然”、“淚如雨”高得多，味厚。

詩中用字，須令人如聞如見。著作者不能使人見，是著作者之責；作者寫時能見，而讀者不能見，是讀者對不起作者。太白《烏夜啼》之“黃雲城邊”如見，“歸飛啞啞”亦如見，亦如聞；《詩》之《君子于役》“羊牛下來”讀其音如見　形，若曰“牛羊下來”，則讀其音如見　形，下不來矣。

用古樂府雖古，而古不見得就是好。李太白《烏棲曲》：

> 姑蘇台上烏棲時，吳王宮裏醉西施。
> 吳歌楚舞歡未畢，青山欲銜半邊日。
> 銀箭金壺漏水多，起看秋月墜江波，
> 東方漸高奈樂何。

作短詩應有經濟手段。此詩一起“姑蘇台上烏棲時，吳王宮裏醉西施”，連以前情事皆包括進來。“銀箭金壺”，壺，中國古時計時器，“銅壺滴漏”（西洋古時用沙）。“箭”，浮箭，指時者。“東方漸高奈樂何”句，不通。用古樂府“東方須臾高知之”（《有所思》），古樂府此句亦不好解。詩固不講邏輯文法，但有時須注意之。“東方漸高”即不如“東方漸白”之合於邏輯文法。

五　豪氣與豪華

《將進酒》與《遠別離》最可代表太白作風。

太白詩第一有豪氣，出於鮑照且駕而上之。但豪氣不可靠，頗近於佛家所謂"無明"（即俗所謂"愚"）。一有豪氣則易成為感情用事，感情雖非理智，而真正感情亦非豪氣。因真正感情是充實的、沉着的，豪氣則頗不充實、不沉着，易流於空虛、浮飄。如其：

> 功名富貴若常在，漢水亦應西北流。
>
> 　　　　　　　　　　　　　（《江上吟》）

漢水本向東南流，不向西北流，故功名富貴不能長在。太白此二句，豪氣，不實在，唯手腕玩得好而已，乃"花活"，並不好，即成"無明"，且令讀者皆鬧成"無明"。

"聰明"一詞，耳聽為聰，目見為明。而吾人普通將智慧亦叫聰明（wise, wisdom），心之感覺銳敏如耳之聞、目之見。然余以為尚有第二種解釋，即吾人之聰明許多是從耳聞目見得來。耳聞目見，眼睛比耳朵更重要，而在造型藝術家眼尤重要，音樂家則重在耳。但大音樂家貝多芬（Beethoven）[⑦]（與歌德 [Goethe] 同時），作《月光交響曲》，晚年耳聾，所作最好的樂曲自己都聽不見，譜成後他人演奏，請他坐在台上，他見人鼓掌，始知樂曲成功，可見眼之重要。人若無目比無耳更苦，盲詩人雖可成為詩人，但總是可憐。俗語亦曰"耳聞不如目見"，即耳聞時仍須目見。

《佛經》說"如親眼見"，佛又說"必須親見始得"，極重"見"字。佛在千百年前所說"親見"，必須"親眼見"佛，如何能"見"？如舜

---

⑦　貝多芬（1770—1827）：德國音樂家、作曲家，維也納古典樂派代表人物之一，集古典音樂之大成，同時開闢了浪漫音樂的道路，對世界音樂的發展有着舉足輕重的作用。

之崇拜堯，臥則見堯於牆，食則見堯於羹。[8] 此"見"比對面之見更真實、更切實。想之極，不見之見，是為"真見"，是"心眼之見"，肉眼之見不真切。常言念佛，念佛非口唸，須心在佛，念之誠，故見之真。若念之不誠，豈但學道不成，學什麼都不成。儒家說"念茲在茲"（《尚書·大禹謨》），何必念故在？不可以"念茲"為因，"在茲"為果，若以為"念"方可"在"則非矣。"念茲在茲"應標點為"念茲，在茲"，念必在茲，不念亦在茲。舜若非念堯之誠，何能見之於牆、羹？

　　對詩必須心眼見，此"見"即儒家所謂"念"。聽譚叫天唱《碰碑》[9]，他一唱我們一聽即如見塞外風沙，此乃用"心眼"見。讀老杜之"急雪舞迴風"（《對雪》）亦須見，如真懂此五字，雖夏日讀之亦覺見飛雪。酒令中有險語："八十老翁攀枯枝，井上轆轤臥嬰兒，盲人騎瞎馬，夜半臨深池。"[10] 不只是說、讀，須見，見老翁攀枯枝、嬰兒臥轆轤、盲人瞎馬、夜半臨池。太白"黃雲城邊"二句，須真看見，真聽見。必須如此，始能了解詩；人生如此，始能抓住人生真諦。懂詩須如此，寫詩亦須如此。

　　學文學者對文學亦應有真切感覺、認識、了解，不可人云亦云。對用字亦應負責任。如謂某人"無惡不作"，其言外意亦可解為某人善亦可為，不如說"無作不惡"，如此則某人絕不能為善矣。"念茲在

---

[8]　《後漢書·李固傳》："昔堯殂之後，舜仰慕三年，舜坐則見堯於牆，食則睹堯於羹。"

[9]　譚叫天（1847—1917）：譚鑫培，京劇演員，初習武生後改老生，有"伶界大王"之美譽。代表劇目《碰碑》，又名《托兆碰碑》、《兩狼山》，敘楊繼業與遼兵交戰兩狼山，因內無糧草外無救兵，最終碰碑而死，壯烈殉國。

[10]　《世說新語·排調》："桓南郡與殷荊州語次，因共作了語……次復作危語。桓曰：'矛頭淅米劍頭炊。'殷曰：'百歲老翁攀枯枝。'顧曰：'井上轆轤臥嬰兒。'殷有一參軍在座，云：'盲人騎瞎馬，夜半臨深池。'"

茲"一語亦如無惡不作,易產生言外意。若余講則是"無作不惡",
語意更為清楚明白。

詩中有時用譬喻。譬喻乃修辭格之一種,譬喻最富藝術性。(商
務出版有《修辭格》一書。)如,歇後語"小葱拌豆腐——一清二
白",若但言"一清二白",使人知而未見;曰"小葱拌豆腐——一
清二白",則令人如見,說時如令人親見其清楚。細節描寫可使人如
見——用心眼見,用詩眼見。

譬喻即為使人如見,加強讀者感覺。詩更須如此。如太白《將進
酒》首云:

> 君不見黃河之水天上來,奔流到海不復回。
> 君不見高堂明鏡悲白髮,朝如青絲暮成雪。

一說即令人如見。詩好用比興(譬喻),即為得令人如見。"君不
見黃河之水天上來,奔流到海不復回。君不見高堂明鏡悲白髮,朝如
青絲暮成雪",皆是助人見。

晉左思太沖、宋鮑照明遠、唐李白太白,說話皆不思索衝口而
出,皆有豪氣。有豪氣,始能進取。孔子謂:"狂者近取,狷者有所
不為也。"(《論語·子路》)豪氣如煙酒,能刺激人的神經,而不可
持久。豪氣雖好,詩人之豪氣則好大言,其實則成為自欺,故詩人少
成就。有豪氣能挺身吃苦固然好,凡古聖先賢、哲人、詩人之言,皆
謂人為受苦而生。佛說吃苦忍辱,必如此始為偉大之人。而詩人多為
不讓蚊子踢一腳的,即因其雖有豪氣而神經過敏,神經過敏成為歇斯
底里(hysteria)。老杜《醉時歌》曰:

但覺高歌有鬼神，安知餓死填溝壑。

此等處老杜比李白老實。太白過於誇大 ——“千金散去還復來”—— 人可以有自信而不能有把握。然若“朝如青絲暮成雪”，雖誇大猶可說也，至“會須一飲三百杯”則未免過矣。

太白詩有時不免俚俗。唐代李、杜二人，李有時流於俗，杜有時流於粗（疏）。凡世上事得之易者，便易流於俗（故今世之詩人比俗人還俗）。太白蓋順筆寫去，故有時便不免露出破綻。

岑夫子，丹丘生，將進酒，杯莫停。與君歌一曲，請君為我傾耳聽。（《將進酒》）

皆俗。所謂“俗”，即內容空虛。只要內容不空虛，不管內容是什麼都好。如《石頭記》，事情平常而寫得好，其中有一種味。《水滸》之殺人放火，比《紅樓》之吃喝玩樂更不足法，不可為訓，而《水滸》有時比《紅樓》還好。若《紅樓》算能品，則《水滸》可曰神品。《紅樓》有時太細，乃有中之有，應有盡有；《水滸》用筆簡，乃無中之有，餘味不盡。《史》、《漢》之區別亦在此。《漢書》寫得兢兢業業，而《史記》不然，《史記》之高處亦在此，看看沒有，而其中有。魯迅先生譯廚川白村[11]的《出了象牙之塔》和《苦悶的象徵》，談人生、談文學，廚川白村乃為人民而藝術的文學家，他也認為內容應有力量方可成好的作品。他批評日本人民族性之弱點甚對，謂美國人雖強盛而文明不高，俗，拜金主義，然而其中有力。美國人有力量將世界全美國化（America，美國；American 美國的；to Americanige 美國化）。

---

[11]　廚川白村(1880—1923)：20世紀日本文學評論家，著有《出了象牙之塔》、《苦悶的象徵》等著作。

文學比鏡子還高，能顯影且能留影。文學是照人生的鏡子，而比照相活。文學作品不可浮漂，浮漂即由於空洞。太白詩字面上雖有勁而不可靠，乃誇大，無內在力。《將進酒》結尾四句：

> 五花馬，千金裘，呼兒將出換美酒，與爾同銷萬古愁。

初學者易喜此等句，實乃欺人自欺。原為保持自己尊嚴，久之乃成自欺，乃自己麻醉自己，追求心安。

太白詩豪華而缺乏應有之樸素。豪華、樸素，二者可以並存而不悖（妨），但樸素之詩又往往易失去詩之美。

六　詩之議論

李白有《宣州謝朓樓餞別校書叔雲》一首，詩之開端：

> 棄我去者昨日之日不可留，
> 亂我心者今日之日多煩憂。

人讀宋詩者多病其議論太多，於蘇、辛詞亦然，而不知唐人已開此風。太白此詩開端即用議論，較"三百篇"、"十九首"相差已甚大矣。文學中之有議論、用理智，乃後來事。詩之起，原只靠感情、感覺。後人詩詞之有議論乃勢所必至，理有固然。如老杜之《北征》，前幅寫路景，真是詩；中幅寫到家，亦尚好；至後幅之寫朝政，已為議論。人但知攻擊宋人，而不知唐之李、杜已然。曹、陶已較"十九首"有議論，"十九首"亦較《詩》、《騷》有議論。因人是有理智、有思想的，自然不免流露出來。

太白之"棄我去者昨日之日不可留，亂我心者今日之日多煩憂"

二句好，但似散文。至"長風萬里送秋雁，對此可以酣高樓"，二句
則高唱入雲。詩中不能避免唱高調，唯須唱得好。淵明亦不免唱高
調，如：

> 不賴固窮節，百世當誰傳。
>
> （《飲酒二十首》其二）

調真高，"固窮"實非容易之事。至其《乞食》之"銜戢知何謝，
冥報以相貽"，真可憐。"不賴固窮節，百世當誰傳"，二句亦議論，
同一意思讓後人寫必糟，陶是充滿、鼓動，有真氣、真力，故其表現
之作風（精神）不斷。而"冥報以相貽"句真可憐，一頓飯何至如此？
可見其"固窮"亦唱高調。曹孟德亦唱高調，如其《步出夏門行》：

> 老驥伏櫪，志在千里。
> 烈士暮年，壯心不已。
>
> （《龜雖壽》）

> 日月之行，若出其中。
> 星漢燦爛，若出其裏。
>
> （《觀滄海》）

皆唱高調，而唱高調須中氣足，須唱得好。"說取行不得底，行
取說不得底"（洞山禪師語），說容易，做不容易。

別人唱高調乃理智的，至太白則有時理智甚少。

《宣州謝朓樓餞別校書叔雲》首二句是理智，"長空"二句非理智
而是詩，是詩人感覺。夏伏之後忽見秋高氣爽之天氣，心地特別開
朗，一聞雁陣，對此真可以酣高樓矣。"可以"二字用得有勁，"雁"

亦美。

太白詩與小謝⑫有淵源,太白此詩內看出佩服小謝。人喜歡什麼即易受其影響。李白稱小謝為"謝公",詩云"臨風懷謝公"(《秋登宣城謝朓北樓》);又稱小謝為"謝將軍",如"空憶謝將軍"(《夜泊牛渚懷古》)。小謝集名《宣城集》,其中有句:

> 大江流日夜,客心悲未央。
>
> (《暫使下都夜發新林至京邑贈西府同僚》)

所用之字頗似太白,響。響在一、三、五字,此乃唐法,六朝或已有。律詩尤如此。如老杜"亂雲低薄暮,急雪舞迴風"(《對雪》),李白"唯見碧流水,曾無黃石公"數句,皆受小謝影響。

李白此《宣州謝朓樓餞別校書叔雲》比《將進酒》好,以其對謝宣城有愛好。

七　秀雅與雄偉

有書論西洋之文學藝術有兩種美,一為秀雅(grace),一為雄偉(sublime)。實則所說秀雅即陰柔,所說雄偉即陽剛。前者為女性的,後者為男性的,亦即王靜安先生所說優美與壯美。前者純為美,後者則為力。但人有時於雄偉中亦有秀雅,壯美中亦有優美。直若一味顢頇,絕不能成詩。如老杜的:

> 國破山河在,城春草木深。
>
> (《春望》)

---

⑫　小謝(464—499):謝朓,字玄暉,南北朝時期山水詩人,與謝靈運合稱"大小謝"、"二謝"。因曾任宣城太守,世稱"謝宣城",著有《宣城集》。

即在雄偉中有秀雅，壯美中有優美。

今錄李白詩兩首，可證明秀雅與雄偉這兩種美：

> 小小生金屋，盈盈在紫微。
> 山花插寶髻，石竹繡羅衣。
> 每出深宮裏，常隨步輦歸。
> 只愁歌舞散，化作彩雲飛。
>
> 　　　　　　（《宮中行樂詞八首》其一）

> 駿馬似風飆，鳴鞭出渭橋。
> 彎弓辭漢月，插羽破天驕。
> 陣解星芒盡，營空海霧消。
> 功成畫麟閣，獨有霍嫖姚。
>
> 　　　　　　（《塞下曲六首》其一）

前一首乃太白奉詔而作，寫一年少宮女。"小小生金屋，盈盈在紫微"，中國字給人一個概念，而且是單純的，西洋字給人的概念是複雜的，但又是一而非二。如"宮"與 building：中國字單純，故短促；外國字複雜，故悠揚。中國古代為補救此種缺陷，故有疊字，如《詩經》中之"依依"、"霏霏"，此詩中之"小小"、"盈盈"。第三句"山花插寶髻"之"山花"二字真好，是秀雅。而何以說"山花"，不說"宮花"？太富貴不好，太酸也不好，愈是富貴之家名門小姐，愈穿得樸素，愈顯得華貴。固然名門貴族受過好的教養的人，也有喜歡紅、綠的，紅、綠也好，只嫌太濃了。"生金屋"、"在紫微"，而"插山花"，好，只因"山花"多是纖細的，女性之美便在纖細，可見其品行，更顯出其高貴、俊雅。"寶髻"則富貴，乃矛盾的調和。"石竹繡羅衣”，何以不繡牡丹？亦取其秀雅纖細。還不説這是唐朝風氣，即使宮中繡牡丹，太白也絕不會寫“牡丹繡羅衣”。唐人愛牡丹，何以女人不繡牡丹？不繡牡丹而繡石竹，蓋由於女人纖細感覺，以為牡丹不免粗俗。此使人聯想到老杜之“粉花留寶靨，蔓草見羅裙”（《琴台》），真沒辦法，笨人便是笨。楊小樓⑬演戲便是秀雅、雄偉兼而有之，老杜不秀，有點像尚和玉⑭，翻筋斗簡直要轉不過身來。凌霄漢⑮寫文章説楊小樓，謂“輕”、“盈”二字兼而有之。有人輕而不盈，有人盈而不輕，馬連良⑯便是輕而不盈，小樓便是秀雅、雄偉兼而有之，尚和玉唱戲其實翻筋斗也翻過來了，但總覺得慢。老杜便如此。老杜《琴台》二句寫卓文君，逝去之女性，用“留”，用“見”，用多麼大力氣；太白用“插”，用“繡”，便自然。然事有一利便有一弊：太白自然，有時不免油滑；老杜有力，有時失之拙笨。各有長短，短處便由長處來，太白“每出深宮裏，常隨步輦歸”便太滑。“只愁歌舞散，化作彩雲飛”，真美，真好。或曰乃用巫山神女典，余以為不必，蓋其歌舞之美只“彩雲”可擬比，人間無物可比，而一點其他意義沒有，只是美。老杜《得弟消息》，一字一淚，一筆一血，真固然真，美還是太白美。

　　太白寫此詩也沒什麼深的思想感情，奉詔而作，是用適當字句將其美的感覺表達出來，無思想感情可云，只是美的追求。此即唯美

---

⑬　楊小樓（1878—1938）：京劇演員，工武生，武技動作靈活，似慢實快，姿態優美，有“武生宗師”之美譽。

⑭　尚和玉（1873—1957）：京劇演員，尚派武生創始人，武技以穩准扎實見長。

⑮　凌霄漢（1888—1961）：原名徐仁錦，筆名霄、漢、凌霄、凌霄漢閣主等，民國初年戲劇評論家，曾開設劇評欄目《凌霄漢閣評劇》，主編《劇學月刊》。

⑯　馬連良（1901—1966）：京劇演員，“四大鬚生”之首，創立柔潤、瀟灑的“馬派”藝術風格。

派，只寫美的感覺。但美女寫成唯美作品尚易，太白《塞下曲六首》亦用唯美寫法。還不用說"五月天山雪，無花只有寒。笛中聞折柳，春色未曾看"數句，且看前所舉之《塞下曲六首》其一，在沙場、戰場上還寫出美的作品，此太白之所以為太白。杜之"挽弓當挽強，用箭當用長。射人先射馬，擒賊先擒王"（《塞下曲六首》其一），怎麼那麼狠？太白"駿馬似風飆，鳴鞭出渭橋"，多麼自然；"彎弓辭漢月"，真美（以弓開如滿月之象徵）；"插羽破天驕"，真自在。"陣解星芒盡，營空海霧消"十字，合起來便是天地清朗。末二句"功成畫麟閣，獨有霍嫖姚"，沒什麼（嫖姚：霍去病）。

"宮中"一首可算是完全優美，"塞下"一首雄偉中有秀雅，秀雅中有雄偉，此方為文學中完全境界。

八　"小家子"與"大家子"

作品的機械的格律與作品的生氣、內容並不衝突，且可增助詩之生氣、內容，亦猶健全的身體與健全的精神。前曾談及詩之格律，今言其生氣、內容。

盛唐崔顥有《黃鶴樓》詩：

> 昔人已乘黃鶴去，此地空餘黃鶴樓。
> 黃鶴一去不復返，白雲千載空悠悠。
> 晴川歷歷漢陽樹，芳草萋萋鸚鵡洲。
> 日暮鄉關何處是，煙波江上使人愁。

早於崔顥的沈佺期有《龍池篇》：

龍池躍龍龍已飛，龍德先天天不違。
池開天漢分黃道，龍向天門入紫微。
邸第樓台多氣色，君王鳧雁有光輝。
為報寰中百川水，來朝此地莫東歸。

金聖歎[17] 評《龍池篇》曰：

看他一解四句中，凡下五“龍”字，奇絕矣；此外又下四“天”字，豈不更奇絕耶？後來只說李白《鳳凰台》，乃出崔顥《黃鶴樓》，我烏知《黃鶴樓》之不先出此耶？（《選批唐才子詩》）

（詩中之“解”猶文中之節、之段，金聖歎說唐詩律詩多分二解[18]，人說其腰斬唐詩。）文章有文章美，有文章力。若說文章美，為王道、仁政。你覺得它好，成；不覺得它好，也成。文章力則不然，力乃霸道，我不要好則已，我要叫你喊好，你非喊不可。某老外號“謝一口”，只賣一口，你聽了，非喊好不可。詩中續字之法，不僅有文章美，且有文章力。

李白《登金陵鳳凰台》：

鳳凰台上鳳凰遊，鳳去台空江自流。
吳宮花草埋幽徑，晉代衣冠成古丘。
三山半落青天外，二水中分白鷺洲。

---

[17]　金聖歎（1608—1661）：名采，字若采，明亡後改名人瑞，字聖歎。明末清初文學批評家，評點古書甚多，有《金批〈水滸傳〉》等。

[18]　二解：前解、後解。前解首聯、頷聯，後解頸聯、尾聯。

總為浮雲能蔽日，長安不見使人愁。

金聖歎評曰：

前解：人傳此是擬《黃鶴樓》詩，設使果然，便是出手早低一格。蓋崔第一句是"去"，第二句是"空"，去如阿閦佛國，空如妙喜無措也。爭先生豈欲避其形跡，乃將"去"、"空"縮入一句。既是兩句縮入一句，勢必句上別添一閒句，因而起云"鳳凰台上鳳凰遊"，此於詩家賦、比、興三者，竟屬何體哉？……"江自流"，亦只換"雲悠悠"一筆也。妙則妙於"吳宮"、"晉代"二句，立地一哭一笑。何謂立地一哭一笑？言我欲尋覓吳宮，乃唯有花草埋徑，此豈不被失聲一哭？然吾聞伐吳、晉也，因而尋覓晉代，則亦既衣冠成丘，此豈不欲破涕一笑？此二句，只是承上"鳳去台空"，極寫人世滄桑。然而先生妙眼妙手，於寫吳後偏又寫晉，此是其胸中實實看破得失成敗，是非讚罵，一總只如電拂。我惡乎知甲於興之必賢於甲子亡，我惡乎知收瓜豆人之必便宜於種瓜豆人哉？

後解：前解寫鳳凰台，此解寫台上人也。（《選批唐才子詩》）

金氏講"吳宮"、"晉代"兩句好，失敗的固花草埋徑，成功的也衣冠成丘。金氏講此二句有哲學味。金聖歎真聰明，可惜是傳統精神──洩氣。外國人打氣，中國人洩氣。金聖歎是天才，能打破傳統精神；然又恨其傳統精神太深，恨其不生於現代。金聖歎非能造時勢之英雄，而又恨其不能生於現代，成為時勢所造之英雄。

據云李白登黃鶴樓欲賦詩，因見崔顥之《黃鶴樓》，遂罷，曰：

"眼前有景道不得，崔顥題詩在上頭。"（辛文房[19]《唐才子傳》）此為一點美德。中國人要面子，可是頂不要臉，古人則反之。現代人真不要臉，可是要別人留面子。李白《金陵登鳳凰台》詩未必有意學崔，然亦未必不學。金氏所言"人傳此是擬《黃鶴樓》詩，設使果然"，金氏"設使"二字，下得好。人不可死心眼兒，掉在地上連滾都不會。

　　人要以文學安身立命，連精神、性命都拚在上面時，不但心中不可有師之說，且不可有古人，心中不存一個人才成。學時要博學，作時要一腳踢開。若不然，便如金氏所云"出手早低一格"。余叔岩[20]戲好而不成，學老譚[21]學得真好，不夠九成九，也夠八成五。但如此似老譚則似矣，但沒有余叔岩了。老師喜歡學生從師學而不似師，此方為光大師門之人。故創作時心中不可有一人，用功時雖販夫走卒之言皆有可取，而創作時腦中不可有一人。讀書不要受古人欺，不要受先生影響，要自己睜開一雙眼睛來，拿出自己的感覺來。看書眼快也好，上去便能抓住；但若慌，抓不住，忽略過去，便多少年也荒過去。一個讀書人一點"書氣"都沒有，不好；唸幾本書處處顯出我讀過書來，也討厭。

　　崔顥"昔人已乘黃鶴去，此地空餘黃鶴樓"，李白將"去"、"空"混入一句——"鳳去台空江自流"，固經濟矣，無奈小氣了。不該花的不花，但該花的不可不花。太白此句較之《黃鶴樓》二句，太白是"小家子"，崔顥是"大家子"。且崔顥"昔人已乘黃鶴去"、"黃鶴一去

---

[19]　辛文房：字良史，西域人，官居省郎之職。能詩，著有《披沙詩集》、《唐才子傳》。

[20]　余叔岩（1890—1943）：京劇演員，工老生，是"新譚派"（世人稱"余派"）代表人物。

[21]　老譚：譚鑫培。

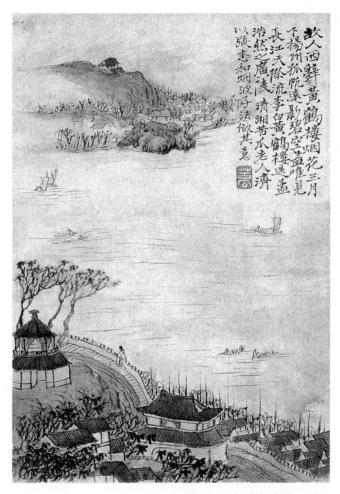

清・石濤《黃鶴樓風光》

不復返"，"黃鶴"所代表的多了，代表高遠……而李白"鳳去台空江
自流"，試問有何意思？

九　寫實與説理

李白《鸚鵡洲》：

> 鸚鵡來過吳江水，江上洲傳鸚鵡名。
>
> 鸚鵡西飛隴山去，芳洲之樹何青青。
>
> 煙開蘭葉香風起，岸夾桃花錦浪生。
>
> 遷客此時徒極目，長洲孤月向誰明。

"遷客"，離京城在外者。唐都長安，京城長安，乃名利所在，人
喜居於此。此詩七、八句傷感。

金聖歎評曰：

> 此必又擬"黃鶴"，然"去"字乃直落到第三句，所謂一蟹
> 不如一蟹矣。賴是"芳洲"之七字，忽然大振……只得七個字，
> 一何使人心杳目迷，更不審其起盡也。（《選批唐才子詩》）

李白之"芳洲之樹何青青"句，好；金氏之評，亦好。前舉李白
"鳳凰台"詩"三山半落青山外"句亦好，你説沒有，又的確是有；
説有，又很遼遠。

詩中有兩件事非小心不可。

第一為寫實。

既曰寫實，所寫必有實在聞見；既寫之便當寫成，使讀者讀之
如實聞實見，才可算成功。如白樂天，不能算大詩人，而他寫《琵琶

行》、《霓裳羽衣曲》，真寫得好。有此本領才可寫實，但寫到這地步也還不成。老杜詩有的寫得很逼真，但會有什麼意思？如"圓荷浮小葉，細麥落輕花"（《為農》）（前句當說"小荷浮圓葉"）。老杜之詩有的沒講，他就堆上這些字來，讓你自己生成一個感覺。詩原是使人感覺出個東西來。它本身成個東西，而使讀者讀後又能另生出個東西來。可是讀者別長舌苔，長了舌苔嚐不出味兒來，作者不負責任。"圓荷浮小葉"，不管它文法，自己成個東西。老杜將"圓荷"、"細麥"的神氣寫不出來，不行；只能將它寫出來自成一東西，但讀者另外生不出東西來，還不成。聽講亦然，聽後最好將先生所講忘了，自己另生出一些東西來。故寫實不是那些東西，不成；僅是了，也還不成。new-realizm，新寫實主義。舊寫實主義便是寫什麼像什麼，如都德（Daubet）、佛羅貝爾（Flaubert）、莫泊桑（Maupassant）。詩的寫實必是新的寫實派。所以只說山青水綠、月白風清不成，必須說了使人聽了另生一種東西，而此必從舊寫實做起，再轉到新寫實。

第二是說理。

有人以為文學中不可說理，不然。天下沒有沒理的東西，天下豈有無理的詩？不過說理真難。平常說理是想征服人，使人理屈詞窮。這是最大的錯誤，因為別人不能心服，最不可使被教者有被征服的心理，故說理絕不可是征服人。以力服人，非心服也；即以理服人，也非心服也。如讀《韓非子》，儘管理充足，卻不叫人愛。說理不該是征服，該是感化、感動；是說理，而理中要有情。一受感動，有時沒理也幹，捨命陪君子，交情夠。沒理有情尚能動人，況情理兼至，必是心悅誠服。

　　故寫實，應是新寫實；說理，不可征服，是感動。而李白此詩"鸚鵡來過吳江水"、"鸚鵡西飛隴山去"，算什麼？用得上金聖歎評《金陵登鳳凰台》詩所說"此於詩家賦、比、興三者，竟屬何體哉"！人有家住太行者，有詩曰："人見太行悲，我見太行喜。不是喜太行，家在太行裏。"而一人家住窟窿山，亦仿之而詩云："人見窟窿悲，我見窟窿喜。不是喜窟窿，家在窟窿裏。"太白"鸚鵡"之擬"黃鶴"，亦如此。金氏以為太白此詩病在"去"字"落到第三句"，還不然，只是因它裏面沒東西。而"芳洲之樹何青青"句，真好；金聖歎之批"只得七個字，一何使人心杳目迷，更不審其起盡也"數句，也真好，對得起太白。"芳洲之樹何青青"句，沒理而好，是寫實，而同時使人心泉活潑潑的，便是好。為什麼？這是詩，因為他將人生趣味提出來了，使人讀了覺生之可愛，這便是好作品。

　　不好的作品壞人心術，墮人志氣。壞人心術，以意義言；墮人志氣，以氣象言。文學雖不若道德，而文學之意義極與道德相近。唯文學中談道德不是教訓，是感動。文學應不墮人志氣，使人讀後非傷感、非憤慨、非激昂，傷感最沒用。如《紅樓夢》便是壞人心術，最糟是"黛玉葬花"一節，最墮人志氣，真酸。幾時中國雅人沒有黛玉葬花的習氣，便有幾分希望了。吸鴉片者明知久燒是不好，而不抽不行；詩中傷感便如嗜好中的鴉片，最害人而最不容易去掉。人大概如果不傷感便憤慨了，這也不好，這是"客氣"。客氣，不是真氣。要做事，便當努力做事，憤慨是無用的。有理說理，有力辦事，何必憤慨？見花落而哭，於花何補？於人何益？一個文學家不是沒感情，而不是傷感，不是憤慨，但這樣作品真少。傷感、憤慨、激昂，人一如此，等於自殺；而若不如此，便消極了，也要不得；消極要不得，不消沉可也不要生氣。有人說生氣是你對你自己的一種懲罰。非傷感、非憤慨、非激昂，要泛出一種力來。"芳洲之樹何青青"、"池塘生春草"（謝靈運《登池上樓》），自自然然，一種生意，有力而非勉強。勉強是不能持久的，普遍有力多是勉強，非真力。

好的詩句除平仄諧調外，每字皆有其音色。"芳洲之樹何青青"句，是否好在"芳"、"青青"三字？三個陽聲字，顯得顏色特別鮮明。好的詩句除格律上的平仄及音色外，又有文法上的關係。詩句不能似散文，而大詩人的好句子多是散文句法，古今中外皆然，如"芳洲之樹何青青"、"白雲千載空悠悠"。普通寫人都不太具人味，或近於獸。Man is not his man，我們喜歡的多是此種人。詩，太詩味了便不好，Poem is not poetic。讀晚唐詩便有此感，姑不論其意境，至少在文法上已是太詩味了。如義山"五更疏欲斷，一樹碧無情"（《蟬》），好是真好，可是太詩味了。"白雲千載空悠悠"、"芳洲之樹何青青"，似散文而是詩，是健全的詩。

十　俊逸鮑參軍

漢魏五言，曹公、陶公兩人了不起。唐人五言雖新鮮而不及漢魏好，蓋好壞不在新舊。宋人詩比唐人新鮮，不見得比唐人好。至七言詩則不論古體、近體，唐人皆有獨到處，蓋漢魏時七言尚未成立，且七言字數自少而多，亦易見佳。

即以太白七言而論，老杜贈之以詩曰：

清新庾開府[22]，俊逸鮑參軍[23]

（《春日懷李白》）

　　太白有英氣，超逸絕倫，即"俊逸"。《鮑照集》中七言古甚多，其中有的作風頗似李白，而鮑在前，李在後，故謂太白出自鮑參軍。二人若真謂師、弟，則太白可謂"青出於藍"：其一，字句之運用，鮑不如李之成熟。李正如韓愈所謂"氣盛則言之短長與聲之高下者皆宜"（《答李翊書》），鮑有時生疏。其二，鮑的內容不如李充實。鮑僅有情感，而僅有一點情感不宜寫長篇。

　　中國詩體最複雜，上至"三百篇"下至詞曲，各體有各體長處。如太白七古必是七古，非七言古不可表現，至於鮑照之七言古則似以五言亦可表現。故李雖云出自明遠，而實高於明遠。在某一點上，後人不及古人；而在某一點上，後人也可超過古人。

---

[22]　庾開府（513—581）：庾信，字子山，南朝詩人庾肩吾之子，南北朝文學集大成者，一生以公元554年出使西魏並從此流寓北方為標誌，分為前後兩期。因其官至驃騎大將軍、開府儀同三司，故稱"庾開府"。

[23]　鮑參軍（414—466）：鮑照，字明遠，南朝詩人，與謝靈運、顏延之合稱"元嘉三大家"。臨海王劉子頊鎮荊州時，任前軍參軍，故稱"鮑參軍"。　。

杜甫詩講論

　　一個大詩人、文人、思想家，皆是打破從前傳統的。當然也繼承，但繼承後還要一方面打破，才能談到創作。六朝末年及唐末，個人無特殊作風，只剩傳統，沒有創作了。老杜在唐詩中是革命的，因他打破了歷來醞釀之傳統，他表現的不是"韻"，而是"力"。

　　老杜也曾掙扎、矛盾，而始終沒得到調和，始終是一個不安定的靈魂。所以在老杜詩中所表現的掙扎、奮鬥精神比陶公還要鮮明，但他的力量比陶並不充實，並不集中。老杜在愁到過不去時開自己的玩笑，在他的長篇古詩中總開自己個玩笑，完事兒一笑了之，無論多麼可恨、可悲的事皆然。不過老杜老實，大概是無意。（西洋小説中寫一乞兒，臨死尚與狗開玩笑。）

　　常人在暴風雨中要躲，老杜尚然，而曹公則決不如此。淵明有時也避雨，不似曹公艱苦，然也不如杜之幽默。老杜其實並不倔，只是因別人太圓滑了，因此老杜成為非"常"。他感情真、感覺真，他也有他的痛苦，便是說了不能做。從他的詩中常看到他人格的分裂，不像淵明之統一。

　　純抒情的詩初讀時也許喜歡。如李、杜二人，差不多初讀時喜李，待經歷漸多則不喜李而喜杜。蓋李浮淺，杜縱不偉大也還深厚。偉大不可以強而致，若一個人極力向深厚做，該是可以做到。

中西兩大詩人比較，老杜雖不如莎士比亞（Shakespeare）偉大，而其深厚不下於莎氏之偉大。其深厚由"生"而來，"生"即生命、生活，其實二者不可分。無生命何有生活？但無生活又何必要生命？[①]譬之米與飯，無米何來飯？不做飯要米何用？

一　杜甫七絕

老杜詩真是氣象萬千，不但偉大而且崇高。譬如唱戲，歡喜中有淒涼，淒涼中有安慰，情感複雜，不易表演，杜詩亦不好講。今且說其七絕。

曾國藩[②]《十八家詩鈔》選唐人詩多而好，沈德潛《唐詩別裁》則只重在"韻"，氣象較小。老杜詩分量太重，每令人起繁賾之歎。可先讀老杜七絕，得一印象，再以此作為讀其五、七言古詩之門徑。

（一）盆景，（二）園林，（三）山水，三者中，盆景是模仿自然的藝術，不惡劣也不凡俗，可是太小。無論做什麼，皆應打倒惡劣同凡俗。常人皆以"雅"打倒，余以為應用"力"打倒。盆景太雅。園林亦為模仿自然之藝術，較盆景大，而究嫌匠氣太重。真的山水當然大，而且不但可發現高尚的情趣，且可發現偉大的力量。此情趣與力量是在盆景、園林中找不到的。

---

① 葉嘉瑩此處有按語：先生所謂生活，蓋指有意義的生活。
② 曾國藩（1811—1872）：字伯涵，號滌生，晚清重臣，文學上繼承"桐城派"方苞、姚鼐而自立風格，創立晚清古文之"湘鄉派"，著有《求闕齋文集》、《經史百家雜鈔》等。

老杜詩蒼蒼茫茫之氣，真是大地上的山水。常人讀詩皆能看出其偉大的力量，而不能看出其高尚的情趣。

"兩個黃鸝鳴翠柳"（《絕句四首》其三）一絕，真是高尚、偉大。（《絕句四首》其三）首兩句："兩個黃鸝鳴翠柳，一行白鷺上青天。"清潔，由清潔而高尚。

後兩句："窗含西嶺千秋雪，門泊東吳萬里船。"有力，偉大。

前兩句無人；後兩句有人，雖未明寫，而曰窗、曰門，豈非人在其中矣？後兩句代表心扉（heart's door）。在心扉關閉時，不容納或不發現高尚的情趣、偉大的力量。詩人將心扉打開，可自大自然中得到高尚偉大的情趣與力量。"窗含"、"門泊"，則其心扉開矣。窗雖小，而"含西嶺千秋雪"；門雖小，而"泊東吳萬里船"。船泊門前，常人看船皆是蠢然無靈性之一物，老杜看船則成一有人性之物，船中人即船主腦，由西蜀到東吳，由東吳到西蜀。"窗含西嶺千秋雪"一句是高尚的情趣，"門泊東吳萬里船"一句是偉大的力量。後人皆以寫實視此詩，實乃象徵，且為老杜人格表現。

老杜詩中有力量，而非一時蠻力、橫勁（有的蠻橫乃其病）。其好詩有力，而非散漫的、盲目的、浪費的，其力皆如河水之拍堤，乃生之力、生之色彩，故謂老杜為一偉大記錄者。曰生之"色彩"而不曰形狀者，色彩雖是外表，而此外表乃內外交融而透出的，色彩是活色，如花之紅、柳之綠，是內在生氣、生命力之放射，不是從外面塗上的。且其範圍不是盆景、園林，而是大自然的山水。

老杜論詩有《戲為六絕句》：

> 王楊盧駱當時體，輕薄為文哂未休。

爾曹身與名俱滅，不廢江河萬古流。

　　　　　　　　　　　　　　　　（其二）

才力應難跨數公，凡今誰是出群雄。
或看翡翠蘭苕上，未掣鯨魚碧海中。

　　　　　　　　　　　　　　　　（其三）

　　雖曰“戲為”，亦嚴肅，所寫乃對詩之見解，可看出其創作途徑、批評態度。前首“江河”及次首“數公”皆指王、楊、盧、駱。“看翡翠蘭苕上”，精緻、美麗、乾淨，而沒力量；“掣鯨魚碧海中”，或不美麗、不精緻，而有力量。“玩意兒”是做的，力氣是真的，此即可看出老杜生之力、生之色彩。雖或者笨，但不敢笑他，反而佩服。

　　老杜七絕，選者多選其《江南逢李龜年》一首：

岐王宅裏尋常見，崔九堂前幾度聞。
正是江南好風景，落花時節又逢君。

　　此選者必不懂老杜絕句，沈歸愚《唐詩別裁》即然。此首實用濫調寫出。寫詩若表現得容易、沒力氣，不是不會，是不幹；或因無意中廢弛了力量，乃落窠臼。

　　看老杜詩：第一，須先注意其感覺。如其：

繁枝容易紛紛落，嫩蕊商量細細開。

　　　　　　　　　　　（《江畔獨步尋花七絕句》其六）

　　觀“嫩蕊”句，其感覺真纖細，用“商量”二字，真有意思、真細。這在別人的詩裏縱然有，亦必落小氣，老杜則雖細亦大方：此蓋與人格有關。再如其“三絕句”：

> 楸樹馨香倚釣磯，斬新花蕊未應飛。
> 不如醉裏風吹盡，可忍醒時雨打稀。
>
> 門外鸂鶒去不來，沙頭忽見眼相猜。
> 自今已後知人意，一日須來一百回。
>
> 無數春筍滿林生，柴門密掩斷人行。
> 會須上番看成竹，客至從嗔不出迎。

老杜的詩有時沒講兒，他就堆上這些字來讓你自己生一個感覺。即如其七律亦然，如《詠懷古跡》第五首：

> 三分割據紆籌策，萬古雲霄一羽毛。

上句字就不好看，唸也不好聽，而老杜對得好：“萬古雲霄一羽毛。”這句沒講兒，而真是好詩。文學上有時能以部分代表全體，一羽毛便代表鳥之全體。老杜只是將此七字一堆，使你自己得一印象，不是讓你找講兒。

看老杜詩：其次，須注意其情緒、感情。自“王楊盧駱”二首可以看出，感覺是敏銳、纖細，情緒是熱烈、真誠。

此外另有一點，即金聖歎批《水滸》說魯智深之“鬱勃”——有鬱積之勢而用力勃發，故雖勃發而有蘊鬱之力。別人情緒或熱烈、真誠，而不能鬱勃。且老杜有理想，此自“兩個黃鸝”一絕可看出。

如此了解，始能讀杜詩。

老杜七絕避熟就生。歷來詩人多避生就熟，若如此作詩，真是一

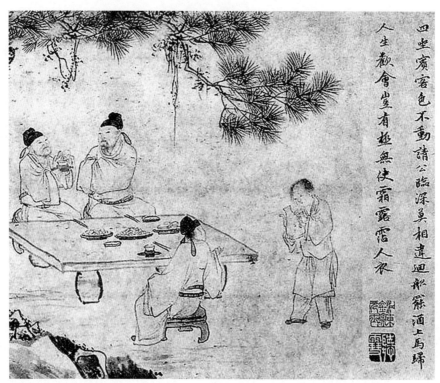

杜菫《東山宴飲》副本

日作 100 首也得。老杜七絕真是好用險，險中又險，顯奇能。老杜七絕之避熟就生，即如韓愈作文所謂 "唯陳言之務去"（《樊紹述墓誌銘》），而韓之 "陳言務去" 只限於修辭，至其取材、思想（意象），並無特殊，取材不見得好，思想也不見得高。老杜則不但修辭避熟就生，其取材亦出奇。如其七絕有《覓果栽》：

> 草堂少花今欲栽，不問綠李與黃梅。
> 石筍街中卻歸去，果園坊裏為求來。

有《覓松樹子栽》：

> 落落出群非欅柳，青青不朽豈楊梅。
> 欲存老蓋千年意，為覓霜根數寸栽。

有《乞大邑瓷碗》：

> 大邑燒瓷輕且堅，扣如哀玉錦城傳。
> 君家白碗勝霜雪，急送茅齋也可憐。

次句 "扣如哀玉錦城傳" 言音脆而長（"哀玉" 之 "哀" 與魏文帝《與吳質書》"哀箏順耳" 之 "哀" 義同）。別人寫此類必雅，而雅得俗；老杜寫得不雅，卻不俗（或曰俗得雅），粗中有細。

寫詩時描寫一物，不可自古人作品中求意象、詞句，應自己從事物本身求得意象。吾人生於千百年後，吃虧，否則安知寫不出來 "明月照高樓"（曹子建《七哀》）、"池塘生春草"（謝靈運《登池上樓》）的句子？不過吾人所見意象究與古人不同，則所寫的不必與古人同，寫的應有自己看法。

別人作品聲音是纖細的，而老杜是宏大的。如前所舉 "大邑燒瓷輕且堅，扣如哀玉錦城傳”，此蓋與天性有關。

詩人應有美的幻想，銳敏的感覺。老杜幻想、感覺是壯美的，不是優美的。在溫室中開的花叫“唐花”，老杜的詩非花之美，更非唐花之美，而是松柏之美，禁得起霜雪雨露、苦寒炎熱。他開醒眼，要寫事物之真相，不似義山之偏於夢的朦朧美。但其所寫真相絕非機械的、呆板的科學描寫。如《乞大邑瓷碗》一首，是平凡的寫實，但未失去他自己的理想。義山是 day-dreamer，老杜是睜了醒眼去看事物的真相。

老杜有《春水生》二絕：

> 二月六夜春水生，門前小灘渾欲平。
> 鸂鶒鸂鶒莫漫喜，吾與汝曹俱眼明。
>
> （其一）
>
> 一夜水高二尺強，數日不可更禁當。
> 南市津頭有船賣，無錢即買繫籬旁。
>
> （其二）

好處在新鮮，而一覽無餘。此在老杜詩中不能算好詩，亦不能算壞詩。老杜此詩是“幼稚”，此亦有好、壞二意。幼稚非絕對不可取，以其新鮮。老杜寫此詩蓋用兒童的眼光去觀察，成人之後則有傳統精神，且為環境習慣所支配。幼童則未發展、沾染，故自有其想法、看法。

老杜七絕以“兩個黃鸝”一首為最好，以其中有理想，而老杜理想之流露乃無意的、自然的，不是意識到的。此在西洋人則不然，西洋人乃“三 W”主義：What（什麼）、How（怎樣）、Why（為什麼）。老杜的詩在理想上有而不以此勝，卻以新鮮勝，其好處在氣象。老杜的氣象是偉大的。如《夔州歌十首》其九：

> 武侯祠堂不可忘，中有松柏參天長。
> 干戈滿地客愁破，雲日如火炎天涼。

此與《春水生》二首不同，前二首只是新鮮，此首則氣象偉大。開端既提出"武侯"來，是偉大的，則後數句所寫必須襯得住。一、二句"武侯祠堂不可忘，中有松柏參天長"，寫武侯之偉大、武侯祠堂之壯麗，襯得住。三、四句"干戈滿地客愁破，雲日如火炎天涼"，所寫亦襯得住。而老杜寫時是不曾意識到的，若吾人如此寫則是意識了的。老杜所用詞句是能表示出武侯之偉大的，而在他寫時，絕非意識到的，而是直覺的，非如此不可。若將首句"不可忘"改為"繫人思"，雖意義同或更好，而一點勁兒沒有，"不可忘"三字用聲音表示偉大。(《江南逢李龜年》一首則墜坑落塹，入窠臼矣。傳統規矩乃無形束縛，此不能代表老杜。)

此詩平仄：

| — — — | | —，— | — | — — —。
— — | | ○；— — | ，○；| | — | — — —。

多用"三平落腳"(詩中術語，謂七言句末三字皆平聲)。又如老杜之：

> 聞道殺人漢水上，婦女多在官軍中。
>
> 　　　　　　　　　　(《三絕句》之一)

平仄不合，第二句乃“三平落腳”。“三平落腳”要落得穩，此在七古中好用。老杜七古叶平韻者，用“三平落腳”句甚多。如《曲江三章五句》之三：

> 自斷此生休問天，杜曲幸有桑麻田，
> 故將移往南山邊。短衣匹馬隨李廣，
> 看射猛虎終殘年。

一首七古，用“三平落腳”，沉着有力。老杜作七絕亦用此法。

近代的所謂描寫，簡直是上賬式的，越寫得多，越抓不住其意象。描寫應用經濟手段，在精不在多，須能以一二語抵人千百，只用“中有松柏參天長”七字，便寫出整個廟的莊嚴壯麗。“干戈滿地”客自愁，而至武侯詞堂，對參天松柏，立其下客愁自破，用“破”字真好。

好詩是複雜的統一，矛盾的調和。好是多方面的，說不完，只是單獨的鹹、酸，絕不好吃。“干戈滿地”、“客愁”而曰“破”，“雲日如火”、“炎天”而曰“涼”，即複雜的統一、矛盾的調和。

生在亂世，人是輾轉流離，所遇是困苦艱難，所得是煩惱悲哀。人承受之，乃不得已，是必在消滅之，不能消滅則求暫時之脫離。如房着火，火不能消滅，人可以跑出去。對於苦難，若既不歡迎，不能消滅，不能逃脫，又忍受不了，只可忘記。人真是可憐蟲，說到忘記必須麻醉。任何一國，抵抗苦難的麻醉力量無超過中國者，中國人所以愛麻醉即為的是忘記。老杜則睜了眼清醒地看苦痛，無消滅之神力，又不願臨陣脫逃，於是只有忍受、擔荷。（一）消滅，（二）脫離，（三）忘記，（四）擔荷。老杜此詩蓋四項都有，消滅、脫離、忘記，同時也擔荷了。

老杜之七絕與當時一般人所作不同。人以為他不會作“絕”，錯了。老杜與陶公固不能相提並論，但也有共同之點：從修辭上看，二人皆有許多新鮮字句，這是在外表上的革新。此外，關於內容方面，別人不敢寫的他們敢寫。凡天地間事沒有不能寫進詩的，就怕你沒有膽量，但只有膽量寫得魯莽滅裂也還不行。便如廚師做菜，本領好什麼都能做。所以創作不僅要膽大，還要才大。膽大者未必才大，但才大者一定膽大。俗説，藝高人膽大。二三流作家所寫都是豆腐、白菜。

老杜絕句《漫興九首》之四：

> 二月已破三月來，漸老逢春能幾回？
> 莫思身外無窮事，且盡生前有限杯。

古所謂“村”，即今北平所謂“土”。杜詩便令人有此感。聞一多説：“一個詩人只要肯用心用力去寫，現在也許別人不承認為詩，但將來後人一定尊為好詩。所以寫得不像詩也不要緊。”老杜在當時就如此。

老杜説“二月已破三月來”，“破”有二解：（一）破壞，（二）完結。此處是第二解。“二月已破”，二月完結之意。而老杜不説“二月已完”、“已盡”、“已過”，而説“二月已破”，“破”字太生，“三月來”，“來”字又太熟。但老杜便如此用。“破”字不是“生”，便是“土”。

“二月已破三月來”，平仄｜｜｜｜—｜—，別人作近體，豈敢如此用？後兩句平仄雖對，但與前兩句拗。

余作詩偶用一特殊字句便害怕，以為古人沒這樣用過。

杜詩"莫思身外無窮事,且盡生前有限杯"二句,普通看這太平常了,但我看這太不平常了。現在一般人便是想得太多,所以反而什麼都作不出來了。"莫思身外無窮事"是說"人必有所不為","且盡生前有限杯"是說"而後可以有為"。

老杜這兩句有力。但如太白"會須一飲三百杯"(《將進酒》),便只是直着脖子嚷。

二　杜甫拗律

老杜詩中自言"老去漸於詩律細"(《遣悶戲呈路十九曹長》),寫的詩以七言為主,於格律反漸細。青年往往不管格律,只憑一腔熱血、熱情去寫,若是天才,則寫的詩是多少年紀大的人寫不了的。青年勇往直前,老年詩思枯竭,只剩下功夫而韻味少了。老杜入蜀後作拗律甚多,他顛倒平仄,非不懂格律,乃能寫而偏不寫,其不合平仄正是深於平仄。

律詩中三、四句為一聯,五、六句為一聯,每聯都要對仗。律詩中的平仄有固定格式 —— 此乃"定格",而拗律是"變格"。如李白"芳洲之樹何青青"(《鸚鵡洲》),其平仄為"— — — | — — —",即拗律,這種拗律弄不好便成"折腰"。

老杜《白帝城最高樓》:

城尖徑仄旌斾愁,獨立縹緲之飛樓。
峽坼雲霾龍虎臥,江清日抱黿鼉游。
扶桑西枝對斷石,弱水東影隨長流。

　　杖藜歎世者誰子，泣血迸空回白頭。

　　此首在杜詩之拗律中，為最拗之一首。

　　太白拗律可予人以清楚印象，如“芳洲之樹何青青”（《鸚鵡洲》），又如崔顥“白雲千載空悠悠”（《黃鶴樓》），亦然。老杜無一句如此。晚唐詩是要表現“美”，老杜詩是要表現“力”。天下之勉強最不持久，是什麼樣就什麼樣，勉強最要不得，其實努力也還是勉強。仁義是好，假仁義是不好，假的不好。勉強何嘗不是假？美是好，不美勉強美便不好了。力好，而最好是自然流露，不可勉強。詩最好是健康，不使勁，如“昔我往矣，楊柳依依”（《詩經·小雅·采薇》），如“芳洲之樹何青青”。晚唐病在不美求美，老杜病在無力使力。太白“芳洲之樹何青青”一句，“芳洲之樹”底下非是“何青青”；而老杜“城尖徑仄旌旆愁”一句，“城尖徑仄”底下怎麼是“旌旆愁”？老杜此首“江清日抱黿鼉游”句最好，然也不好講，於字太使力。

　　老杜《晝夢》：

　　　　二月饒睡昏昏然，不獨夜短晝分眠。
　　　　桃花氣暖眼自醉，春渚日落夢相牽。
　　　　故鄉門巷荊棘底，中原君臣豺虎邊。
　　　　安得務農息戰鬥，普天無吏橫索錢。

　　拗律不但與格律有關，與文學精神亦有關。格律與文學精神之表現有關，而實所表現者又絕不同。如“芳洲之樹何青青”、“白雲千載空悠悠”，每個字除平仄外，又有其音色，“空悠悠”有形無色，“何青青”有形有色。老杜《晝夢》首句“二月饒睡昏昏然”亦為拗律，

"昏昏然"三字亦為平、平、平,但卻不如"白雲千載空悠悠"之形意飛動,又不如"芳洲之樹何青青"之顏色鮮明,只是漆黑一團。("眼自醉":眼飭。)

才大之人易為拗律。如此則太白之拗律應多於老杜,其實不然。蓋太白乃無意之拗,老杜則有意拗矣。李,不知;杜,故犯。李是才情,性之所至,"大爺高興";杜是出力,故意為此。

若論有意與無意,古代傷感多為無意。如:

> 積雪明林表,城中增暮寒。
>
> （祖詠《終南望餘雪》）

> 野曠天低樹,江清月近人。
>
> （孟浩然《宿建德江》）

> 夕陽無限好,只是近黃昏。
>
> （李商隱《登樂遊原》）

此等皆為無意,若除寫詩而外,並無他意,謂之"無所謂"。如"積雪明林表"一句是景,下句"城中增暮寒",是好是壞未言。若前為"長安有貧者,為瑞不宜多"(羅隱《雪》),則"城中增暮寒"即壞事矣。此為有意,但詩味不及前者,而"長安"二句,看這"乏"勁兒,似白樂天。

有意時往往不易寫成好詩。而詩有意寫愁,且將其美化了,便好了,便能忍受了,如"月黑殺人地,風高放火天"③。若寫出者使人不

---

③　此二句蓋見於元代罹然子《拊掌錄》,字句略有出入:"歐陽公與人行令,各作詩兩句,須犯徒以上罪者。一云:'持刀哄寡婦,下海劫人船。'一云:'月黑殺人地,風高放火天。'"

能忍受，便是詩味不夠。如老杜之“垢膩腳不襪”（《北征》），這樣句子真不是詩。不是不能寫，是不能這樣寫。其不成詩還不在於與人不快之感。人吃菜酸甜苦辣都能吃，可是那要是菜才行，要做得是味。詩中並非必須寫美，如菜中之臭豆腐也能好吃，可是要味好。詩中也能寫醜，但要寫的是詩。孟浩然《宿建德江》：

> 移舟泊煙渚，日暮客愁新。
> 野曠天低樹，江清月近人。

明明點出愁來，但經過詩化了，不但能入口，而且特別有味。是淒涼、是冷，但詩味給調和了，能忍受了。“野曠天低樹”一句是荒涼，但並不恐怖，經過美化了。“夕陽無限好，只是近黃昏”二句有其悲哀，但也詩化了，讀“夕陽”二句，總覺愛美情調勝過悲哀。“野曠”二句，冷落；“夕陽”二句，悲哀；最無意是“積雪明林表，城中增暮寒”。

古代無意之詩多，但如老杜《晝夢》一首則全為有意。前所講拗律只拗一、二句，無如此首之幾乎全不合格律者。（此《晝夢》一首僅“普天無吏橫索錢”是律句，兩聯對句亦合律詩要求。）二、四句末二字“分眠”、“相牽”落平；六、八句末二字“虎邊”、“索錢”落仄平，均是有意的；又二、四兩句平聲太少，居十四分之五，五、六句平聲字佔十四分之九。崔顥“白雲千載空悠悠”、太白“芳洲之樹何青青”是偶然，老杜是成心。

老杜《崔氏東山草堂》：

> 愛汝玉山草堂靜，高秋爽氣相鮮新。
> 有時自發鐘磬響，落日更見漁樵人。

> 盤剝白鴉谷口栗，飯煮青泥坊底芹。
> 何為西莊王給事，柴門空閉鎖松筠。

　　此首較前首順，蓋情調不同，寫前詩時在抑鬱中，不如彼之拗表不出其抑鬱。"高秋爽氣相鮮新"，雖為人工，不如"芳洲之樹何青青"，但已有點意思了。

　　老杜拗律與崔氏《黃鶴樓》、李白《鸚鵡洲》不同，崔、李他們對仗有時不工，老杜雖平仄拗，但對仗甚工。崔、李是自然而然，老杜是故意。

　　老杜七言拗律二首：

> 霜黃碧梧白鶴棲，城上擊柝復烏啼。
> 客子入門月皎皎，誰家搗練風淒淒。
> 南渡桂水闕舟楫，北歸秦川多鼓鼙。
> 年過半百不稱意，明日看雲還杖藜。
>
> 　　　　　　　　　　　　（《暮歸》）

> 北城擊柝復欲罷，東方明星亦不遲。
> 鄰雞野哭如昨日，物色生態能幾時。
> 舟楫眇然自此去，江湖遠適無前期。
> 出門轉眄已陳跡，藥餌扶吾隨所之。
>
> 　　　　　　　　　　　　（《曉發公安》）

　　杜甫晚年為病所苦，又有詩云："多病所需唯藥物，微軀此外復何求？"（《江村》）人往前看總覺得來日方長，而到老年時回頭看已是逝者如斯，人愈老此種感覺愈迫切。七言拗律二首即有此種感覺。

人要自己要強，天助自助者，否則雖天亦無力，況於他人？從拗律
講，崔顥、太白之拗是“忘”，杜甫是“成心”。不知者不宜罪，罪有
可原；明知故犯，罪加一等。

　　天才差一點的人愛找“轍”，走着省勁。創造力薄弱的人即如此。
有天才的人都是富於創造力的人，沒有創造力的人是繼承傳統、習慣
（繼承別人是傳統，自己養成是習慣），沒有本領打破傳統、習慣，或
根本不曾想打破傳統、習慣。老杜律詩繼承初唐，有固定格律，然而
老杜不安於此傳統、習慣。一個天才是最富創造力者，天才不可無
一，不可有二，最不因循。小孩子好奇，即創造力之一種；而因循是
麻醉劑，如鴉片、白麵兒、海洛因，把多少有天才的人毒害了。魯迅
先生創造式地說話，很少使人聽了愛聽，其實是人的毛病太多。魯
迅先生明知道說什麼讓人愛聽，可我偏不愛說，杜甫拗律亦然。如
“張弓”（拉緊弓弦開弓），老杜深得“張”字訣，近代作家只有魯迅
先生，現在連“順”都做不到，何況“張”？連“不會”都沒有，何況
“會”？說食不飽，須自己吃。杜詩都是百石之弓，千斤之弩，張弓。
可惜老杜之拗律以晚年所作為多，杜詩晚年於“詩律細”，但意境並
不高，並不深。所以對老杜入蜀後的詩要加以挑揀，多半是壞的多，
好的少，即因他只在格律上用力，而未在意境上用力。但如今日所舉
上述二首拗律，真好，後人只山谷可彷彿一二（山谷學杜，而力量不
及，狠勁不夠），別人望塵莫及。百石之弓，千斤之弩，沒有力便扳
不開，不用說發弓射箭了。

　　老杜七言律詩之結實、謹嚴，如為楊小樓配戲之錢金福④，功夫

---

④　錢金福(1862—1937)：京劇淨角，工武淨及架子花臉，武功穩健，動作優美。與楊小樓合作多年。

深，如鐵鑄成，便小樓也有時不及，可惜缺少彈性，去“死”不遠矣。創造就怕這個。青年幼稚，沒功夫，但有彈性，有長進；老年功夫深，但乾枯了，再甚便入死途了。我們要在這二者之間找出一條路來，在青年時能像老年功夫那樣成熟，在老年時要像青年那樣活潑，此便為矛盾之調和。從詩之“拗”來看，《黃鶴樓》如雲煙，太白如水，老杜則如石。如《暮歸》第三句“客子入門月皎皎”七字六仄一平，太白“芳洲之樹何青青”七字六平一仄，石、水之不同。可供參考。

《暮歸》一首，後四句沒勁，年老力不及之故。“年過半百不稱意”怎樣呢？“明日看雲還杖藜”，真沒勁。《曉發公安》（公安：在湖北）蓋出峽後作。“鄰雞”與“野哭”仍“如昨日”，而“物色生態能幾時”，真淒涼。“江湖遠適無前期”，“無前期”即預先無規定之謂，仍是淒涼。

以下參考宋人蘇、黃拗律。

蘇軾拗律一首：

> 我行日夜向江海，楓葉蘆花秋興長。
> 平淮忽迷天遠近，青山久與船低昂。
> 壽州已見白石塔，短棹未轉黃茅岡。
> 波平風軟望不到，故人久立煙蒼茫。

> （《出潁口初見淮山，是日至壽州》）

黃庭堅拗律二首：

> 星宮遊空何時落，着地亦化為寶坊。
> 詩人晝吟山入座，醉客夜愕江憾牀。
> 蜜房各自開戶牖，蟻穴或夢封侯王。

杜甫《蜀相》詩意圖

不知青雲梯幾級，更借瘦藤尋上方。

（《落星寺》其一）

岩岩匡俗先生廬，其下宮亭水所都。
北辰九關隔雲雨，南極一星在江湖。
相粘蠔山作居室，竅鑿混沌無完膚。
萬鼓聲撞夜濤湧，驪龍莫睡失明珠。

（《落星寺》其二）

近人為詩喜作七言，五言較七言好湊，可不見得好作。作，to write；湊，to make。余學七言律在先，學五言律在後，七言律長進在先，五言律長進在後。

清末宋詩抬頭。近人有意為詩者多走此路，蓋因宋詩有痕跡可循。唐人詩看起來千變萬化，其實簡單，只是太自然。至宋人詩則內容繁複，故學宋人詩可用以寫吾人各種感情、思想。唐人大氣磅礴，如工部"星垂平野闊，月湧大江流"（《旅夜書懷》），但學此不能寫自己之感情、思想。唐人詩好是好，然與我們不親切。宋人詩七言律好者多，而五言古、五言律則不行。蘇、黃五言亦不成，而其七言縱橫開闊，有的雖老杜亦不及，為老杜所未曾寫。蘇、黃夠得上詩人，可是怎麼五言詩作得那麼糟而不自覺？也許他們覺得五言詩就該如此，此乃大錯！

無論如何舊詩這種體裁已是舊的功夫，五言到宋朝便已不行。同是取火，由柴而煤而電氣，此即工具之演進。在今日而以舊詩表現吾人思想感情，便如在美國燒玉米稈做飯，總覺不甚合適。詩由四言而五言而七言，其演進自有其不得已；由古文而變為白話，亦然。並不是因為白話比古文易懂，是因為白話表現的思想感情有古文所表達不出來的。今日用舊體裁，已非表現思想感情的利器。四言 ⟶ 五言 ⟶ 七言，七言離我們最近，所以好作。詞比詩好作，曲又比詞好作。白話文比古文好學（雖然好學不好學，不是好不好）。

詩原是入樂的，後世詩離音樂而獨立，故其音樂性便減少了。詞亦然。現代白話詩完全離開了音樂，故少音樂美。胡適之先生對此之議論如何，余於此不說，然雖有人說將舊詩之音樂性除去便是新詩，此實大錯。蓋一切文學皆須有音樂性、音樂美，何況詩？如何能將詩之音樂性除去？其實不但文學，即語言亦須有音樂性，始能增加語言的力量。音樂家劉天華⑤逝世後，其兄劉半農⑥為之作傳，說劉天華並無音樂天才，但這並不妨礙他成為音樂家，尤其是在南胡上。即如劉半農先生，實亦無音韻學天才，但在音韻學上，他也有他的發明。我們人在天才上都有缺陷，這要用努力去彌補。對詩只要了解音樂性之美，不懂平仄都沒關係。

四聲始於齊、梁，沈約⑦所創，沈約為中國文學史承上啟下之人物，值得注意。六朝皇帝文采風流，據云：某帝問：“何謂四聲？”答曰：“天子聖哲。”⑧（平、上、去、入）四聲，個人並不是用來限制我們，束縛我們，一個有音樂天才的人作出詩來，自然好聽，沒有音

---

⑤　劉天華 (1895—1932)：近現代音樂家、音樂教育家，國樂一代宗師，一生致力於改進國樂。

⑥　劉半農 (1891—1934)：近現代文學家、語言學家。

⑦　沈約 (441—513)：南朝史學家、文學家，著有《晉書》、《宋書》等。

⑧　見《南史·沈約傳》：“約撰《四聲譜》，自謂入神之作。武帝雅不好焉。嘗問周舍曰：‘何謂四聲？’舍曰：‘天子聖哲是也。’然帝竟不遵用約也。”

樂天才的人按平仄作去，也可悅耳。而許多好聽的有音樂美的詩並不見得有平仄。如"古詩十九首"之《行行重行行》：

> 行行重行行，與君生別離。
> 相去萬餘里，各在天一涯。
> …………

不也是很美嗎？和諧。可見平仄格律是助我們完成音樂美的，而詩的音樂美還不盡在平仄。如老杜"客子入門月皎皎，誰家擣練風淒淒"，雖拗而美，並不是繞口令；但"城尖徑仄旌旆愁"則似繞口令矣，此則不可。拗律中拗得愈甚，對得愈工。雖然如崔顥《黃鶴樓》、李白《鸚鵡洲》之"黃鶴一去不復返，白雲千載空悠悠"、"鸚鵡西飛隴山去，芳洲之樹何青青"也並不對仗，但那是天才，是神來之筆。且唐人律詩前四句往往一氣呵成，一、二句不"對"，故三、四句不"對"尚可，但五、六句非"對"不可，如崔顥接下來的"晴川歷歷漢陽樹，芳草萋萋鸚鵡洲"、太白接下來的"煙開蘭葉香風暖，岸夾桃花錦浪生"，對仗工整。而"空悠悠"、"何青青"，皆"三平落腳"，蓋因上句七字及下句前四字連在一起太亂，氣太盛，太"散行"，末三字必"三平落腳"，非使其凝練不可。拗律拗得愈甚，對得愈工，尤其在老杜，平仄雖拗，而對句絕不含糊。宋之黃山谷似之。而東坡之"青山久與船低昂"，並不甚好，但有音樂性，美。有人蓋謂此乃送行人久立煙水蒼茫之中，而出行者雖望而不見也——太繞彎子，彎繞得不小，有什麼意思？簡直想瘋了心。

作詩要寫什麼是什麼，但還要有意義。若費半天勁寫出來，而寫出來就完了，又有何取？老杜詩有時寫得很逼真，但不明是什麼意思。如"圓荷浮小葉"（《為農》），應該說"小荷浮圓葉"。山谷《落星寺》第一首之"星宮遊空何時落，着地亦化為寶坊"二句即如此，只是說寶坊廟乃落星寺。近人作詩亦犯此病，所謂做態。而三、四句"詩人晝吟山入座，醉客夜愕江憾牀"乃山谷看家本領。學詩者皆多在此上用功，而不在意境上用功。此二句後句好，上句平常。五、六句以後亂七八糟。《落星寺》第二首音節之結實頗似老杜。"岩岩匡俗先生廬，其下宮亭水所都"，真好，一起便好，蓋用字沉着故也。"正俗先生"，古之隱士，居落星寺山上。"水所都"，水所聚也。"北辰九關隔雲雨"，謂帝京遙遠。"南極一星在江湖"，人謂東坡遠貶。"蠔山"，蠔所結成之山。末句"驪龍莫睡失明珠"，湊的，此句用典真笨。

三　杜甫五言詩

方寸之中，頃刻樓台，頃刻滅盡。

中國古詩以五言最恰，四言字太少，七言字太多。（五言詩開合變化成功者僅杜工部一人。）但此指中國古人情調而言，現在則五言不夠，而七言格律太繁，難作好。現在事情本來變化就多，而加以詩人感覺銳敏，變化更多。近世是散文時代，已不是詩的時代，因為我們現在沒有富裕的時間、精力去安排詞句，寫東西只能急，就沒有工夫醞釀，沒有蘊藉。醞釀是事前功夫，醞釀便有含蓄。大作家是好整以暇，而我們到時候便不免快、亂。"巧遲不如拙速。"現在要練習速寫（sketch），不像油畫那麼色彩濃厚，也不像水彩畫那樣色彩鮮明，也不像工筆畫那麼精細，但是有一個輪廓，傳其神氣。若能擴充，自然更好。

　　醞釀是"閒時置下忙時用",速寫是"兔起鶻落,稍縱即逝"(蘇軾《文與可畫篔簹谷偃竹記》),要個勁還得要個巧,勁與巧還是平時練好的本領。我們在現在的情勢下,要養成此種眼光手段。速寫寫得快,抓住神氣寫。現在是要如此,但醞釀的功夫還要用。創作上速寫也要醞釀蘊藉的功夫。

　　王摩詰詩是蘊藉含蓄,什麼也沒説,可什麼都説了。常言動靜、是非、善惡是相對的,而詩之最高境界是絕對的,真、善、美,三位一體。"雨中山果落,燈下草蟲鳴"(《秋夜獨坐》),是美是醜,是善是惡,很難説。又孟浩然"人事有代謝,往來成古今。江山留勝跡,我輩復登臨"(《與諸子登峴首》),20個字,道盡人生世界,而讀之如不着力。

　　現在作品多是浮光掠影,不禁拂拭,使人感覺不真實、不真切。不真實還不要緊,主要要使人感覺真切。如變戲法,不真實而真切,變"露"了倒很真實,可那不成。文學上是許人説假話的。電影、小説、戲曲是作的,而是藝術。讀小説令人如見,便因其寫得真切。但不要忘了,我們説瞎話是為了真。説謊是人情、天理所允許,而不要忘了那是為表現真。如諸子寓言、如佛説法、如耶穌講道,都是説小故事,但都是表現真。現在文學不真實、不真切,撒謊都不完全。

　　談到蘊藉,中國民族德性上講"謙",今欲將德性上的"謙"與文學上之"蘊藉"連在一起。中國古代安土重遷,人情厚重,不喜暴露發揚。楚辭《離騷》暴露發揚,那是南方的作品,班固以為《離騷》"露才揚己",可見北邊人之厚重,故德性重遷,不喜暴露。也不是説中國人厚重即美德,日本便輕浮淺薄,而日本的好處在進取。我們真佩服，也真慚愧。而中國人凡事謙遜，壞了就是安分守己、不求進取、苟安、腐敗、滅亡，因果相生，有好有壞。現在日本自殺的自殺，但在台上的還真在幹，在不可為之中還要幹。中國是一盤散沙，若誰也不肯為國家、民族負責任，只幾個人幹，也不成。中國人原是謙遜，再一退安分守己，再一退自私自利，再一退腐敗滅亡了。我們能否在進取中不輕薄，在厚重中還要進取？

總之德性是謙，文學是蘊藉含蓄。孟浩然"江山留勝跡，我輩復登臨"（《與諸子登峴山》）二句，比前面"人事有代謝，往來成古今"二句還好，沒有露才揚己，然味厚。李太白"蜀僧抱綠綺，西下峨嵋峰。為我一揮手，如聽萬壑松"（《聽蜀僧彈琴》）是露才揚己。（文學本表現，露才揚己也是表現。）明乎此，可知中國文學之好處何在、壞處何在，而且可知此種作風是否可供我們參考、採取。

杜甫有五律《得弟消息》二首：

> 近有平陰信，遙憐舍弟存。
> 側身千里道，寄食一家村。
> 烽舉新酣戰，啼垂舊血痕。
> 不知臨老日，招得幾人魂。

> 汝懦歸無計，吾衰往未期。
> 浪傳烏鵲喜，深負鶺鴒詩。
> 生理何顏面，端居且歲時。
> 兩京三十口，雖在命如絲。

老杜"天寶亂"後輾轉流離，而他還寫了那麼多的詩、那麼好的詩。老杜在唐詩是革命，因他打破歷來醞釀的傳統，他表現的不是韻，而是力。我們抗戰勝利前後的作品多拖着一條光明的尾巴；老杜詩雖沒拖着光明尾巴，但也不是消極，因為他有熱、有力。現在拖着光明尾巴的作品，即使有光也是浮光，有愉快也是浮淺，因為沒熱、沒力。老杜詩雖沒光明、愉快，但有熱、有力，絕不會令人走消極悲觀之路。

“近有平陰信，遙憐舍弟存。”真有熱、有力，字有字法，句有句法，誰比得了？普通讀杜對字法、句法多往艱深處求，固然。如“國破山河在，城春草木深”（《春望》），“破”、“在”猶平常，而“春”字頗艱深。但老杜更高處是用平常的字，而字法、句法用得更好。如“遙憐舍弟存”，“憐”字，連歡喜、悲哀全有了。“啼垂舊血痕”，常人以為好，其實使過勁了。

“不知臨老日，招得幾人魂。”一點光明也沒有了，而仍有熱、有力。或曰：“招魂”不知兄招弟，抑弟招兄？但那樣不能説“幾人”。此言“幾人”，是説我們已經老了，而年輕的還死在我們前面，不用説我活不了多久，不能招幾人魂，就算招得成幾人魂，這感情我也受不了。黃三唱《華容道》[9]，滿口求饒，骨氣不倒。不但作詩、作文，演戲亦要有意境。老杜即不散板，老頭子有力。

“汝懦歸無計，吾衰往未期”，音節真好。而與王、孟之蘊藉不同，與屈、李之露才揚己也不同，真真切，就是苦心裏也嚼出水來。“汝懦”、“吾衰”，弟兄見不着了，真悲哀，而一點沒散。

“生理何顏面，端居且歲時”，這是老杜 —— 老憨氣；

“雨中山果落，燈下草蟲鳴”（王維《秋夜獨坐》） —— 文人氣；

⑨　黃三（約1845—1916）：黃潤甫，因行三，人稱“黃三”，清末著名京劇淨角，工架子花臉，因演連台本戲《三國志》而獲“活曹操”之美譽。《華容道》：京劇傳統劇目，敍曹操兵敗赤壁，狼狽北逃華容道。曹探知華容道為蜀將關羽把守，且知關羽重於信義，乃苦苦哀求。關羽果為所動，義釋曹操。

“為我一揮手，如聽萬壑松”（李白《聽蜀僧彈琴》）——才子氣。

老杜——老憨氣。“端居”，這是悲哀，老是待着別動；“且歲時”，還不知待到何時，誰也不能見誰，這真是老杜本來面目。“兩京三十口”，老弟在東京，老杜在西京。

天下人所以不懂詩便因講詩的人太多了，××道，××道……而且講詩的人話太多，説話愈多，去詩愈遠。有一故事説某人走黑道，點燈一望，始知岔路太多，反不知何往。故不知道瞎走也好，知道了明白也好，就怕知而不清。“無令求悟，唯益多聞”（《圓覺經》），《楞嚴》説未學如此，人最好由自己參悟。“隔江望見刹竿，好與汝三十棒。”（貞邃禪師⑩語）要懂，未聽我講，便懂；望見刹竿，便該懂。

1 月 3 日北平《新報》有《關於詩》一文，其中舉華滋華斯（Wordsworth）⑪之言曰：“詩起於沉靜中回味得來的情緒。”（《抒情歌謠集·序言》）王維“雨中山果落，燈下草蟲鳴”（《秋夜獨坐》）二句，真是如此。余不喜歡 W 氏作品，其寫自然的詩實不及我國之王、孟，其名作《高原的刈禾者》，亦未見甚佳。人説他寫大自然、寫寂寞寫得最好，其實不及中國，如“雨中山果落，燈下草蟲鳴”二句，真好。寫一種生動激昂的情緒以西洋取勝，蓋西洋文字原為跳動的音節。如雪萊（Shelley）⑫之 If Winter Comes：

---

⑩ 貞邃禪師：五代後溈仰宗著名禪師。因住吉州資福，世稱“資福貞邃”。《五燈會元》卷九：“（貞邃禪師）上堂：‘隔江見資福刹竿便回去，況過江來？’時有僧才出，師曰：‘不堪共語。’”刹竿，指寺前所立幡柱。

⑪ 華滋華斯（1770—1850）：今譯為華茲華斯，英國浪漫主義先驅詩人、湖畔派領袖，與柯勒律治（Coleridge，1772—1834）出版合集《抒情歌謠集》宣告浪漫主義新詩的誕生，代表作為長詩《序曲》。

⑫ 雪萊（1792—1822）：19 世紀英國浪漫主義詩人，代表作品有《致雲雀》、《西風頌》等。“If Winter Comes, Can Spring be far behind?”即為《西風頌》之結束句。

If winter comes,

Can spring be far behind?

詩難於舉重若輕，以簡單常見的字表現深刻的思想情緒。如"雨中山果落，燈下草蟲鳴"，小學生便可懂，而大學教授未必講得上來。老杜詩之病便因寫得深，表現也艱難，深入而不能淺出；王、孟有時能深入淺出。If Winter Comes 一首便是深入淺出，而其音節尤其好，是波浪式的；"雨中山果落，燈下草蟲鳴"是圓的，此中西文學之根本不同。

W 氏之言，但只對了一面，我們還要承認另一面也能寫出詩來，雖然也要求必須沉靜。無論寫多麼熱鬧、雜亂、忙迫的事，心中也須沉靜。假如沒有沉靜，也不能寫熱烈激昂。因為你經驗過了熱烈激昂，所以真切；又因你寫時已然沉靜，所以寫出更熱烈、激昂了。悲哀、痛苦固足以壓迫人，使人寫不出詩來，太高興也寫不出來。

路漫漫其修遠兮，吾將上下而求索。

（屈原《離騷》）

莫自使眼枯，收汝淚縱橫。

眼枯即見骨，天地終無情。

（杜甫《新安吏》）

屈原是熱烈、動、積極、樂觀，杜甫是冷峭、靜、消極、悲觀。而其結果，都是給人以要認真活下去的意識，結果是相同的。

杜甫入蜀後佳作少，發秦州以前作品生的色彩、力的表現，鮮明充足，後作漸不能及。

元日到人日，未有不陰時。

（杜工部《人日兩篇》之一）

莫避春陰上馬遲，春來未有不陰時。

（辛稼軒《鷓鴣天》）

耐他風雪耐他寒，縱寒也是春寒了。

（余之《踏莎行》拙句）

老杜"元日到人日，未有不陰時"二句無生的色彩，也無力的表現，不及稼軒之二句。文學是表現，不是論述、說明。論述在詩中尚有佳作，說明最下。稼軒二句是表現，老杜二句是論述，余之二句是說明（語本上述雪萊詩句）。

佛羅貝爾（Flaubert）對莫泊桑（Maupassant）說，一個文人不允許和普通人同樣生活。但丁（Dante）《神曲》、歌德（Goethe）《浮士德》，他們一輩子就活了這麼一首詩，這是其生活結晶，而非重現。這樣才不白活，活得才有價值、有意義。法國蒙德（法文：mendée），寫一皇后，貌甚美，而國王禁止國人蓄鏡，皇后苦不能自見其美。後帝欲殺之，皇后在刀光中見自己影子，為其平生最快樂時。

常人為生活而生活，詩人為詩而生活。而其作品當如拍電影，真事外須有剪接，絕非冷飯化粥。

老杜作詩如《三國志》上張飛，真粗，而粗中有細。如其：

朝廷潛生還，親故傷老醜。

（《述懷》）

妻孥怪我在，驚定還拭淚。

（《羌村三首》其一）

寫來不但乾淨、清楚，且看他勁頭，有勁。老杜《夢李白二首》
中：

千秋萬歲名，寂寞身後事。

此二句亦好。宋人亦發洩，而不成。如蘇東坡《寒食雨》：

春江欲入戶，雨勢來不已。
小屋如漁舟，濛濛水雲裏。
空庖煮寒菜，破灶燒濕葦。
那知是寒食，但見烏銜紙。
君門深九重，墳墓在萬里。
也擬哭塗窮，死灰吹不起。

宋人能不如唐人莽，宋人深不如唐人淺；宋人思之深而實淺，唐
人詩思淺而實深。五言詩若從“小屋”句入手則壞了，此乃偏鋒，應
用中鋒。蘇尚好，其餘則野狐禪[13]。

老杜《北征》，宋人對之只許磕頭，不許說話。余對之一手抬一
手搦，半肯半不肯，其詩後半真不是詩，而前大半真高。先看《北

---

[13]　野狐禪：語出禪宗公案。《五燈會元》卷三：“（百丈淮海）師每上堂，有一老人隨眾聽法。一日
眾退，唯老人不去。師問：‘汝是何人？’老人曰：‘某非人也。於過去迦葉佛時，曾住此山，
因學人問“大修行人還落因果也無”，某對云：“不落因果。”遂五百生墮野狐身，今請和尚代
一轉語，貴脫野狐身。’師曰：‘汝問。’老人曰：‘大修行人還落因果也無？’師曰：‘不昧因
果。’老人於言下大悟，作禮曰：‘某已脫野狐身，住在山後。敢乞依亡僧津送。’師令維那白
椎告眾，食後送亡僧。大眾聚議，一眾皆安，涅槃堂又無病人，何故如是？食後師領眾至山後
岩下，以杖挑出一死野狐，乃依法火葬。”學道流入邪僻、未悟而妄稱開悟，禪家斥之為“野狐
禪”，後轉以“野狐禪”泛指各種異端邪説。

征》之開端：

> 皇帝二載秋，閏八月初吉。
> 杜子將北征，蒼茫問家室。
> 維時遭艱虞，朝野少暇日。
> 顧慚恩私被，詔許歸蓬蓽。
> 拜辭詣闕下，怵惕久未出。
> 雖乏諫諍姿，恐君有遺失。
> 君誠中興主，經緯固密勿。
> 東胡反未已，臣甫憤所切。
> 揮涕戀行在，道途猶恍惚。
> 乾坤含瘡痍，憂虞何時畢？

詩不能玩技術，而又不能不注意技術。老杜則大筆一抹就行了。
《北征》接寫還家路上所見、所經、所想：

> 靡靡逾阡陌，人煙眇蕭瑟。
> 所遇多被傷，呻吟更流血。
> 回首鳳翔縣，旌旗晚明滅。
> 前登寒山重，屢得飲馬窟。
> 邠郊入地底，涇水中蕩潏。
> 猛虎立我前，蒼崖吼時裂。
> …………
> 鴟鴞鳴黃桑，野鼠拱亂穴。
> 夜深經戰場，寒月照白骨。
> 潼關百萬師，往者散何卒。

遂令半秦民，殘害為異物。

老杜才氣不說，力氣真夠。以上所講乃老杜"還家路上"一段之前、後部分，中間還有一段更好：

菊垂今秋花，石戴古車轍。
青雲動高興，幽事亦可悅。
山果多瑣細，羅生雜橡栗。
或紅如丹砂，或黑如點漆。
雨露之所濡，甘苦齊結實。
緬思桃源內，益歎身世拙。
坡陀望鄜畤，岩谷互出沒。
我行已水濱，我僕猶木末。

若無此段，也仍是好詩，然便非老杜詩了。大詩人畢竟不凡，大詩人雖在極危險時，亦不亡魂喪膽；雖在任何境界，仍能對四周欣賞。

老杜詩波瀾老成、生活豐富，蓋因其明眼玩味、欣賞生活，故自然豐富。否則，模糊印象，如何能寫好詩？老杜為大詩人，寫得大。

年節最能體現生的色彩，又是力的表現。過年、過節，鞭炮龍燈，是生、是力，而中國詩人不愛寫。

唐初蘇味道有《正月十五夜》：

火樹銀花合，星橋鐵鎖開。
暗塵隨馬去，明月逐人來。
游伎皆穠李，行歌盡落梅。
金吾不禁夜，玉漏莫相催。

“金吾”之“吾”，當讀作衙。《後漢書·光烈陰皇后紀》：“仕宦當作執金吾，娶妻當得陰麗華。”“星橋鐵鎖開”句，儲皖峰[14]先生以為當為象徵；“游伎皆穠李，行歌盡落梅”二句，不是魔道，也是自殺。物不能只認做物，是象徵，如立春之“咬春”[15]。

物的描寫表現，即心的描寫表現，即生與力之表現。杜甫《杜位宅守歲》（杜位乃老杜之姪）：

> 守歲阿戎家，椒盤已頌花。
> 盍簪喧櫪馬，列炬散林鴉。
> 四十明朝過，飛騰暮景斜。
> 誰能更拘束，爛醉是生涯。

不是勢利眼，老杜是好，真是生與力之表現。而此仍是個人，不是全體，不能看出整個民族精神。詩中“盍簪”出自《易經·豫》：“勿疑，朋盍簪。”盍，合；“盍簪”，言聚首。周處《風土記》：元日造五辛盤、椒花酒、松柏頌。《晉書·列女傳》：“劉臻妻陳氏者，善屬文，嘗正旦獻《椒花頌》。”五辛，辣；椒花、松柏，辣，能刺激人。此風俗不僅是浪費，是嚴肅；然若僅有嚴肅意義沒有好玩、興趣，則嚴肅不能持久。清人文廷式有《鷓鴣天·即事》云：

> 劫火何曾燎一塵。側身人海又翻新。閒憑寸硯磨聾世，醉折繁花點勘春。　聞柝夜，警雞晨。重重宿霧鎖重闉。堆盤買得迎年菜，但喜紅椒一味辛。

---

⑭　儲皖峰（1896—1942）：字逸安，安徽潛山人，輔仁大學教授，顧隨摯友。
⑮　咬春：又名叫春，即在立春日吃象徵春意的菜蔬、食品，以示迎春。

　　末二句"堆盤買得迎年菜，但喜紅椒一味辛"，真橫。文氏蓋真
能懂得古人五辛盤之意。人皆喜甘厭苦，而在甘的環境中養不出大人
物。人不當生於甘美，當生於苦辛，故元日首嗜五辛，嘗辛，才有人
生意義。然人厭辛喜甘，又厭故喜新。人生世上一方面有新的憧憬，
一方面還有舊的留戀。人若沒有厭故喜新，就沒有進步、進化了。短
處即長處，人就在此矛盾下生活。

　　杜甫七言中，亦有年節詩，如《立春》：

> 春日春盤細生菜，忽憶兩京梅發時。
> 盤出高門行白玉，菜傳纖手送青絲。
> 巫峽寒江那對眼，杜陵遠客不勝悲。
> 此身未知歸定處，呼兒覓紙一題詩。

　　土頭土腦，不像詩，而正是代表老杜詩，一氣端出。宋人黃山
谷、楊誠齋學老杜此點，而有點做作氣。老杜詩"亂雲低薄暮，急雪
舞迴風"（《對雪》），山谷、誠齋無此句，老杜詩眼見而寫成。苦最能
摧殘生機，故過年吃辛、吃苦；而立春，"春日春盤細生菜"，得到一
點生機，苦中要有生發氣象。詩中"巫峽寒江那對眼，杜陵遠客不勝
悲"二句，不甚好，而誠齋輩專學此。

　　杜甫《元日示宗武》：

> 汝啼吾手戰，汝笑吾身長。
> 處處逢正月，迢迢滯遠方。
> 飄零還柏酒，衰病只藜牀。
> 訓諭青衿子，名漸白首郎。
> 賦詩猶落筆，獻壽更稱觴。

不見江東弟，高歌淚數行。

此詩寫來意深而語拙。老杜與義山有時皆不免意深而語拙，後人則意淺而語拙。作詩"滑"不好，而治一經，損一經，太澀也不好。放翁詩就滑。有志於詩者應十年不讀放翁詩。詩甜滑，容易得人愛，而易使人上當；澀，有一點不好，而無當可上。學詩學滑易，學澀難，但太澀就乾枯了。

第六講

退之詩說

　　韓退之非詩人，而是極好的寫詩的人。小泉八雲(L.Hearn)①分詩人為兩種：（一）詩人，（二）詩匠（Poem maker）。吾人不肯比退之為詩匠，然又尚非詩人，可名之曰 Poem-writer，作詩者。蓋做詩人甚難。但雖不作詩亦可成為詩人，如《水滸傳》魯智深是詩人，他兼有李、杜之長 —— 飄灑而沉着。（林沖乃散文家。）別人是將"詩"表現在詩裏，魯智深把"詩"表現在生活裏，乃最偉大的詩人。

　　人最難得是個性強而又了解人情。詩人多半個性強，而個性強者多不了解人情，只知有己，不知有人，如老杜即不通人情。詩人需個性強而又通達人情，且生活有詩味 —— 然若按此標準，則古今詩人不多。所謂了解人情非順流合污，乃博愛，了解人情才能有同情。這連老杜都不成，況韓愈？當然韓更不是詩人，而其修辭技術好，故其詩未容忽視。尤其在學詩階段中，可鍛煉吾人學詩技巧。李義山、韓退之、黃山谷、陳簡齋、楊誠齋，皆可讀。

---

① 　小泉八雲（1850—1904）：原名 Lafcadio Hearn，英人，後歸化日本，從妻姓，曰小泉八雲。

中國文學特別是在韻文中乃表現兩種風致（姿態、境界、韻味）：
(一) 夷猶，(二) 錘煉。所謂"風致"，可用兩個句子來描繪："楊柳春風百媚生"(陳簡齋《清明二絕》)，"風裏垂楊態萬方"(王靜安《秀州》)。

縹緲，夷猶。楚辭有"君不行其夷猶"(《湘君》) 之句。

中國文學不太能表現縹緲，最好說"夷猶"。"夷猶"，若"泛泛若水中之鳧"(楚辭《卜居》)，說不使力，如何能游？說使力，而如何能自然？鳧在水中，如人在空氣中，是自得。"夷猶"，此二字甚好，而人多忽之。

"夷猶"表現得最好的是楚辭，特別是《九歌》，愈淡，韻味愈悠長；散文則以《左傳》、《莊子》為代表作。屈、莊、左，乃了不起天才，以中國方塊字表現夷猶，表現得最好，前無古人，後無來者。後世有得一點的，歐陽修、歸有光在散文中得一點；韻文中尚無其人，陶淵明幾與屈、莊、左三人等，而路數不同。屈原在韻文中乃絕大天才。

魏文帝言："文以氣為主。"(《典論·論文》)。人稟天地之氣以生，人有稟性即氣，氣與有生俱來，乃先天的。屈原之天才是氣，不儘然在學。鐵杵可磨成針，可是磨磚絕不成針，以其非做針的材料。先天缺陷，後天有的能彌補，有的不能補。先天若有稟氣，後天能增長；若先天無，後天不能使之有。屈、莊、左三人真乃天仙化人，可望而不可即。雖不可即，而不能不會欣賞；人可不為詩人，不可無詩心。此不但與文學修養有關，與人格修養亦有關係。讀他們的作品使人高尚，是真的"雅"。一塵不染並非不入泥污，入而不染，方為真雅。其不沾土者非真雅，反不如乾脆髒，何必遮掩？

寫大自然，縹緲、夷猶容易。"嫋嫋兮秋風，洞庭波兮木葉下"
（《九歌》），縱橫上下。屈原乃對人生取執著態度，而他的表現仍為縹
緲、夷猶：

> 吾令羲和弭節兮，望崦嵫而勿迫。
> 路漫漫其修遠兮，吾將上下而求索。
>
> 　　　　　　　　　　（《離騷》）

羲和，日之神；崦嵫，日落處；上下求索，追求真理極其理想。
魯迅《彷徨》之題辭即用此四句。此四句，內容與形式幾乎不調和，
而是極好的作品。猛一看似思想與形式抵觸，此種思想似應用有力的
句子，而屈原用"夷猶"表現，成功了，險中又險，顯奇能。如畫竹
葉，一般應成"个"字，忌"井"字，而有大畫家專畫"井"字，但
美，此乃大天才。如韓信背水為陣，置之死地而後生。

移情作用 ── 感情移入。人演劇有兩種態度：一以自身為劇中
人，一以冷眼觀察。大作家之成功蓋取後一種態度，移情作用，同
時保持文藝之調整；一個熱烈作家很難看到他調整完美之作品。西
洋文學之浪漫派即難得調整，乃感情主義，反不如寫實主義易得較
完美作品。熱烈感情不能持久。故感情主義寫短篇作品尚好，不能
寫長篇，以其不能持久。蓋情感熱烈時，不能如實地去看，如在顯
微鏡下看愛，是理想的，是超現實的。熱烈感情一過，覺得幻滅，
實則此方為真實。人之有感情如汽車之有汽，汽太過可炸壞鍋爐。
故浪漫主義易昏，寫實主義明淨。

　　動作 ←── 感情 ←── 理智

以感情推進動作，以理智監視感情。長篇作品有組織、有結構，是理智的，故不能純用感情。詩需要感情，而既用文字表現，須修辭，此即理智。在形容事物時，應找出其唯一的形容詞，如《詩經・桃夭》："桃之夭夭，灼灼其華。"

用形容詞太多，不能給人真切印象。有力的句子多為短句，且在字典上絕不會二字完全同義。"二"、"兩"、"雙"，此三字尚各有其用處，絕不同。找恰當的字，是理智，不是感情。文人須有明確的觀察，敏銳的感覺。近之詩人多在場時不觀察，無感覺，回來作詩時另湊。應先有感情，隨後就有理智追上。

中國詩兩種境界其一乃"夷猶"，上面所言重在修辭，實則王靜安先生所謂"境界"亦重要。夷猶之筆調適合寫幻想意境，屈原之《九歌》多為幻想。漢人模仿"騷"之作品多為劣質偽品。品不怕偽，若好，則有價值在；若仿不好，則下下者矣。漢人笨（司馬遷及"古詩十九首"例外），以笨人模仿"騷"當然不成，即因其根本無幻想天才。修辭亦與作風、意境有關，故所謂夷猶乃合意境、作風言之。而此多半在天生、天資，後天之學，為力甚少。"人一能之己百之，人十能之己千之"，"及其成功，一也"（《中庸》）。此言不盡可靠。用夷猶筆調，須天生即有幻想天才。此在中國，大哉屈原，屈原以前無之，以後亦無之。

中國民族性若謂之重實際，而不及西洋人深，人生色彩不濃厚。中國作家不及西歐作家之能還人以人性，抓不到人生深處。若謂之富於幻想，又無但丁（Dante）《神曲》及象徵、浪漫的作品，而中國人若"玄"起來，西洋人不懂。中國人欲讀西洋作品，了解它，須下真功夫，因中西民族性之間有一鴻溝；而西人學中國語言，第一關就難，中國人卻有學外國語言的天才。中國字之變化甚多，一字多義。如"將"，原為 future，而現在說"我將吃完"，則為 present，在文言文中應作"方"。不能研究中國語言文學，不能了解中國民族性，如"悠然見南山"（陶淵明《飲酒二十首》其五），如"江上數峰青"（錢起《湘靈鼓瑟》），非玄而何？中國之禪學更玄，而非高深。

中國文學表現思想難，大作品甚少，唯屈高杜深。屈原詩"路漫漫其修遠兮，吾將上下而求索"（《離騷》），杜甫詩"眼枯即見骨，天地終無情"（《新安吏》）。屈是熱烈、動、積極、樂觀，杜是冷酷、靜、消極、悲觀。而結果皆給人以自己好好活之意識，結果相同。中國詩缺乏高深，小詩人多自命風雅，沾沾自喜，真能飄到九霄雲外，大人大人大大人，三十三天宮為玉皇大帝蓋瓦，佩服；真能入到十八層地獄，卑職卑職卑卑職，八十八地獄為閻王老子挖煤，亦佩服。王漁洋所謂"神韻"，好，而不敢提倡。後之詩人不能真作出"悠然見南山"、"江上數峰青"之好句，但模仿其皮毛。實則中國詩必有神韻。

吾人雖無夷猶、幻想天才，而亦可成為詩人，即靠錘煉，《文心雕龍》所謂：

> 錘字堅而難移，結響凝而不滯。
>
> 　　　　　（《風骨》）

堅而難移，非隨便找字寫上，應如匠之錘鐵；而錘字易流於死於句下，故又應注意"結響凝而不滯"。

走"錘煉"之路成功者，唐之韓退之，宋之王安石、黃山谷及"江西派"諸大詩人，而自韓而下，皆能做到上句"錘字堅而難移"，不能做到下句“結響凝而不滯”。中國詩人只老杜可當此二句。杜詩：

> 星垂平野闊，月湧大江流。
>
> 　　　　　　《旅夜書懷》

　　“垂”、“闊”二字，乃其用力得來，錘字堅、結響凝，若“垂”為“明”，“星明平野闊”，則糟。(作詩應把第一次來的字讓過去，不過有時第一次來的字就好，唯如此時少。)“闊”從“垂”字來。“月湧大江流”不如上句好，但襯得住。又如杜以“與人一心成大功”(《高都護驄馬行》)，寫馬之偉大；以“天地為之久低昂”(《觀公孫大娘弟子舞劍器行》)，寫舞者之動人。老杜七字句之後三字是千錘百煉出來的，響凝則有力。黃山谷《下棋》詩有：

> 心似蛛絲遊碧落，身如蜩甲化枯枝。

　　欲作詩需對世間任何事皆留意。“蜩甲”即蟬蛻，蟬蛻化必須抓住樹木，不然不易蛻化，必拱了腰，人下棋時如蜩甲然。字有錘煉，而詩無結響。人謂山谷詩如老吏斷獄、嚴酷寡恩，不是說斷得不對，而是過於嚴酷。在作品中我們要看出其人情味，而黃山谷詩中很少能看出其人情味，其詩但表現技巧，而內容淺薄。“江西派”之大師，自山谷而下十九有此病，即技巧好而沒有意思(內容)，缺少人情味。功夫到家反而減少詩之美。《詩經・小雅・采薇》之“楊柳依依”豈經錘煉而來？且“依依”等字乃當時白話，千載後生氣勃勃，即有人情味。

　　文人好名，古之逃名者名反更高。人有自尊心，有領袖慾，文人在創作上是小上帝。文人相輕亦由自尊來，而有時以理智判斷又不得不"怕"。歐陽修論及東坡曰："三十年後，世上人更不道着我也！"[②]東坡，純粹中國才子，飄飄然，吾人看其所寫作品，皆似一揮而就。而東坡又怕山谷，蓋山谷在詩的天才上不低於東坡，而功力過之，故東坡有效山谷體。東坡一揮而就，連書畫都如此，若再肯努力，當更有大成就。而山谷真做到"錘字堅而難移"，山谷思想空洞，修辭真有功夫（講新舊詩，皆當注意修辭）。但山谷又怕後山，後山作品少而在小範圍中超過山谷，故山谷曰："陳三真不可及。"[③]白樂天有句"後宮佳麗三千人，三千寵愛在一身"（《長恨歌》）；後山把此十四字縮為五字——"一身當三千"。此即錘煉之病，太死，若沒讀過白詩，不能讀懂此句，"一身當三千"乃借助"後宮"二句才能成立。此病即使內容不論，文字亦缺少彈力。中國文字原缺少彈力，如"山"，單音一字（英文 mountain，有彈力），一錘煉更沒彈性。樂天二句有錘煉，而尚有彈力。山谷之稱"陳三真不可及"乃因其"時方隨日化，身已要人扶"（《溫公[④]挽詩》）二句，而此二句並不甚好。後山此二句，在直覺上不令人覺得溫公之死可惜，須理解當時形勢始可。

關於錘煉，陸機《文賦》謂："考殿最於錙銖，定去留於毫芒。"

《文心雕龍》所說是結果，《文賦》所說是手段。"殿"乃最後的，"最"是最好的，"殿最"，猶言優劣；"去留"，如說推敲。錘煉之功不能不用，蓋否則有冗句、剩字。中國人詩到老年多無彈力，即過錘煉。

---

② 見朱弁《曲洧舊聞》卷八："東坡詩文，落筆輒為人所傳誦。每一篇到，歐陽公為終日喜，前後類如此。一日與棐論文及坡，公歎曰：'汝記吾言，三十年後，世上人更不道着我也！'"

③ 見宋蔡正孫《詩林廣記》後集卷七："黃山谷見此詩'時方隨日化，身已要人扶'之句，歎曰：'陳三真不可及！'蓋天不憖遺之悲，盡於此矣。"

④ 司馬光（1019—1086）：字君實，宋代名相，卒後哲宗追謚為溫國公。

因講韓退之詩之修辭，故以楚辭之"夷猶"為對照，而如此則一發而不可收，愈說愈多，以上一段或可名之為"詩之修辭"。但底下也還"不可收"。

夷猶與錘煉之主要區別，亦在彈力。彈力或與句法有關。《詩》、《騷》常用"兮"、"也"等語辭：

> 何昔日之芳草兮，今直為此蕭艾也。
> 豈其有他故兮，其好修之害也。
>
> 　　　　　《離騷》

此尚非《騷》之警句，意思平常而說來特別沉痛。若去掉其語辭，則變成：

> 何昔日之芳草，今直為此蕭艾。
> 豈其有他故，其好修之害。

沒詩味。蓋語辭足以增加彈性，楚辭可為代表。但創作中亦有專不用語辭者，即錘煉，乃兩極端。

錘煉之結果是堅實。若夷猶是雲，則錘煉是山；雲變化無常，山則不可動搖，安如泰山，穩如磐石。老杜最能得此：

> 所向無空闊，真堪托死生。
>
> 　　　　　《房兵曹胡馬》

> 國破山河在，城春草木深。
>
> 　　　　　《春望》

二句真是堅實，此所以《騷》之不可及（夷猶是軟，但其中有

明·文徵明《湘君湘夫人圖》

力)。老杜乃文壇彗星，倏然來去，前無古人，後無來者。老杜詩堅實而有彈性；"江西派"詩自山谷起即過錘煉，失去彈性，死於句下；若後山詩則全無彈性矣，如豆餅然；韓退之介於老杜和山谷之間。老杜錘煉而有彈性。夷猶非不堅實，堅實非無彈性。

詩講修辭、句法而外，更要看其"姿態"。"楊柳春風百媚生"，就是一種姿態。讀此句不是了解，而是直覺。屈騷與杜詩之表現不同，詩人性情不同，所表現的感情、姿態也不同。

詩的姿態夷猶縹緲與堅實兩種之外，還有氤氳。

"氤氳"二字，寫出來就神秘。氤氳，一作絪縕，音義皆同，而絪縕老實，氤氳神秘。從"氣"之字皆神秘，應用得其宜。中國國民性甚玄妙。(人以"十"代表西洋之艱苦，"卍"代表印度之神秘，"〇"代表中國之玄妙。)"玄"說好是玄妙，說壞是混沌(糊塗)。中國國民性懶，聽天由命，愛和平；而人不愛守規矩，以犯規為光榮，且強悍起來又不像愛和平的。中國文字是糊裏糊塗明白的，混沌玄妙，故選"氤氳"二字。

氤氳乃介於夷猶與堅實之間者，有夷猶之姿態，而不甚縹緲；有錘煉之功夫，而不甚堅實。氤氳與朦朧相似，氤氳是文學上的朦朧而又非常清楚，清楚而又朦朧。錘煉則黑白分明，長短必分；氤氳即混沌，黑白不分明，長短齊一。故夷猶與錘煉、氤氳互通，全連宗了。矛盾中有調和，是混色。若說夷猶是雲，錘煉是山，則氤氳是氣。

> 曲終人不見，江上數峰青。
>
> 　　　　　　　(錢起《湘靈鼓瑟》)

若不懂此二句，中國詩一大半不能了解。此二句是混沌，錘煉是清楚。故初學可讀"江西派"詩，訓練腦筋。

　　夷猶、堅實、氤氳三種姿態（境界）中，夷猶是天賦。天才雖非生而知之，而但努力無天才，則不能至此境界。

　　騷體，《文選》單列為一體，漢人仿"騷"者雖多，但死而不活。假古董之不比真古董，即因無生命，蓋凡文學作品皆有生命。藝術作品中皆有作者之生命與精神，否則不能成功。古人作詩將自己的生命精神注入其中（其實此說不對），蓋作品即作者之表現。假古董中無作者之生命。明朝有時朋、時大彬父子⑤二人，做宜興壺古樸素雅，最有名。其子曾做好一壺，因式樣甚好而忘情，呼其父曰："老兄！此壺如何？"此即將自己的生命精神表現在裏邊。余之字可以表余，人之字即代表自己，何人作何種作品。"騷"是真古董，漢人造假古董，無生命。須有夷猶之天賦始可寫此種作品，吾輩凡人可不必論。能成佛者，不用說；不能成佛者，雖說亦不成，故此種境界不必論。

　　吾人所重，當在錘煉。錘煉出堅實的境界。

　　蓋錘煉甚有助於客觀的描寫。而"客觀的"三字加得有點多餘，實則凡描寫皆客觀。身心以外之事，自然皆為客觀。然而不然。描寫自己亦客觀，若不用客觀態度，不僅描寫身外之物不成功，寫自己亦不成功。老杜之《茅屋為秋風所破歌》是有名的作品，而其中描寫自己常用客觀態度，如：

　　　　唇焦口燥呼不得，歸來倚杖自歎息。

　　似乎在作者外尚有觀者在焉。曾子曰："吾日三省吾身。"（《論

---

⑤　時大彬（1573—1648）：亦名時彬，明代末年宜興製壺名家，"紫砂四大家"之一時朋之子。

語・學而》）若非一人分為二，何能自省？自己觀察自己所做的事，不但學文時應如此，即於學道亦有用。放翁詩：

> 衣上征塵雜酒痕，遠遊無處不銷魂。
> 此身合是詩人未，細雨騎驢入劍門。

（《劍門道中遇微雨》）

或譏之以為沾沾自喜，甚至有人作曲嘲之"……他倒是對畫圖，看畫圖……自古來詩人的詩貴似詩人的命，直把個小毛驢凍得戰兢兢"云云，其實不然。陸詩若不論其短處，則其功夫可取，一方面作，一方面觀，短處即長處。

觀必須有餘裕。孔子曰："行有餘裕，則以學文。"（《論語・學而》）在力使盡時，不能觀自己；只注意使力，則無餘裕來觀。詩人必須養成在任何匆忙境界中皆能有餘裕，孔子所謂"造次必於是，顛沛必於是"（《論語・里仁》）。造次，匆忙之間；顛沛，艱難之中；必於是，心仍在此也。今借之以論詩，作詩亦當如此，寫作品時應保持此態度。並非有餘裕即專寫安閒，寫景時亦須有餘裕。悲極喜極時感情真，而作品一定失敗，必須俟其"極"過去才能觀，才能寫。客觀的描寫必有餘裕，故無論寫何事物皆須為客觀。

至於氤氳，無客觀的敍事，多為主觀的醞釀。

> 錘煉——複雜、變化，客觀描述；
> 氤氳——單純，無客觀的敍事。

主觀的抒情作品無長篇，如王、孟、韋、柳無長篇敍事之作。記事應利用錘煉，客觀；抒情應利用醞釀，主觀。作品自然，不吃力。若題目可用，或錘煉，或氤氳。文人使用文字創作，猶如大將用兵，頗難得指揮如意。不過，錘煉、氤氳，人力功到自然成。至於夷猶、縹緲，中國方塊文字、單音，不易表現此種風格，不若西洋文字，其音彈動有力。《離騷》、《九歌》，夷猶縹緲，難得的作品；屈原，千古一人。

餘論：

（一）夷猶，（二）錘煉，（三）氤氳。第一種唯天才能之，吾人非天才，故而不論。吾人可討論者限二、三兩種。

二、三兩者中以“二”為最笨，如佛家苦行頭陀（頭陀：髮尚未全剃者），鞠躬盡瘁，死而後已，有天才進步快，無天才亦有進步。此功夫不負人。錘煉是“漸修”，韓退之所謂“六字常語一字難”⑥（《記夢》）是苦修，每字不輕輕放過。然此但為手段，不可以此為目的。“工欲善其事，必先利其器”（《論語·衛靈公》），“利其器”是手段，“善其事”是目的。此功夫可使字法、句法皆有根基，至少可以不俗、不弱（所謂不俗，非雅；所謂不弱，非粗）。不俗、不弱，二者之原因為一，即“力”。如元人散曲劉庭信⑦《折桂令》中：

　　花兒草兒打聽的風聲，車兒馬兒我親自來也。

是俗，而其中有“力”，即不俗。不俗、不弱，是説字句從力來，而力從錘煉來，每字用時皆有衡量。

錘煉、氤氳雖有分別，而氤氳出自錘煉。若謂錘煉是“苦行”，則氤氳為得“大自在”。“不受苦中苦，難為人上人”，用錘煉之功夫

---

⑥　葉嘉瑩此處有按語：此“一字”當為句眼。

⑦　劉庭信：生卒年不詳，元代後期散曲家，有小令 39 首、套數 7 首。

時不自在，而到氤氳則成人上人矣。唐人五言「曲終人不見，江上數峰青」、「落葉滿空山，何處尋行跡」，自然，可説是得大自在。老杜「國破山河在，城春草木深」，好，而不太自在。韓退之七古《山石》亦不自在，千載下可見其用力之痕跡，具體感覺得到。苦行是手段，得自在是目的，但羨慕自在而無苦行根基，不可。亦有苦行而不能得自在者，然則畫鵠不成尚類鶩，尚不失詩法；若不苦行但求自在，則畫虎不成反類犬矣。（幽靈似的詩，太沒根基，非真縹緲，皆因無根基之故也。）

> 微雲淡河漢，疏雨滴梧桐。
>
> （孟浩然《省試騏驥長鳴》）

從（二）錘煉到（三）氤氳，中有關聯。欲了解此關聯，即可參浩然此十字。

「微雲淡河漢，疏雨滴梧桐」，自然，自在。「微」、「淡」等字與退之《山石》「大」、「肥」，老杜《春望》「破」、「在」，皆錘煉之功夫；又「河」、「漢」皆水旁，「梧」、「桐」皆木旁；且上句雙聲，下句對疊韻，而「淡」、「滴」二字聲亦近，誠如陸士衡《文賦》所説「考殿最於錙銖，定去留於毫芒」。又如木華（西晉）之《海賦》，多用水旁字，一看字，即如見水之波浪翻動。作詩要抓住字之形、音、義。所謂「文章本天成，妙手偶得之」（放翁語），話非不對，然此語害人不淺——希望煮熟的鴨子飛到嘴裏來，天下豈有不勞而獲的事？「妙手偶得」是天命，盡人事而聽天命，「妙手」始能「偶得」，然則「手」何以成「妙」？「微雲」二句也是錘煉而無痕跡，從苦行得大自在，此已能「善其事」矣。

　　沒錘煉根基欲得氤氳結果，不成。反不如但致力於錘煉，不到氤
氳，尚不失詩法。

　　以上是餘論。

　　字句之錘煉可有兩種長處：一為有力、堅實，二為圓潤。有力堅
實者，如杜甫之"星垂平野闊，月湧大江流"；圓潤者，如孟浩然之
"微雲淡河漢，疏雨滴梧桐"。韓愈詩用字堅實不及杜、圓潤不及孟，
但穩。

　　中國詩可走錘煉的路子。錘煉宜於客觀的描寫，錘煉亦甚有助於
客觀的描寫。（凡描寫皆客觀，身心以外之事自然皆為客觀，描寫自
己亦需客觀，若不用客觀態度，不但描寫身外之物不成功，寫自己亦
不成功。）韓退之之詩能錘煉，故其字法、句法及客觀描寫好。如其
《山石》：

> 山石犖确行徑微，黃昏到寺蝙蝠飛。
> 升堂坐階新雨足，芭蕉葉大梔子肥。
> 僧言古壁佛畫好，以火來照所見稀。
> 鋪牀拂席置羹飯，疏糲亦足飽我飢。
> 夜深靜臥百蟲絕，清月出嶺光入扉。
> 天明獨去無道路，出入高下窮煙霏。
> 山紅澗碧紛爛漫，時見松櫪皆十圍。
> 當流赤足踏澗石，水聲激激風吹衣。
> 人生如此自可樂，豈必局促為人鞿。
> 嗟哉吾黨二三子，安得至老不更歸。

　　吾人看出其錘煉，而錘煉尚有條件，即客觀有餘裕。而此一層有

危險：寫自己時一方面觀，一方面作，是人格之分裂；寫外界自然更為純客觀。故此種作品多缺乏動人的情感，唯感覺銳敏，如退之“芭蕉葉大梔子肥”（《山石》），其思路亦刻入，而缺乏同情，太善於利用客觀，對自己皆客觀，故把感情壓下去。不壓下感情，不能保持客觀態度，初為勉強，久之則感情不復動矣，如山谷、誠齋詩即如此。吾人常覺誠齋呻吟，似樹木之未修理，實則細一看，細極了，千錘百煉，然人不能受其感動，只理智上覺得好，非直覺的好。《詩》、《騷》、“古詩十九首”皆為直覺的好，如“楊柳依依”、如“嫋嫋兮秋風”、如“思君令人老”。老杜錘煉而能令人感動，後山尚可，山谷、誠齋則不動人，蓋其出發點即理智，乃壓下感情寫的⑧，故吾人感情不會為其所引動。如山谷《下棋》詩句“心似蛛絲遊碧落，身如蜩甲化枯枝”，寫下棋之用心、外表，甚好，但不能觸動人的感情，太客觀。短處即長處，長處即短處。而學詩至少須練會錘煉之本領，蓋吾人寫詩不能離開描寫，唯此乃手段非目的，不可至此便完。“江西派”即以為能錘煉即可，實則此但為文學之一部分。小說、戲劇亦不能離開錘煉，詩之長篇亦必須有客觀之描寫、鍛煉之字句，如老杜長篇之好者。寫長篇固須能敷衍、鋪張，如余曾有“臘梅長句”⑨，前半寫鹿之奔、鳥之鳴，外有海，然後日落、日出、聞香。吾人寫短篇的多，長篇的少，寫長篇則手忙腳亂，該去不去，該添不添，故亦須錘煉。故作詩錘煉功夫必須用，且此為保險的，不似夷猶之不可捉摸，錘煉則用一分力，得一分效。唯不可至此步便以為達到目的，此但為表現之手段、之普遍者。

---

⑧　葉嘉瑩此處有按語：瑩以為是感情根本不足。

⑨　此詩已佚。

以上是就作詩功夫之先後說，未就如何用說。

錘煉宜於客觀的描寫，作詩有時應利用此點。如老杜《北征》，亂後回家，對此茫茫，心中當如何？而老杜是詩人，於此未忘掉客觀，故尚能注意路上景物。不然則歸心似箭，豈能復有心情欣賞路中景色？老杜則連山上小果木皆看見：

> 山果多瑣細，羅生雜橡栗。
> 或紅如丹砂，或黑如點漆。
> 雨露之所濡，甘苦齊結實。

此種客觀寫法是大詩人不能沒有的。詩中敍事需要錘煉，寫景亦需要錘煉，如退之“芭蕉葉大梔子肥”即錘煉而出。

看韓詩應注意其修辭：(一) 下字（下字確切），(二) 結構（組織分明）。

修辭是功夫，“工欲善其事，必先利其器”（《論語·衛靈公》）。而器利之後須有材料，但有工具，作出是句，不是詩。後之詩人多為有工具、無木料之匠人，不能表達思想、描寫現實。

中國文字在修辭上易美，而在表現思想及寫實上有缺憾，因為音節太簡單，單音，整齊。思想是活的，客觀現實是活的，如雲煙變幻，而文字是死的。表達思想、寫實，不僅用字形、字義，而且用字音。韓退之修辭最好，如“山石犖确行徑微”。

用“犖确”二字，好；若易為“磊落”（“落”乃語辭），或“磊磊”，或“嶙峋”，皆不可，如用之則不成其為韓退之。“磊磊”則形、音太整齊；“嶙峋”太漂亮，美；漂亮雖漂亮，而無力，皆不如“犖确”。且“犖确”二字對韓愈最合適，韓是陽剛，是壯美；若用“嶙峋”，是陰柔，是幽美。二詞雖相似而實不同。老杜有：

> 星垂平野闊，月湧大江流。
>
> 《《旅夜抒懷》）

若易“垂”為“明”、“闊”為“靜”，則糟了。“明”、“靜”，陰柔，幽美；“垂”、“闊”，壯美。余不太喜歡自然，而喜歡人事，對陶詩“採菊東籬”非極喜歡，而老杜之二句好，以其中有人，氣象大，“星垂”句尤佳。“星垂”句可代表老杜，如“山石犖确”之可代表退之。韓詩“山石犖确”，“芭蕉葉大梔子肥”中“犖确”、“大”、“肥”，即法國小說家佛羅貝爾（Flaubert）所謂“合適形容詞”。

中國翻譯西洋文學常失敗，音節不同之故，西洋文字以音為主，中國文字以形為主；且一複音，一單音。但丁（Dante）《神曲》、莎士比亞（Shakespeare）劇本，法、意、俄各國皆有好譯本，而中國沒有，所譯莎士比亞劇真不成東西，簡直連原文的好處都不懂。日本亦譯有莎士比亞劇本(坪內逍遙[⑩]譯)，傳誦一時，且能上演。日人之努力真可佩服。

《山石》寫夜：

> 夜深靜臥百蟲絕，清月出嶺光入扉。

金聖歎有寫夜的詩：

> 夜久語聲寂，螢於佛面飛。

---

⑩　坪內逍遙（1859—1935）：日本小說家、戲劇家、文學評論家。傾心英國文學，1909 年翻譯出《莎士比亞全集》40 卷。

半窗聞夜雨，四壁掛僧衣。

(《宿野廟》)

金聖歎眼高手低，天才高，他的批評好，詩不甚佳。而此首尚佳，若非早死，當有較好創作。韓之《山石》寫夜深不及金，韓曰"百蟲絕"，金詩"聲寂"、"螢飛"更靜。王維《鳥鳴澗》曰"鳥鳴山更幽"，好；王安石曰"何若'一鳥不鳴山更幽'"？不可。靜與死不同，靜中要有生機，若曰"百蟲絕"，則是死，寂靜中有生機，即中國古典哲學所謂"道"，佛所謂"禪"，詩所謂"韻"。佛家常説心如槁木死灰，非真死，其中有生機。

韓之短篇不佳，應看其長篇之組織。下字所以成句，結構所以成篇，《山石》一篇從廟外至廟中再至廟外，從黃昏至夜至朝，有層次。前半黃昏，寫眼前景物，以夜黑不能遠見；後半天明後，始寫遠景。末四句不佳：

人生如此自可樂，豈必局促為人鞿。

嗟哉吾黨二三子，安得至老不更歸。

末四句是議論。詩中可表現人之思想，而忌發議論。韓思想浮淺，"韓公真躁人"（陳去非簡齋《書懷示友十首》其九）。一切事業躁人無成績，性急可，但必須沉住氣。學道者之入山冥想即為消磨燥氣。蓋自清明之氣中，始生出真、美，合而為善，三位一體。退之思想浮淺而感覺鋭敏，感覺鋭敏之人往往躁，如何能從感覺鋭敏中得到平靜，而非遲慢、麻木？韓不能平靜，故無清明之氣，思想浮淺而議論亦不高。詩人可以給讀者一種暗示，而不能給人教訓。孟子云：

"父子之間不責善，責善則離。"（《離婁上》）（兒童之性情與所受教訓有關。）詩是美，豈可以教訓破壞之？

韓之《謁衡嶽廟遂宿嶽寺題門樓》一詩結尾高於《山石》：

> 夜投佛寺上高閣，星月掩映雲朣朧。
> 猿鳴鐘動不知曙，杲杲寒日生於東。

此高於前篇"人生如此自可樂"四句。此篇不寫思想，但寫景，而好，以其感覺銳敏。此詩從"仰見突兀撐青空"以下五句好：

> ……仰見突兀撐青空。
> 紫蓋連延接天柱，石廩騰擲堆祝融。
> 森然魄動下馬拜，松柏一逕趨靈宮。

"紫蓋連延接天柱，石廩騰擲堆祝融"是具體寫法，以潔簡字句寫敏捷動作，說時遲，那時快。此甚或高於老杜。寫文章，慢事寫快沒關係，快事亦可慢寫。人世常把精神費於無聊之事上。快樂如電，好事短，一閃即去。文學能彌補此缺憾。好的文學對於無聊事，可略；對於好事，那時快而可以說得慢。凡快事皆精彩之事。文學能與造化爭功即在此。那時快而說時遲，有精神。文學上那時快而說時遲的，可參看《水滸傳》之"鬧江州"。

老杜有兩首《醉時歌》，皆好。其中有句：

> 德尊一代常坎坷，名垂萬古知何用？

這不是詩，這是散文，然而成詩了，放在《醉時歌》裏一點不覺得不是詩，原因便在於音節好。抓住這一點，雖散文亦可以成詩。學老杜者多不知此，僅韓文公能知之。"黃昏到寺蝙蝠飛"、"芭蕉葉大梔子肥"，皆散文而成詩者。

　　文學之演變是無意識的，往好說是瓜熟蒂落、水到渠成。中國文學史上有演變、無革命，有之者，則韓退之在唐之倡古文為有意識者，與詩變為詞、詞變為曲之演變不同。

　　詩是女性，偏於陰柔、優美。中國詩多自此路發展，直至六朝。至杜甫已變，尚不太顯。至韓愈則變為男性，陽剛、壯美。若以為必寫高山、大河、風雲始能壯美，則壯美太少；此是壯美，而壯美不僅此，要看作者表現如何。"芭蕉葉大梔子肥"中"芭蕉"、"梔子"，豈非陰柔？而韓一寫，則成陽剛之美，如上帝之造萬物。或曰生活平淡，寫不出壯美。此語不能成立，過偉大生活者未必能寫出偉大的詩。

　　　　芭蕉葉大梔子肥。

　　　　　　《山石》

　　此句不容小視，唐宋詩轉變之樞紐即在"芭蕉葉大梔子肥"一句。唐詩之變為宋詩，能自杜甫看出者少，至韓愈則甚為明顯，到"江西詩派"則致力於陽剛。順陰柔走是詩之本格，而走得太久即成為爛熟、腐敗，或失之纖弱。晚唐詩除小李杜外，他人詩亦多佳者。

　　　　一種風流吾最愛，六朝人物晚唐詩。

　　　　　　（大沼枕山[11] 所作漢詩）

　　而有一利即有一弊，晚唐詩即失之弱。晚唐牧之尚好，義山未能免此。江西詩則易流於粗獷，山谷未能免此，有時寫的不是詩。反之

---

[11]　大沼枕山（1818—1891）：日本19世紀末期學者、漢詩詩人。

"二陳"⑫倒了不起，尤其簡齋。簡齋用宋人字句而有晚唐情韻，如：

> 一簾晚日看收盡，楊柳春風百媚生。
>
> 　　　　　　　　（《清明二絕》）

> 孤鶯啼永晝，細雨濕高城。
>
> 　　　　（《春雨》）

亦似晚唐，唯《春雨》二句尚有力，有江西味。唐宋詩千變萬化，各有好處。

作詩就怕沒詩情、詩思，故主張唐情宋思，有宋人煉字句功夫，寫唐人優美情思。煉字要堅實、要圓、要穩，而思想太理智，易落入宋人。（余之《春日雜詠四絕句》看似思想，其實是感覺。）

---

⑫ "二陳"："江西詩派"陳師道（1053—1102）與陳與義（1090—1138）。

李賀三題

一 説長吉詩之怪

李賀，字長吉。《李賀歌詩集》或稱《昌谷詩集》。李乃中唐人，與退之同時，韓退之《諱辯》即為李賀作。中唐詩人中之"怪傑"李賀。或曰中唐詩人好怪，如皇甫持正[①]、盧仝[②]、韓退之。皇甫好作怪文，盧怪而不傑，韓則傑而不怪。傑而且怪者則李賀，或其天性如此，且時有好怪之風。

杜牧《李賀詩集序》論李賀詩：

> 蓋《騷》之苗裔，理雖不及，辭或過之。《騷》有感怨刺懟，言及君臣理亂，時有以激發人意，乃賀所為，無得有是？……使賀且未死，少加以理，奴僕命《騷》可也。

由序文之中幾句話觀之，小杜不僅能詩，且真懂詩。

---

① 皇甫持正 (777—835)：皇甫湜，字持正，中唐散文家，師從韓愈，得其奇崛。
② 盧仝 (約 795—835)：中唐詩人，詩歌風格險怪。

李長吉年齡有限，經驗功夫不到，若年壽稍長，或當更有好詩。然而讀其詩者並不白費，即因其尚有幻想。此條路自《莊子》、《楚辭》後，幾於茅塞。至唐而有長吉。不論其怪僻，然不能出人情之外。故事中有人情味者，淡而彌永。鬼怪故事，令人毛骨悚然，The hairs stand on the head。刺激性最不可靠，鬼怪故事不如人情故事味道淡而彌永。新鮮亦刺激，如余之詩句"梨樹飄香是夏初"（《夏初雜詩》），雖新鮮而不耐咀嚼，不如"明月照高樓"（曹子建《七哀》）、"池塘生春草"（大謝《登池上樓》）味永。

舊俄安特列夫（Andreev）③寫《紅笑》是刺激。契柯夫（Chekhov）有俄國莫泊桑（Maupassant）之稱，寫日常生活比莫泊桑還好。有人說安特列夫讓人怕而不怕，契柯夫不讓人怕真可怕。李長吉的詩就是讓人怕而不怕，老杜才真可怕。

長吉有幻想，而幻想與人生不能成為一個，不能一致。若能，則真了不起。

吾國人沒幻想，又找不到人生。老杜抓住人生而無空際幻想，長吉有幻想而無實際人生。幻想中若無實際人生則不必要，故鬼怪故事在故事中價值最低。《聊齋》之所以好，即以其有人情味，如《小謝》、《恆娘》、《長亭》、《呂無病》，其鬼怪皆人化了。《聊齋》文章不高，思想亦不深，而其人情味可取，是其不可泯滅處。

要在普遍中找出特別。長吉便沒有詩情，若不變作風，縱使壽長亦不能成功好詩。詩一怪便不近情。詩人不但要寫小我的情，且要寫他人的及一切事物的一切情，同情。花有花情、馬有馬情。人缺乏詩

---

③　安特列夫（1871—1919）：今譯為安德列耶夫，俄國作家，其作品有《紅笑》、《七個被絞死的人》。

情即缺乏同情。詩人固須有大的天才，同時亦須有大的同情。吾人固不敢輕視長吉之詩才（詩確有才），然絕不敢首肯其詩情。義山便有詩情，雖不偉大。

幻想是向上的觀照，人生是向下的觀照，不可只在表面上滑來滑去。而向下發展須以幻想為背景，向上發展亦須以觀照為後盾。觀照是實際人生，實者虛之，虛者實之──如用兵焉。幻想説嚴肅一點便是理想。人生總是有缺陷的，而理想是完美的。詩人不滿於現實，故要求理想之完美。（青年最富此精神，尤其愛好文學者。）

杜牧説長吉詩"《騷》之苗裔，理雖不及，辭或過之"。"理"，總合內容、感情、思想、智慧（智慧與思想不同）……《離騷》有幻想，故怪奇，亦有"理"──感情、思想；長吉之理不及《騷》，而幻想、怪奇方面表現於文字者過之。杜牧所謂"《騷》有以激發人意"，激發人意非刺激，乃引起人印象。《離騷》是引起人一種印象，李賀是給予人刺激。

長吉除思想不成熟外，技術亦不成熟。如：

> 雞唱星懸柳，鴉啼露滴桐。
>
> （《惱公》）

或曰：是互文也。實在不合邏輯，不合修辭。老杜《秋興八首》其一有二句：

> 香稻啄餘鸚鵡粒，碧梧棲老鳳凰枝。

此二句，亦動名詞倒裝，而並非不可解，且更有力，言此粒只鸚鵡吃，此枝僅鳳凰棲，故曰"鸚鵡粒"、"鳳凰枝"。唐人詩在技術上，義山最成熟，取各家之長，絕不只學杜，如《韓碑》學韓退之。然其中尚有個性，雖硬亦與韓不同。學問有時可遮蓋天性，而有時不能遮蓋。義山七古亦曾受長吉影響，而比長吉高，即因其思想高，幻想有實際人生做後盾。至其技術，寫得最富音樂性，完全勝過長吉。如其《燕台詩四首‧秋》："月浪沖天天宇濕，涼蟾落盡疏星入。"

似長吉而比長吉好。長吉之《羅浮山人與葛篇》："博羅老仙持出洞，千歲石牀啼鬼工。"太生硬。

義山稱"月"曰"浪"、曰"天宇濕"，確有此感。

李賀有《神弦曲》：

> 西山日沒東山昏，旋風吹馬馬踏雲。
> 畫弦素管聲淺繁，花裙綷縩步秋塵。
> 桂葉刷風桂墜子，青狸哭血寒狐死。
> 古壁彩虯金帖尾，雨工騎入秋潭水。
> 百年老鴞成木魅，笑聲碧火巢中起。

中國字單音、單體，故易凝重而難跳脫。既怪奇便當跳脫、生動，故李賀詩五言不及七言（故老杜寫激昂慷慨時多用七言，"字向紙上皆軒昂"）。

《神弦曲》，祭神之詩，與《九歌》同。《九歌》能給人美的印象，而李賀詩給人印象只是"怪"。字法、句法、章法皆怪，連音都怪。且其一句多可分為二短句，顯得特別結實、緊。怪，給人刺激，刺激之結果是緊張。《九歌‧湘夫人》："嫋嫋兮秋風，洞庭波兮木葉下。"

有高遠之致，所寫者大也。而若"秋蘭兮青青，綠葉兮紫莖"（《九歌‧少司命》）。

所寫小，而亦高遠。李賀《神弦曲》便無此高遠之致，只是一種刺激而已。神奇、刺激、驚嚇之感情，最不易持久。寫神成鬼了，便因無高遠之致。

說"畫弦素管"，不說朱弦玉管，便怪。"淺繁"音不高而緊張。"花裙"句蓋說舞女，非說神。"桂葉刷風桂墜子，青狸哭血寒狐死"二句，不是淒涼，也是刺激，有點恐怖。"古壁彩虯金帖尾，雨工騎入秋潭水"二句說壁畫，也是刺激；"雨工"，鬼工。此種詩只是給人一種刺激，無意義；且此詩章法亦不完備，章法上無結尾。《九歌》則有始有終。

李賀所走之路為別人所不走，故尚值得一研究。人若思想瘋狂、心理病態，則其人精神不健全。李賀詩有時怪，讀時可不必管。

一人詩必有一人作風，而有時能打破平常作風，寫出一特別境界，對此當注意之。如老杜贈太白詩便飄逸；太白贈工部詩則沉着，亦與平常作風不同。"江西派"陳簡齋五言詩有時似晚唐。李賀詩有時不怪。此種現象當注意，有意思，而且好。如賀之《塞下曲》："帳北天應盡，河聲出塞流。"真有盛唐味，不怪而好。

至如"博羅老仙持出洞，千歲石牀啼鬼工"（《羅浮山人與葛篇》），則怪而不好。

二　長吉之幻想

李長吉賀，鬼才（奇），與太白仙才並稱"二李"，合李義山為"三李"。李義山頗受長吉影響，故其詩多有奇異而不可解者。奇——新，奇非壞，出奇制勝，無可厚非。但既曰新，便有舊。陶淵明詩不新不舊，長吉詩一看新，看過數遍，不及陶詩味厚。

博羅老仙持出洞，千歲石牀啼鬼工。

（《羅浮山人與葛篇》）

他人絕無此等句，此為長吉之幻想。詩人之幻想頗關緊要，無一詩人而無幻想者。《離騷》上天入地，鞭笞鸞鳳，此屈原之幻想也。老杜雖似寫實派詩人，其實其幻想頗多。如其《送姪勤落第歸》之"樹攬離思花冥冥"即有幻想。[④]魯迅是寫實派，《彷徨》尤其寫實，而此書以《離騷》中"吾令羲和弭節兮，望崦嵫而勿迫。路漫漫其修遠兮，吾將上下而求索"四句置於書之前面而能得調和。但詩人的幻想非與實際的人生聯合起來不可，如能聯合才能成為永不磨滅的幻想，否則是空洞，是空中樓閣，Castles in air。德國歌德（Goethe）《浮士德》中之妖魔雖是其幻想，乃其人生哲學、人生經驗；但丁（Dante）《神曲》遊地獄、上天堂，亦其人生哲學、人生經驗，故能成為偉大的作品。

幻想與實際人生的關係如下圖：

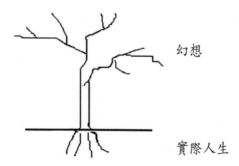

幻想

實際人生

---

④　葉嘉瑩此處有按語：瑩不以為然。

　　詩必須空想與實際合二為一，否則不會親切有味。故幻想必須使之與經驗合二為一，經驗若能成為智慧則益佳。老杜 40 歲以後詩無長進，雖有經驗然未成為智慧。如：

> 我已無家尋弟妹，君今何處訪庭闈。
>
> 　　　　　　　　　　　（《送韓十四江東覲省》）

　　要說言中有物，不能說不沉痛，而實不能算好詩。"少陵自有連城璧，爭奈微之識碔砆。"（元遺山《論詩絕句》）微之以為少陵排律好，元好問以為不然。若前所舉二句亦"碔砆"，非老杜好詩，有經驗，無智慧。又如：

> 浮雲連陣沒，秋草遍山長。
>
> 聞說真龍種，仍殘老驌驦。
>
> 哀鳴思戰鬥，迴立向蒼蒼。
>
> 　　　　　　　　　　（《秦州雜詩二十首》之一）

　　"浮雲"二句好，人非認以前一類即認此等句，有物外之言。然此皆不能真得老杜精神。後沈歸愚、王漁洋等雖不捉摸老杜之"我已無家"等句，而捉摸其"浮雲"二句，此亦不成。差以毫釐，謬以千里。實當注意其"哀鳴思戰鬥，迴立向蒼蒼"，此真老杜的好詩。末二句真是老杜。無論寫什麼絕摔不到，與魏武"老驥伏櫪"之靜者不同。杜此詩雖非智慧，然已在經驗外另有東西、有力，是活着。

　　長吉詩幻想雖豐富，但偶見奇麗而無常味，必得根植於泥土中（實際人生），所開幻想之花才能永久美麗。出於淤泥而不染才可貴，豆芽菜根本不在泥土中，可憐淡而無味。極美麗的花朵其肥料是極污

穢之物。近代青年不肯實際踏上人生之路，不肯親歷民間生活，而在
大都市中夢想鄉民生活，故近代文學難以發展。吾人努力為文學，應
有牧師傳教之精神，牧師每每獨自至荒僻之地傳教。從事文學者，其
有此精神乎？吾人必先於實際生活中確實鍛煉，好好生活一下。

　　李長吉的“覺”有點遲鈍，怪而晦澀，只是幻想。長吉當然是天
才，可惜沒有“物外之言”。李義山《夜禪曲》效李長吉體：

> 銀河西轉退疏星，璧月東升帶露瑩。
> 如來妙相三十二，琉璃紺碧佛火青。
> 潭深毒龍將出水，夜靜老猿來聽經。
> 衲子掩關四禪定，掛壁剩有缽與瓶。
> …………

　　《夜禪曲》有幻想，無經驗，已落第二招。無論思想情感，必須
自己得來才成，從書上學到的皆紙上談兵。《夜禪曲》所寫皆從書本
上得來，所錄之三分之一尚為可看的。余有二句“病來七載身好在，
貧到今年錐也無”（《夜坐偶成長句四韻》），非真實，言精神無着落
也。其餘三分之二更糟，只是學宋詩而已，無甚好。宋人詩只是文字
障，好容易把皮啃下，到餡也沒什麼。長吉詩作得好的，則不分皮
餡，合二為一。讀者若不知其味，一為味覺遲鈍，一則作者作品根本
不佳。《離騷》皮餡合一，而且好，成功。長吉未成功。

　　長吉幻想極豐富，可惜 27 歲即卒，其幻想不能與屈原比，蓋乃
空中樓閣，內中空洞。不過，長吉詩除幻想外尚有特點，即修辭功
夫：晦澀。晦，不易懂；澀，不好唸。詩本應該唸着可口，聽着適
耳，表現易明瞭。但長吉詩可讀，雖不可為飯，亦可為菜；雖不可常

吃，亦可偶爾一用。晦，可醫淺薄；澀，可醫油滑。李賀詩進可以戰，退可以守，絕不致油滑腐敗。

三　《李憑箜篌引》

長吉有詩《李憑箜篌引》：

> 吳絲蜀桐張高秋，空山凝雲頹不流。
> 湘娥啼竹素女愁，李憑中國彈箜篌。
> 崑山玉碎鳳凰叫，芙蓉泣露香蘭笑。
> 十二門前融冷光，二十三弦動紫皇。
> 女媧煉石補天處，石破天驚逗秋雨。
> 夢入神山教神嫗，老魚跳波瘦蛟舞。
> 吳質不眠倚桂樹，露腳斜飛濕寒兔。

“引”，乃詩之一種，引有引申之意、長之意。中國音樂中激昂恢弘之音皆自外來。中國古樂和平、簡單，有神韻。琴，有和平之意，和平之境界——靜。《詩經》有句：“神之聽之，終和且平。”（《小雅・伐木》）以中國固有的和平精神加上佛教思想，是此境界。

讀長吉詩，一字一句不可空過。

首句“吳絲蜀桐張高秋”，張者，張弦。次句“空山凝雲頹不流”，“頹”者，頹委不振。第三句“湘娥啼竹素女愁”，不用其他女神而用湘娥、素女者，二女神皆孤單。女性原靜，而又孤單，更靜；靜中有動，冷中有熱，有活的“情”，故曰“啼竹”、曰“愁”。靜中有動，而動中又有靜，音響是靜。動靜是調和的，由動而歸於靜，靜中有動。以上三句甚有力，逼出“李憑中國彈箜篌”一句。白樂天寫詩不甚費心力，必先寫彈，如其《琵琶行》，先寫"猶抱琵琶半遮面"，後寫"大珠小珠落玉盤"。李賀用力。"中國"者，言李憑乃國中第一耳。長吉此首只此四句。李乃不成熟的詩人，死得太早。一生只27歲而即有此詩，有天才。

　　四句之後轉韻，一韻不如一韻。"崑山玉碎鳳凰叫，芙蓉泣露香蘭笑"二句，"崑山"句是聲，"芙蓉"句是形，意思甚好而寫得不好，不知說的是什麼，何以"芙蓉泣"而"香蘭笑"？故所寫非花之感動，乃彈箜篌之形。且此二句相對。李賀之幻想頗有與西洋唯美派相通處，有錯感（感官的交錯），如見好看的東西想吞下去，即視覺、味覺之錯感。"唯美派"常自聲音中看出形象，顏色中聽出聲音。法國一詩人曾分"五音"為"五色"⑤，乃詩人感覺銳敏之故，而同時亦成為一種病態。平常是健康，刁鑽古怪是美，而即病態。"十二門前融冷光，二十三弦動紫皇"二句，余喜歡，前二句沒寫好，此二句寫得好。"十二門"，長安門也，"融冷光"，秋夜冷光易融。前之"空山凝雲頹不流"寫的是靜，"十二門前融冷光"寫的是動，而動靜相通。"女媧煉石補天處，石破天驚逗秋雨"二句有名，而余不喜歡，即王靜安所謂"隔"。必須二極端調和，走一極端不成。詩讓人全懂了，不成；全不懂，亦不成。"十二門前融冷光"讓人費事而能懂，"石破天驚逗秋雨"則費力，不懂，"隔"。抓的是癢處而"隔"，意甚好，寫得不好。愈往後唸，愈不可懂。"夢入神山教神嫗，老魚跳波瘦蛟舞。吳質不眠倚桂樹，露腳斜飛濕寒兔。"不知所寫為何。誰夢？李

---

⑤　法國一詩人：指蘭波（Arthur，1854—1891），19世紀法國象徵派詩人，代表作品有《醉舟》、《地獄一季》以及十四行詩《母音》等。《母音》一詩中，蘭波以五種色彩象徵法語五個母音字母："我發明了母音字母的色彩！——A黑，E白，I紅，O藍，U綠。"

憑絕不能夢，且"老魚"、"瘦蛟"乃李好奇太過之處，聲音圓潤豈可以"老魚"、"瘦蛟"寫之？想得太過。

論小李杜

一　總論小李杜

晚唐兩詩人：李義山、杜牧之。小杜雖不能謂為大詩人，但確為一詩人。竊以為義山優於牧之，余重義山輕牧之。原因：義山集中之五七言、古近體中皆有好詩；杜樊川則只有七律、七絕最高，五律則不成，此其不及義山處，故生輕重分別。義山可謂"全才"，小杜可謂"半邊俏"。

盛唐有李杜，晚唐又有小李杜，此乃巧合。義山近於工部，小杜近於太白。義山情深，牧之才高；工部、太白情形同此，工部情深，太白才高：有趣情形一也。工部、太白為逆友，義山、小杜亦為契友，彼此各有詩贈送。工部送太白詩多於太白送工部詩，可見工部之情深；小李杜亦有詩往還，情形同此：有趣情形二也。義山有二詩贈牧之，推崇之極，而《樊川集》中無贈義山者，亦見義山情深，似覺牧之寡情。不過詩人交情絕非世俗往來，半斤八兩，故其厚誼固不限於此也。

義山贈牧之詩，其一為《杜司勳》：

> 高樓風雨感斯文，短翼參池不及群。
> 刻意傷春復傷別，人間唯有杜司勳。

“高樓風雨感斯文”一句，在文學表現技術上，足敵得過老杜《登樓》之“花近高樓傷客心，萬方多難此登臨”（此指藝術，非意義），此七字足敵老杜十四字，學得老杜之“力”與“厚”。義山對絕句真下功夫，好。此句乃象徵，但謂寫實亦可：寫實則謂晚唐文壇凋零，登高樓而感慨斯文之墜落。此在象徵、寫實兩方面俱為好的表現，非描寫。“短翼參池不及群”，不可解。余以為此自《詩》“燕燕於飛，頡之頏之”（《邶風・燕燕》）而來。因感凋落故想起牧之與自己，欲振興詩壇在二人。“短翼”，喻自己，客氣，謂自己翼短不及牧之也。“刻意傷春復傷別”，觀《樊川集》，小杜確如此。“人間唯有杜司勳”，推崇小杜至極矣。此詩如老杜贈太白之“自是君身有仙骨，世人那得知其故”（《送孔巢父謝病歸遊江東兼呈李白》）。

義山贈牧之詩其二為《贈司勳杜十三員外郎》：

> 杜牧司勳字牧之，清秋一首杜秋詩。
> 前身應是梁江總，名總還曾字總持。
> 心鐵已從干鏌利，鬢絲休歎雪霜垂。
> 漢江遠吊西江水，羊祜韋丹盡有碑。

“心鐵已從干鏌利”，“心”，謂詩心、文心，此心如鐵，非凡鐵，乃鋼鐵，如寶劍干將鏌鋣，有切金斷玉之鋒利。（“從”，同也。）“鬢絲休歎雪霜垂”，小杜常自歎老衰，如其“前年鬢生雪，今年須帶霜”

（《郡齋獨坐》），故作此詩勸之。此二句謂牧之詩心已鍛煉成，既詩已成功，則衰老無關也。

　　觀此，義山學老杜真學到了家，力厚，嚴密。

二　牧之七絕

　　學詩由七言絕句作起，五絕裝不進東西去。選詩者普通多重小杜之《遣懷》：

> 落魄江南載酒行，楚腰纖細掌中輕。
> 十年一覺揚州夢，留得青樓薄倖名。

　　此詩不好，過於豪華，變成輕薄，情形如太白，不好。又“頻頻嫋嫋十三餘，豆蔻梢頭二月初”（《贈別二首》其一）；“蠟燭有心還惜別，替人垂淚到天明”（《贈別二首》其二）等，小巧。“商女不知亡國恨，隔江猶唱後庭花”（《泊秦淮》），他人謂為沉痛，余仍謂為輕薄。以後所講不選此等詩。

　　且看其《登樂遊原》：

> 長空淡淡孤鳥沒，萬古銷沉向此中。
> 看取漢家何事業，五陵無樹起秋風。

　　“長空”一句中第六字平仄拗。

　　登樂遊原乃玩樂事，忽感到人生、人類，其所寫之悲哀，係為全人類說話。首二句“長空淡淡孤鳥沒，萬古銷沉向此中”，乃引起人之印象，給你起個頭。如引不起印象，不怨大詩人，唯怨自己無感。詩人感覺特別銳敏而又豐富，故看見孤鳥沒於淡淡長空之中，而不禁想起人又何嘗不如此？一種徹深之悲哀生矣！"此中"即"淡淡長空"也，萬古人事消沉亦如此。第三句"看取漢家何事業"，好，好在太富詩味。別人亦能寫，但無此深遠之詩味。第四句"五陵無樹起秋風"，多少事業、皇家貴冑，到如今墳上連樹亦無，只有空蕩蕩之秋風迴旋不已——內中悲情油然生矣。此即人生！

此等詩選詩者不選，真乃不了解小杜。

義山有《夕陽樓》：

> 花明柳暗繞天愁，上盡重城更上樓。
> 欲問孤鴻向何處，不知身世自悠悠。

此與小杜"長空淡淡"一首頗相似。李之後二句"欲問孤鴻向何處，不知身世自悠悠"與杜之前二句"長空淡淡孤鳥沒，萬古銷沉向此中"似。義山各體皆有好詩，小杜只七言近體好。李總體比小杜好，然若只就此二首觀之，李不及杜。後來詩人學義山者多，學牧之者少，然就此二首論之，牧之高於義山。"看取漢家何事業，五陵無樹起秋風"二句，有弦外音、言外意；李之後一句"不知身世自悠悠"，一句說盡，不好。而李詩前兩句好，不是給人一種印象，是引起人一種印象——"花明柳暗繞天愁"，真是"繞天愁"。而小李杜之優劣尚不在前二句、後二句。就空間講，"繞天愁"，到處是愁，小杜"長空淡淡"，抵得住"繞天愁"，"淡淡"比"愁"字大，愁字小。在空間上，小杜比義山大；就時間言，李之"不知身世"，只言個人半生。"悠悠"，沒準，不足據，無輕重，雖沉痛，但時間"小"，只自己半生。牧之"萬古"則是無限者矣。

如此言之，小杜"長空淡淡孤鳥沒，萬古銷沉向此中"二句，真包括宇宙，經古來今，上天下地，是普遍的、共同的。寫全人類之事。自己自在其內。義山之句則不然，只是自我、小我。或曰：既然作者為全人類之一，則雖寫一人，安知他人不亦有此感？然就表現言之，究竟小杜更富於普遍性、共同性，義山則富特殊性、個別性。

杜牧更有一自道其人生哲學、人生觀、人生態度之詩，即《汴河阻凍》：

> 千里長河初凍時，玉珂環佩響參差。
> 浮生恰似冰底水，日夜東流人不知。

杜牧此等詩，人多不選，此首詩較前首尤不見賞於人。余始讀《樊川集》即覺此詩有分量、沉重。"玉珂環佩響參差"，此古人身戴佩飾，行時叮咚作響。"千里長河初凍時，玉珂環佩響參差"，《老殘遊記》寫黃河打凍情形[1]，可證此句。此非記錄、寫實，乃出之以詩之情趣。三、四句"浮生恰似冰底水，日夜東流人不知"，人之內在細微變化，外表不顯，恰如冰底之水，人不知者，我獨知也。

小杜詩如此之寫人生哲學，一二首而已。西洋作品乃有意識的，想好步驟再寫。中國乃無意識，不是意識到的，乃不自覺的。行乎其所不得不行，止乎其所不得不止，瓜熟蒂落、水到渠成地寫出。小杜此詩即不自覺地寫出者。

---

[1] 見劉鶚《老殘遊記》第十二回"寒風凍塞黃河水，暖氣催成白雪辭"："若以此刻河水而論，也不過百把丈寬的光景，只是面前的冰，插的重重疊疊的，高出水面有七八寸厚。再望上游走了一二百步，只見那上流的冰，還一塊一塊的漫漫價來，到此地，被前頭的攔住，走不動就站住了。那後來的冰趕上他，只擠得'嗤嗤'價響。後冰被這溜水逼得緊了，就鑽到前冰上頭去；前冰被壓，就漸漸低下去了。看那河身不過百十丈寬，當中大溜約莫不過二三十丈，兩邊俱是平水。這平水之上早已有冰結滿，冰面卻是平的，被吹來的塵土蓋住，卻像沙灘一般。中間的一道大溜，卻仍然奔騰澎湃，有聲有勢，將那走不過去的冰擠的兩邊亂竄。""問了堤旁的人，知道昨兒打了半夜，往前打去，後面凍上；往後打去，前面凍上。"

三 人生與自然之調和

小杜寫景、寫大自然之詩（七絕）特佳。此與其個人之私生活有關，非純粹寫大自然。此關乎大自然、私生活，乃非常之調和、諧和。如《江南春》：

> 千里鶯啼綠映紅，水村山郭酒旗風。
> 南朝四百八十寺，多少樓台煙雨中。

此詩豪華（吾人寫詩總覺不免貧氣），此或許係江南佳勝之環境所造成者。

小杜、義山皆是"唯美派"詩人。我們不管西洋唯美派，只説中國唯美派，是指寫出完美之作品來，尤其音節和諧（形、音、義皆和諧）。一首詩有其"形"、"音"、"義"，此三者皆得到諧和，即唯美派詩。

老杜在形、音、義之和諧上不見得如小李杜（然此並非説老杜不偉大），其詩句有的雖不刺耳、刺目，然究不諧和。如：

> 莫自使眼枯，收汝淚縱橫。
> 眼枯即見骨，天地終無情。
>
> > （《新安吏》）

人生事情只有人來解決，大自然不管。此情感、思想在中國詩中甚難找到，然總覺其形、音、義如石頭似的，"嶔奇磊落"（而此四字，形、音、義皆好）。

小李杜不管怎樣激昂，總是和諧。如義山《錦瑟》：

> 錦瑟無端五十弦，一弦一柱思華年。
> 莊生曉夢迷蝴蝶，望帝春心託杜鵑。
> 滄海月明珠有淚，藍田日暖玉生煙。
> 此情可待成追憶，只是當時已惘然。

此非不沉痛，而美，即因其形、音、義諧和。

此點蓋僅限於中國詩，西洋字形不易現出美。如 verdent，草初生之綠色，覺其美，蓋仍因其音美；gloomy，陰沉的、憂鬱的，字音亦不好聽。（某詩人說中國字裏“秋”字最美。）左思《詠史》：

> 郁郁澗底松，離離山上苗。
> 以彼徑寸莖，陰此百尺條。

其意甚憤慨——“肉食者鄙”。四句詩感慨、牢騷、憤恨皆寫出。其義姑不論，其音亦好，形亦好。“郁郁”，大、有力；離離，小、軟弱。“郁郁澗底”便長出松來，“離離山上”便長出苗來。然此非唯美派的。左思詩是欽奇磊落（但不是槎枒）。而小杜“浮生恰似冰底水，日夜東流人不知”，亦沉痛，但寫得可親可愛。

小李杜同是唯美派，卻又有不同，義山高於牧之。義山亦有寫大自然者，如：

> 虹收青嶂雨，鳥沒夕陽天。
>
> 　　　　　　　　《河清與趙氏昆季宴集得擬杜工部》

真寫得美。大紅大綠，寫得好，如“花明柳暗”、“綠瘦紅肥”。國畫、服裝皆如此，欲漂亮必須大紅大綠，然須有支配、把握之本領，否則必俗。畫家吳昌碩[②]，有點海派，畫植物好，淨是大紅大綠，卻真充滿了生之色彩、力量、見識，直到 90 歲，老年尚如此。別的畫家不敢如此，用紅綠有分寸，寧肯少，不肯多，因其易俗。吳用之，雖不免海派、過火，而絕不俗。義山詩一帶青山、一片夕陽，是紅、是綠，而用"虹收"、"鳥沒"，二字皆好，成為調和的美，一幅好畫。然在此方面，義山雖有此表現法而不常使，因其太注意情（即人生、人類一切感情）。

義山蓋極富於感情，不寫情僅寫大自然者甚少。即如"客去波平檻，蟬休露滿枝"（《涼思》）二句亦有情，雖不見得悲哀沉痛，而是惆悵。小杜寫情不如義山。小杜即使不浮淺亦比義山輕薄，然並非以此抹殺小杜。小杜之唯美在寫自然方面比義山更美。

人生最不美、最俗，然再沒有比人生更有意義的了。拋開世俗眼光、狹隘心胸看人生，真是有意思。神秘，與大自然同樣神秘，不及大自然美。然寫詩時常因人生色彩破壞了大自然之美。義山"虹收青嶂雨，鳥沒夕陽天"整個是藝術，因其中沒有人生。孟浩然"微雲淡河漢，疏雨滴梧桐"亦然。

義山作品極能調和人生與大自然，然有時自然將其人生色彩破壞了。其《落花》：

> 高閣客竟去，小園花亂飛。
> 參差連曲陌，迢遞送斜暉。
> 腸斷未忍掃，眼穿仍欲稀。

---

② 吳昌碩（1844—1927）：初名俊，又名俊卿，字昌碩，晚清書畫家，與虛谷、蒲華、任伯年並稱"清末海派四傑"。

芳心向春盡，所得是沾衣。

“高閣客竟去，小園花亂飛”二句，能將自然及人生調和。而至後幾句如“芳心向春盡，所得是沾衣”，簡直不是好詩，人生色彩濃，但將大自然美破壞了。“小園花亂飛”，無形，而皆可寫出其情景，雖未言“園”如何“小”，“飛”如何“亂”，可是將人生與自然調和了。

小杜情較義山淺薄，而寫自然比義山好。如《江南春》之“南朝四百八十寺，多少樓台煙雨中”，朦朧中有調和，此句小杜特別成功。

義山寫大自然的詩中亦皆有抒情成分。此“情”字乃廣義的。常人多以義山為豔體詩（love poetry）。豔體詩若是愛情詩倒不必反對，而後之學者多入於下流，故余反對之。今所謂抒情乃廣大的。佛説“一切有情”，非專指男女之情也。凡天地間有生之物皆有情，“花鬚柳眼各無賴，紫蝶黃蜂俱有情”（義山《二月二日》），“無賴”，亦為有情，花開花結子，有生，有生便有力。生、力，合而為有情。如此看，則了解義山，而不單賞其豔體也。如其“身無彩鳳雙飛翼，心有靈犀一點通”（《無題》），詩是好詩，而後人學壞了。此二句沉痛有力，儘管有意思説不出，絕不會説話沒意思。若有“心”亦有“翼”當然好，今一“有（有心）”一“無（無翼）”相對，悲哀，有力量，後人學之失之浮淺。

小杜與義山不同，小杜是輕薄，尤其與義山較，在此方面不及義山深刻、廣大。即以寫私生活而論，抒情詩人多寫私生活、個人生活，因抒情詩人所寫者：自我、主觀、小我。義山寫來有時廣大，所寫有普遍性。小杜所寫則只是他自己，唯完成上美。但“長空淡淡”一首確是小杜廣大，又如“浮生恰似冰底水”，此在小杜詩中乃例外，少數。"千里鶯啼"一首，寫大自然多，寫自己少，純客觀。然此類詩在小杜詩中亦不多。他有時既不能寫出超自我之純客觀詩，又不能寫出像義山那樣深刻的詩。若其《登樂遊原》及《江南春》乃例外。小杜詩其好處只是完成，美，得到和諧。無論形式、音節及內外表現皆和諧。此點或妨害其成為偉大詩人，而不妨害其成為真詩人。又如其《念昔遊》三首之其一、其三：

> 十載飄然繩檢外，樽前自獻自為酬。
> 秋山春雨閒吟處，倚遍江南寺寺樓。
>
> （其一）

> 李白題詩水西寺，古木回岩樓閣風。
> 半醒半醉遊三日，紅白花開山雨中。
>
> （其三）

所寫是私生活、小我，不偉大而真美、真和諧。或譏為此有閒階級之言，儘管譏其小資產、有閒，而不得不承認其為詩——餓八天不但連這樣的詩寫不出，什麼詩也寫不出。

"十載飄然繩檢外"一首比"十年一覺揚州夢"好。"繩檢"，指傳統道德束縛、規矩，"飄然繩檢外"則不易得到同志，故"樽前自獻自為酬"，然只此二句尚不成詩；後二句好，看山聽雨處，即"江南寺寺樓"也。

雖處現時之大時代中，而此等詩有存在價值。若詭辯言之，則不但承認此種詩，且勸學人讀此種詩，欣賞此種詩，了解此種詩。

寫此種詩雖非小資產階級，然亦須有閒。

春嶂夫裘尨雅鑒　秋室余集

清・余集《梅下賞月圖》

詩人涅克拉索夫（Nekrasov）③ 説過：

Muse of vengeance and hatred.（報復與憎恨的詩人。）

　　N 氏詩富於報復精神及仇恨心情，卻又説生活之扎掙使我不能成為一詩人，又時刻使我不能成為一戰士。此蓋其由衷之言，是很大的悲哀。不由想及老杜。老杜詩中許多詩不能成詩，或即因生活扎掙，不能使其成為詩人。而陶淵明真了不得，有生活扎掙，而是詩人，且真和諧，詩的修養比老杜高，真是有功夫。陶的確也是戰士，一切有情，有生有力，無一時不在扎掙奮鬥，如其《詠荊軻》。陶之生豐富，力堅強，而還是詩，真是"詩中之聖"。

　　小杜此等詩可使人得到詩的修養。余之詩在字句錘煉上受"江西詩派"影響；在心情修養上受晚唐影響，尤其義山、牧之。學人亦可試驗之，大概不會失敗。杜甫、太白無法學，一天生神力，一天生天才，非人力可致。然吾人尚可學詩，即走晚唐一條路，以涵養詩心。或者淺，不偉大，而是真的詩心。寫有閒生活可抱此心情寫，即使寫奮鬥扎掙之詩，亦可仍抱此心情，如陶之詩。詩中任何心情皆可寫，而詩心不可破壞。寫熱烈時亦必須冷靜。只熱烈是詩情，不是詩心；易使人寫詩，而不見得寫出好詩。小杜此二首七絕《念昔遊》真是沉靜。

　　沉靜，好；但亦只是基礎，不可以此自足。若只此功夫如沙上建築，是失敗的，縱使成功亦暫時的，其倒也速，而且一敗塗地。

---

③　涅克拉索夫（1821—1877）：俄國 19 世紀中期革命民主主義詩人，"公民詩歌"的傑出代表。代表作品有長詩《誰在俄羅斯能過好日子》、《貨郎》等。

四　欣賞的態度，有閒的精神

唐朝詩人重讀書。老杜說："讀書破萬卷。"（《奉贈韋左丞丈二十二韻》）

又說："熟精文選理。"（《宗武生日》）

吾人只是在修辭上下功夫。吾人生於千百年後，非天才詩人，自不可不用功。不但要像宋人在字句上有錘煉功夫（機械的），同時還要用一種性靈的功夫。宋人功夫是機械的、技術的，訓練成、養成的；性靈的功夫是一種修養。

關於這種性靈的修養，可從小李杜研究。所謂修養性靈，即培養詩情。吾人作詩自不可同木匠之以工具做成器具，應如花匠之養花。野生的花真比不了，如"三百篇"、"十九首"，真有生機，活潑潑的。花匠所培養者，其生命力或不如野生之盛，但不能說其不美，仍可欣賞。故吾人雖非天才，然尚可成為詩人。心中要有詩情的培養，有詩情的生機、情趣。如此雖未必能成為大詩人，但不妨害其成為真的詩人。

讀小杜詩不但其技術可取，對涵養詩情亦有助。前所舉《念昔遊》二詩，好。"半醒半醉遊三日，紅白花開山雨中"二句，可做禪"參"，得了活法，受用不盡。然此不可講，只可自己去"會"。

這種詩是一種自我的欣賞。欣賞的心情是詩人不能少的。無論何種派別詩人，皆須有欣賞心情。而所欣賞是否限於自身？應包括自身以外之人、事、物，最大的詩人蓋如此。詩發展至晚唐，自我欣賞之色彩非常鮮明、濃厚，欣賞自己的一切。如《念昔遊》之二句：

半醒半醉遊三日，紅白花開山雨中。

“半醒半醉遊三日”，固為自己；至“紅白花開山雨中”該是身外物矣，然此正寫其自身“半醒半醉遊三日”之心情。“山雨”既不催花，花也不恨山雨，二者是調和的。小杜的情緒當然亦非常舒服、自然、調和。“紅白花開”是象徵，不是寫實。此種自我欣賞與自我意識是否有關？所謂自我意識，除去意識到有我，自我意識與自覺有關。若人之根本不自知，何能有自我意識？如曾子之“吾日三省吾身”（《論語・學而》），是自覺。小杜“半醒半醉”與曾子自省，有關而義不同：一為理智的、分析的，一為欣賞的、總合的。故自我欣賞很像自我意識而實非，似自覺而亦非。

狄卡爾[④]（Descartes，法國哲人）云：

I think therefore I am.

我思想，因為我存在；我存在，即因我有思想。無思想的人可以不存在，可有可無。沒有思想的人是空空洞洞的影子，不能算存在。

小杜態度與 D 氏之言很相似，因其結果皆為充實。吾人追求知識，研究學問，有思想、有感情即為充實。自己使自己不至於空虛，不至於等於零。無聊便頂可怕，無聊時候要消遣，如打牌即為的免去空虛之無聊。因此可知充實之可愛、可貴，然後知小杜詩中生活之飽滿、充實、無缺陷。（吾人於慈母膝下是最無缺陷的，與好友談天是最愜意的，因此時最充實。）小杜抱此心情寫成《念昔遊》，不管其在成詩前、寫詩時、成詩後，其心情總是充實的。吾人自己寫出詩

---

④　狄卡爾（1596—1650）：今譯為笛卡爾，法國哲學家，歐洲近代資產階級哲學奠基人之一。黑格爾譽之為“現代哲學之父”。

來，感情不是高興、不是歡喜，只要是充實，覺得沒白活了，不是空洞洞的白紙就行。"我現在生命中填的是乾草，然尚比不填好"，可見充實之可貴。D氏是哲人，故重在思想；小杜是詩人，故重在寫詩。小杜一派詩情，然其充實，則一也。

晚唐人最能欣賞自我。吾人不但要像宋人之用功在字句上、錘煉上，且須如晚唐詩人之修養詩情。然如此必須有閒，且為精神上有閒。(通常所謂有閒多為物質 —— 不用奮鬥扎掙去生活。)

小杜的生活不是憂愁的，雖然他自己對他的生活不滿意。而從旁觀者看來，其生活至少是不愁衣食的。談到此，老杜便不如小杜幸福，無論身體、精神皆難得有閒。吾人或不能得生活的有閒，何必讀此等詩？且不能得生活的有閒，如何得精神的有閒？沒飯吃，怎麼能欣賞？有花月不如有窩頭，此固然也。然既為詩人，便須與常人不同。一個詩人無論寫什麼皆須有一種有閒的心情，可以寫痛苦、激昂、奮鬥，然必須精神有閒；否則只是呼號，不是詩。如老杜："朱門酒肉臭，路有凍死骨。"(《北征》)

這樣的詩可以寫，而太沒有有閒之心情，快不成詩了。肉可臭，酒何能臭？且人可凍死，骨何能凍死？此種事可寫成詩，而老杜寫的是呼號，不是詩。可以寫而不能如此表現，老杜寫時，至少精神上不是有閒的。而又如韋莊之《秦婦吟》，寫黃巢起義前後情形，事情儘管慘、亂，而韋莊寫之總是抱有有閒的心情。雖非最好的詩，然至少不是失敗的詩，比老杜"朱門酒肉臭，路有凍死骨"強。

詩人應養成此有閒心情，否則便將藝術品毀了。如繪畫之畫戰爭亦然。人無論在什麼環境，皆可保有自我的欣賞，幾乎不是自覺而是忘我。(顏回居陋巷，即是忘我。)

　　精神的有閒、欣賞，是人格的修養。"江西派"只是工具上——文字上的功夫。只重"詩筆"，不重"詩情"。無論激昂、慷慨、憤怒，要保持精神的有閒、欣賞的態度。

　　試看萊蒙托夫 (Lermontov) 的一首詩：

> Only a snake
> …………
>
> Was rustling, for the grass was dry
> And in the loose sand continuously
> Idyl slid, and then began to spring
> And rofled himself into a ring
> Then as though struck by sudden fear
> Made haste to keep dark and disapper

　　此首長詩蓋寫一個小孩兒到山中尋自由，到傍晚飢餓疲乏，仰臥於地，聽水看山，忽見一蛇。對蛇 (snake) 有什麼可欣賞？(外國文學好在音樂性，此段可譯為散文，但無法譯為詩。)當此境地，尚能寫出詩，所以能成為詩人。

　　破壞了詩心的調和，便不能寫好詩。一個詩人、文人什麼都能寫，只要是保持欣賞的態度、有閒的精神。最怕急躁，一急躁便不能欣賞。

五　小杜之"熱衷"

小杜兩首《念昔遊》，和諧婉妙，是他的修養。不要以為他的動機如此，他的詩情也許不諧婉，他的動機絕不諧婉。小杜是"熱衷"之人（做官心切），不為金錢勢力，為的是事業功名的建樹成就。小杜為人不但熱衷，而且眼熱。小杜有堂弟杜悰（小杜集中提及），才情、見識、學問皆不及小杜，而出將入相多年，小杜甚為不平，憤慨、抵觸、矛盾，他的心情並不和諧婉妙。詩如：

> 誰知我亦輕生者，不得君王丈二殳。
>
> 　　　　　（《聞慶州趙縱使君與党項戰中箭身死輒書長句》）

"殳"，《詩》"伯也執殳"；《毛傳》："殳，兵器，丈二長。"詩係追悼一戰死者，實歎自身功業無就。看了杜悰出將入相，甚為眼熱，小杜此處正一例也。其飲酒、看花、頹廢的生活，是牢騷不得志。"半醒半醉遊三日，紅白花開山雨中"；"秋山春雨閒吟處，倚遍江南寺寺樓"，小杜並不甘心閒遊、半醉、倚樓，不要看輕他。

一個人對什麼都沒興趣，便是表示對什麼都感到失去意義，便沒有力量；真的淡泊，像無血肉的幽靈。我們要熱衷地做一個人，要抓住些東西才能活下去。孟浩然"微雲淡河漢，疏雨滴梧桐"，雖好，但不希望大家從此入手，也不能從此入手，我們是有血有肉的人，所以要熱衷。

小杜詩《齊安郡中偶題二首》其一：

> 兩竿落日溪橋上，半縷輕煙柳影中。
> 多少綠荷相倚恨，一時回首背西風。

象徵一年過去得無聊，而詩之神情妙。其二：

> 秋聲無不攪離心，夢澤兼葭楚雨深。
> 自滴階前大梧葉，干君何事動哀吟。

時小杜為齊安太守，月二千石，仍甚不滿。不願在外省而願在京內（外官富而不貴，京官貴而不富），"欲把一麾江海去，樂遊原上望昭陵"（《將赴吳興登樂遊原一絕》）亦此意。昭陵，唐太宗墓，太宗知人善任，雄才大略；小杜之意以為若是太宗在的話，我必能見用而出將入相也。或説是小杜愛國，非也。

《齊安郡中偶題二首》雖非絕佳亦好詩，"自滴階前大梧葉"，粗枝大葉，別具風流。此或非小杜本意，但真好。熱衷，但他寫的詩仍和諧婉妙。

古來要事業功名就得做大官、做京官。再舉小杜兩例：

> 蕭蕭山路窮秋雨，淅淅溪風一岸蒲。
> 為問寒沙新到雁，來時還下杜陵無？
> 　　　　　　　　　　　　　　（《秋浦途中》）

> 鏡中絲髮悲來慣，衣上塵痕拂漸難。
> 惆悵江湖釣竿手，卻遮西日向長安。
> 　　　　　　　　　　　　　　（《途中一絕》）

字句的修養不能不講究，否則也寫不出好詩。小杜想做官是詩嗎？怎麼寫？但牧之有此能力，寫得不顯。"山路"、"秋雨"，一肚子心事；"來時還下杜陵無"（杜陵在長安），"下"字好，雁還能到京城，我不能到，可憐。"寒沙雁"，好，字句上很下功夫。"卻遮西日向

長安"，真好，到京城去吧，去也無官做！潦倒江湖，進京幹嗎去？感
慨牢騷，然而永遠是和諧婉妙地表現出來。小杜《念昔遊》其二：

> 雲門寺外逢猛雨，林黑山高雨腳長。
> 曾奉郊宮為近侍，分明櫟櫟羽林槍。

首二句似老杜。以前所舉二首《念昔遊》觀之，似是心境很調
和，其實不然，此首即可看出。"猛"，拗字；"櫟"（sǒng），槍挑起
貌。

小杜另有兩首七律，末二句皆可見其熱衷：

> 自笑苦無樓護智，可憐鉛槧竟何功。
>
> （《長安雜題長句六首》其二）

> 江碧柳深人盡醉，一瓢顏巷日空高。
>
> （《長安雜題長句六首》其三）

表現其熱衷之感情，而又最有詩味的，蓋為"江碧柳深人盡醉，
一瓢顏巷日空高"二句。熱衷之情原難寫為詩，而此寫得好。再如
"誰人得似張公子，千首詩輕萬戶侯"（《贈張祜》），自言雖有千首詩，
仍不能輕萬戶侯。又如《奉陵官人》，"奉"，供奉。奉陵時，朝夕具
盥櫛、治衾枕，視死如視生，比殉葬之葬，不下於殉葬。小杜寫此詩
不壞，而亦並不太好。若叫老杜寫，當更好。小杜詩至少有潛意識作
怪，並非為奉陵宮人寫詩，而是為自己寫，至少自憐之心勝過同情之
心。詩曰：

> 相如死後無詞客，延壽亡來絕畫工。
> 玉顏不是黃金少，淚滴秋山入壽宮。

用典，因有含義而令讀者覺得有隔膜，至少須將此種文字障打破，才能欣賞詩。陳后失寵於漢武帝，千金買得相如之賦。帝見賦，復幸之。毛延壽為宮人畫像供漢元帝選擇，故宮人多用黃金賄毛延壽。此雖為奉陵宮人作，實乃自寫，想起自己境遇遭際，雖有玉顏而不遇亦徒然。奉陵宮人真慘，魯迅先生說"雖生之日，猶死之年"（《朝花夕拾》小引），真是如此。另有《出宮人》二首：

> 閒吹玉殿昭華管，醉折梨園縹蒂花。
> 十年一夢歸人世，絳縷猶封繫臂紗。
>
> 平陽拊背穿馳道，銅雀分香下璧門。
> 幾向綴珠深殿裏，妒抛羞態臥黃昏。

寫得不甚沉痛，其事亦原不沉痛。

六　餘論詠史詩

小杜詩"長空淡淡"二首最好，全寫人生。

小杜詩一為人生之作，二為婉妙之作，三為熱衷之作。小杜所有詩皆可歸入此三種，若不能歸入者，便不是好詩。此外還要說到其第四類——詠史之作。

此類作品，小杜見解不甚高，閒情又不濃厚，且稍近輕薄，不厚重，雖有周公之才、之美，使驕、輕、吝、薄，其餘不足觀也矣。如其詠楊貴妃：

> 霓裳一曲千峰上，舞破中原始下來。

（《過華清宮》三絕句其二）

"破"字用得損，曲到入"破"則緊張、精彩，"破"為音樂上名詞；小杜"舞破"乃破壞之"破"。李義山亦犯輕薄之病，或因亂世人情薄。李義山詠東晉（東晉半壁江山）元帝（東晉第一皇帝）：

> 休誇此地分天下，只得徐妃半面妝。
>
> （《南朝》）

徐妃原不可取，李義山更輕薄。諷刺可，譏笑不可。魯迅先生諷刺，是諷刺普通大眾的人性，若對一人而發，便是輕薄。

至如義山詩之富於夢的朦朧美，余將下次說之。

義山詩之夢的朦朧美

一 絕響《錦瑟》

義山《錦瑟》可謂之為絕響之作：

> 錦瑟無端五十弦，一弦一柱思華年。
> 莊生曉夢迷蝴蝶，望帝春心託杜鵑。
> 滄海月明珠有淚，藍田日暖玉生煙。
> 此情可待成追憶，只是當時已惘然。

所謂"絕響"，其好處即在於能在日常生活上加上夢的朦朧美（夢的色彩）。

一個詩人是 day-dreamer，而此白日夢並非夢遊，夢遊是下意識作用，腦筋不是全部工作，此種意識為半意識。詩人之夢是整個的意識，故非夢遊；且為美的，故不是噩夢；且非幻夢，因幻夢是空的、縹緲的。而詩人之夢是現實的，詩人之夢與幻夢相似而實不同。幻夢在醒後是空虛，夢中是切實而醒後結果是幻滅。

《錦瑟》之"滄海月明珠有淚，藍田日暖玉生煙"二句真美。煙

清・任薰《彈琴圖扇》

霧不但散後是幻滅，即存在時亦有把握不住之苦痛，不能保存。種花一年，看花十日，但尚有十日；雲煙則轉眼即變，此一眼必不同於彼一眼。詩人之詩則不然，只要創造得出，其美如雲、如煙、如霧，且能保留下來，千載後後人讀之尚感覺其存在。故詩人之夢是切實的而非幻夢。詩人之將日常生活加上夢的美是詩人的天職。既曰天職，便不能躲避，只好實行。實行愈力則愈盡天職。

詩中無寫實，寫實與切實不同。不但詩，文學中亦不承認有寫實。好詩皆有夢的色彩，夢是有色彩的。浪漫、傳奇，在詩中有浪漫傳奇色彩的易加上夢的朦朧美，而在日常生活中加上不易，因浪漫、傳奇有一種新鮮的趣味。在吾國詩中，日常生活上加上夢的朦朧美的作品甚少見。（在散文中如《史記・項羽本紀》，與其謂之為寫實作品，毋寧謂之為傳奇。）

有新鮮味者皆有刺激性，而久食則無味矣。此種加新鮮味，有刺激性、傳奇性的作品，小說中謂之"演義"。夢的朦朧美加在寫實上便是"附會"，便是"演義"。《三國演義》謂關公刀八十二斤、劉備雙手過膝，此雖無藝術價值，而亦為"附會"，與詩人之加夢的色彩相似。

日常生活是平凡的，故寫詩時必加夢的朦朧美。二者是衝突的，而大詩人能做到，使之成美的夢，有夢的美。李商隱能做到。

或謂《錦瑟》乃悼亡詩，亦可。首二句憶從前；三、四句一寫前，一寫今；"滄海"二句寫從前之事。"珠有淚"並非痛苦的淚，"珠有淚"是寫珠光，舊寫美的淚亦曰"淚珠"、"珠淚"，此實蓋很美的名詞。不過用得多了，失去其刺激，令人不覺其美。平常多從淚聯想到珠，李義山乃由珠聯想到淚。"滄海月"如被海水洗過，更明、更亮，更覺在月光下之珠亦更亮、更圓。"煙"是暖的，故"藍田日暖玉生煙"。"滄海"二句中已沉入夢中，故後二句曰"此情可待成追憶"，又曰"只是當時已惘然"。"惘然"二字真好，夢的朦朧美即在"惘然"。不是悲哀，也不是欣喜，只是將日常生活加上一層夢的朦朧美。

李義山是最能將日常生活加上夢的朦朧美的詩人。李義山對日常生活不但能享受，且能欣賞。平常人多不會享受，如嚼大塊的糖，既不會享受，更談不到欣賞。

幼兒之好玩不是夢的朦朧美；一個中年人和一個老年人，坐在北海岸邊，對着斜陽、樓台，默然不語，二者是誰能享受欣賞呢？恐怕還是後者。這真是惘然，是詩與生活成為一個，不但外面有詩的色彩而已。

古語曰"相視而笑，莫逆於心"（《莊子·大宗師》），尚嫌其多此一笑。如慈母見愛兒歸來對之一射之眼光，在小孩真是妙哉，我心受之，比相視而笑高。詩人在惘然中，如兒童在慈母眼光中，談不到悲哀、欣喜。

悼亡非痛苦、失眠、吐血，而只是惘然。且不但此時，當時已惘然矣。

若令舉一首詩為中國詩之代表，可舉義山《錦瑟》。若不了解此詩，即不了解中國詩。

二　平凡 ⇌ 美

詩是要將日常的平凡生活美化（昇華）。自此點看來，義山頗與

西方唯美派相似。此名詞^①之含義甚深，淺言之，是要寫出一種美的
事物來，創造出美的東西來。能如此，便是盡詩人之天職，盡了詩人
之良心。（可以王守仁"良知"、"良能"之"良"，釋此"良"字。）

　　以唯美派説義山詩無何不妥，而中西唯美又不全同。中西唯美
派全同者乃一點——為藝術的藝術，L'art pour I'art^②，並非要表現
自己思想，給別人教訓。至於義山與西方唯美派之大不同，即西方唯
美派似不滿意於日常生活，於是拋開了平凡事物而另去找、另去造；
至義山則不然，不另起爐灶，亦不別生枝節，只是根據日常生活，而
一寫便美化了、昇華了。並非另找，只是喬妝了出來——"喬妝"
一詞尚不妥，還是説"昇華"。

　　研究義山詩之人多為其美所眩，實則讀者讀時應如化學之還原。
詩人將平常變成美（作品），讀者只見其美；實應不被其美外眩，應
自美還原（回）到平凡，就可以認識義山了：

$$義山 \rightleftharpoons 平凡 \rightleftharpoons 美 \leftarrow 讀者$$

　　如"滄海月明珠有淚，藍田日暖玉生煙"二句，是寫男女二性美
滿生活，而此美滿生活並非固定，高樓與草屋同，只要二人調和即
好。義山乃寒士，與其妻所過亦必為茅簷草屋、粗茶淡飯的生活，而
義山寫詩時將其美化了。

　　法國惡魔派詩人波特來爾（Baudelaire）^③所作之詩集《惡之華》

---

① 此名詞：指唯美派。
② L'art pour I'art：法語。
③ 波特來爾（1821—1867）：今譯為波德萊爾，19世紀法國詩人，現代派鼻祖，象徵派詩歌先驅，
　代表作今譯為《惡之花》。

（Flowers of Evils），不滿意日常生活，故另寫許多常人不寫的，故人名之曰惡魔（名之為惡魔派，稍含惡意，實亦唯美派）。若謂 B 氏所寫乃出奇的，則李氏所寫是更近於人情的唯美派作品。

李義山不但與 B 氏不同，與李賀亦不同。義山詩無疑曾受《李長吉歌詩》（《昌谷集》）之影響。自義山詩中亦可看出其仿長吉之作品，如《燕台》詩，此類詩在義山集中成謎。每字、每句皆可解，而全篇不可解。欲了解義山此類詩，必起義山於九原不可。此類詩無疑地受長吉影響而失敗了，因根本長吉即未全成功。或因中國文字、民族性不適於寫此類作品亦未可知。

三　力的文學與韻的文學

義山詩最大成功是將日常生活美化成詩。不但《錦瑟》，自《二月二日》一首亦可看出。

老杜有《絕句漫興九首》，其四曰：

> 二月已破三月來，漸老逢春能幾回。
> 莫思身外無窮事，且盡生前有限杯。

李商隱《二月二日》曰：

> 二月二日江上行，東風日暖聞吹笙。
> 花鬚柳眼各無賴，紫蝶黃蜂俱有情。
> 萬里憶歸元亮井，三年從事亞夫營。
> 新灘莫悟遊人意，更作風簷夜雨聲。

此乃力的文學與韻的文學。老杜詩可以為力的代表，義山詩可以為韻的代表。

義山所寫當為江南，因江北二月尚無三、四句之景，俗語“二月清明花開罷，三月清明不見花”。而吾人總見過“花鬚柳眼”、“紫蝶黃蜂”，此豈非甚平常？

首二句原亦平常，而義山寫得好。如“東風日暖聞吹笙”，一讀便覺到暖風拂面而來，不是因為其寫暖，其音亦如暖風拂來。按格物講，李之詩亦合乎科學。先說“笙”字。“三百篇”《鹿鳴》中“吹笙鼓簧”，笙內有簧，與笛、簫不同，簧如笙之聲帶。據說笙最怕冷，在三九吹不響，冷氣一入則簧結而不動，故吹笙必天暖。清真詞：

> 夜深簧暖笙清。
>
> 　　《慶宮春》

所寫蓋冬之夜，而屋內暖，故簧暖，故笙清，夜深而愈清。清真詞又有：

> 錦幄初溫，獸香不斷，相對坐調笙。
>
> 　　《少年遊》

亦笙與暖相連。義山之“東風日暖聞吹笙”，就直覺講，一讀則暖氣上人心頭。按科學講，亦合，甚平常，而寫得好，成功了。

試看詩中笙與笛之比較。杜牧之：

> 深秋簾幕千家雨，落日樓台一笛風。
>
> 　　《題宣州開元寺水閣，閣下宛溪夾溪居人》

此亦很美之描寫。雨自上而下，簾亦自上而下，落日相對是橫的，一笛風也是橫的。此句非是笛不可，與義山"東風日暖聞吹笙"可為相對，一寫暖，一寫涼。"東風日暖"時豈無人吹笛？有人吹亦不能寫，正如"落日樓台"不能寫吹笙一樣。又如李益詩：

> 回樂峰前沙似雪，受降城外月如霜。
>
> 不知何處吹蘆管，一夜征人盡望鄉。

（《夜上受降城聞笛》）

必是吹蘆管不可，此皆從反面證明義山吹笙之好。

至於"花鬚柳眼"二句亦好。常人看字是模糊的，了解是浮淺的，讀詩不應如此。如"紫蝶黃蜂俱有情"，"有情"二字讀時切不可滑過。平常詩人寫有情簡直無情，而義山寫來沉重。曰"紫"曰"黃"，感覺親切，故寫有情是真有情，沉重。"花鬚柳眼各無賴"，"無賴"二字亦好。平常說"無賴"有貶義，此乃好意。如慈父、慈母跟前之愛兒嬌女是無賴的，兒女向父母要錢買糖，慈父、慈母絕不會嚴責。日本譯 charming 為愛嬌，好，兒女的"無賴"非可恨的，而是愛嬌。"花鬚柳眼"到春天亦如此。人已然看得不耐煩，而花仍在開，柳仍在舒，真是無賴。而此皆平常事物，李義山能就此寫出美的作品來。

"微雲淡河漢，疏雨滴梧桐"（孟浩然句）二句與"曲終人不見，江上數峰青"（錢起《湘靈鼓瑟》）二句亦為韻的文學，而與義山之韻的文學不同。前者是在人生上加上自然之描寫，結果只成為自然之表現，而非人生之表現。義山則是對日常生活加上夢的朦朧美，故其人生色彩較前者濃厚。"滄海月明"亦是大自然，李氏未嘗不藉重自然，而究竟是人生的色彩多。二者為韻的文學同，而其所以為韻的文學不同。

義山究用何種技術寫出《錦瑟》之詩，姑且不論。且說傷感詩人如清黃仲則之：

> 寒甚更無修竹倚，愁多思買白楊栽。
>
> 《都門秋思》

> 結束鉛華歸少作，屏除絲竹入中年。
>
> 《菊懷》

似乎人生色彩比義山濃厚；而若以韻論，則差之太遠。因黃氏之詩只能成為傷感的詩，此種詩很難寫得有韻。抒情詩人自易流入傷感，而若細推其源當以陸放翁為最。如其：

> 萬事從初聊復爾，百年強半欲何之？
>
> 《感秋》

此詩太顯著，在技術上尚不及黃氏成功。黃氏之"茫茫來日愁如海，寄語羲和快着鞭"（《綺懷》）亦與之同出一源，黃蓋出於陸。

此外另有一種憤慨的詩，牢騷、生氣、發脾氣，此即中國詩人之愛自暴自棄之原因。黃仲則之"茫茫來日愁如海，寄語羲和快着鞭"二句亦是憤慨，此派亦出於放翁。如放翁之：

> 阨窮蘇武餐氈久，憂憤張巡嚼齒空。
>
> 《書憤二首》之一

蘇武餐氈事蓋為附會，然此二句尚好，二句字的筆畫都多，可代表心中之不平。"曲終人不見，江上數峰青"，二句則甚疏朗，好，可代表心中和平。"餐氊"、"嚼齒"二字好,而最糟在"久"、"空",次則"阨窮"、"憂憤",太平常。

傷感與憤慨雖分為二,實則一也。自暴與自棄亦不同,自棄是説自己什麼都不成,自暴是目空一切,而此二者實亦一也。如武斷、盲從亦二而一也。武斷似乎最有主意,實則沒有一個武斷的人不盲從的:乃根本腦筋不清楚。自暴自棄似一積極,一消極,實亦一也。

李義山也寫傷感、憤慨,而其長不在此。

李氏議論詩、紀事詩亦不高。如其七古《韓碑》一篇,乃有名代表作,亦無甚了不起。有之則高在字句上之錘煉修辭,一力摹古,有點做古董。

李義山好,就是韻的文學好,日常生活加上夢的朦朧美。

四　情操之自持

今再舉其悼亡詩:

> 更無人處簾垂地,欲拂塵時簟竟牀。
> (《王十一兄與畏之員外相訪見招小時飲,予以悼亡日近不去,因寄》)

此較黃、陸④真高。上句真傷感,若使其妻在,斷不致如此寂寞;下句更傷感,若使其妻在,則絕不會令簟上塵滿,自己做事亦可哀,而"簟竟牀"的悲哀更甚。此蓋衰老時的作品,衰老時本筋力不及,"欲拂塵時簟竟牀"比放翁的"聊復爾"、"嚼齒空"深厚得多。此即因其能將日常生活昇華,加上一層夢的朦朧美。結晶昇華後本質

---

④　黃、陸:指黃仲則、陸放翁。

雖同，而比未昇華時美很多了。此義山之所以高於放翁也。

　　若說陸、黃的詩是冒出來的，則李之詩是沉下去的，沉下去再出來。"冒"則出而不入，陸、黃情緒 — 李則情緒 ⇌。李是用觀照（欣賞）將情緒昇華了。陸、黃一類詩，寫歡喜便是歡喜，寫悲哀便是悲哀；而觀照詩人則在歡喜、煩惱時加以觀照，看看歡喜、煩惱到底是什麼東西。一方面觀，一方面賞，有自持的功夫。沉得住氣，不是不煩惱，不叫煩惱把自己壓倒；不是不歡喜，不叫歡喜把自己炸裂。此即所謂情操。必須對自己情感仔細欣賞、體驗，始能寫出好詩。

　　常人每以為壞詩是情感不熱烈，實則有許多詩人因情感熱烈把詩的美破壞了。

　　義山《花下醉》：

　　　　夜半酒醒人去後，更持紅燭賞殘花。

　　客散，夜深，其傷感多深，而寫得多美。殘花不久，而尚持紅燭，真是沉得住氣。多麼空虛 —— 夜半酒醒；多麼寂寞 —— 人去後。從何歡喜？但真是蘊藉、敦厚、和平，還是情操的功夫？

　　若舉一人為中國詩的代表，必舉義山，舉《錦瑟》，《錦瑟》亦是"更持紅燭賞殘花"，不但對外界欣賞，且對自己欣賞。

　　然此並非詩的最高境界。從觀照欣賞生活得到情操自持，然但有此功夫尚不成，因但如此則成作繭自縛，自己把自己局限在窄小生活裏，非無修養，而無發展。如一詩人境界世界甚小，傷感沒發展，老這樣下去就完了。如後之西崑體就完了。義山此類詩至韓偓、端己必改變，西崑體學義山失敗了。後之詩人之沾沾自喜、搖頭晃腦亦本於此。

天下大事，合久必分，分久必合，有一利必有一弊。

中國詩人對大自然是最能欣賞的。無論"三百篇"之"楊柳依依"（《小雅·采薇》）或楚辭之"嫋嫋兮秋風"（《九歌·湘夫人》）等，皆是對自然的欣賞。而亦有對人生之欣賞，如李義山。

義山雖能對人生欣賞，而範圍太小，只限自己一人之環境生活，不能跳出，而滿足於此小範圍。滿足小範圍即"自畫"。此類詩人可寫出很精緻的詩，成一唯美派詩人，其精美真是前無古人，後無來者，而嚴格地批評又對他不滿，即因太精緻了。

義山的小天地並不見得總是快樂的，也有悲哀、困苦、煩惱，而他照樣欣賞，照樣得到滿足。如《二月二日》一首，何嘗快樂？是思鄉詩，而寫得美。看去似平和，實則內心是痛苦。末尾二句"新灘莫悟遊人意，更作風簷夜雨聲"，不但要看它美，須看他寫的是何心情。"灘"，山峽之水，其流頂不平和；"莫悟"，不必了解；"遊人"，義山自謂。此謂灘不必不平和地流，我心中亦不平和，不必你做一種警告，你不了解我。然義山在不平和的心情下，如何寫出前四句那麼美的詩？由此尚可悟出"情操"二字意義。觀照欣賞，得到情操。吾人對詩人這一點功夫表示敬意、重視。詩人絕非拿詩看成好玩。我們對詩人寫詩之內容、態度，表示敬意。

只是感情真實，沒有情操，不能寫出好詩。義山詩好，而其病在"自畫"，非寫人生，只限於與自己有關的生活。此類詩人是沒發展的，沒有出息的。所以老杜偉大，完全打破小天地之範圍。其作品或者很粗糙，不精美，而不能不說他偉大、有分量。西洋寫實派、自然派則如照相師。老杜詩不是攝影技師，而是演員。譚叫天說我唱誰時就是誰，老杜寫詩亦然。故其詩不僅感動人，而且是有切膚之痛的。

老杜能受苦，義山就受不了，不但自己體力上受不了，且神經上受不了。如聞人以指甲刮玻璃之聲便太不好聽。不但自己不能受，且怕看別人受苦，不能分擔別人苦痛。能分擔（擔荷）別人苦痛，並非殘忍。老杜敢寫苦痛，即因能擔荷。詩人愛寫美的事物，不能寫苦，即因不能擔荷。

義山情操一方面用的功夫很到家，就因為他有觀照，有反省。這樣雖易寫出好詩，而易沾沾自喜，滿足自己的小天地，而沒有理想，沒有力量。義山雖亦有時有一兩句有力量的詩，而究竟太少。

詩中之蘊藉、朦朧、明快，各有其不得已，而非勉強，是行於所不得不行。李義山有《韓碑》一首，非其本色，乃別調。義山作風原是蘊藉，而《韓碑》不僅明快，直有點老辣。桃鮮，結果味同；而人有別調，此人之所以為人。人非聖佛，則心不能長在"中"（儒）、"定"（佛），應"執一以應無窮"——道。

詩人的"一"是多方面的。義山《韓碑》詩作詩時有兩種不同動機：其一，替韓愈鳴不平，未免憤慨；其二，作此詩時心中有韓詩七古印象。在技術上義山最成功，取各家之長，絕不只學杜。如《韓碑》之學退之，然此尚有個性，雖硬亦與韓不同。

唐人詩短論三章

一　初唐五言古

作五古比作七古難。宋人對五古已不會作。宋人蘇軾、黃庭堅對唐人革命，而蘇、黃之五古甚幼稚。余對古人之作少所許可，而亦多所原諒。因自己寫作，知寫作不易，但對宋人五古，尤其是蘇、黃，特別不原諒，他們似乎根本不懂五言古詩的中國傳統作風。

作五言詩最好是醞釀。素常有醞釀、有機趣，偶適於此時一發之耳。

陳子昂《感遇三十八首》(其一)：

> 蘭若生春夏，芊蔚何青青。
> 幽獨空林色，朱蕤冒紫莖。
> 遲遲白日晚，嫋嫋秋風生。
> 歲華盡搖落，芳意竟何成。

味厚極了。末四句之意思 —— 大自然永久，而人生有盡 —— 絕非其在作詩時才有，是早有此意，經過醞釀，適於此時發之。

《琵琶行》詩意畫

五言詩必有神韻，而神韻必醞釀，有當時的機緣，意思久有醞釀。
張子壽（九齡）"蘭葉"一首（即《感遇十二首》其一），作壞了：

> 蘭葉春葳蕤，桂華秋皎潔。
> 欣欣此生意，自爾為佳節。
> 誰知林棲者，聞風坐相悅。
> 草木有本心，何求美人折？

淺薄，不若"孤鴻"一首（即《感遇十二首》其四）：

> 孤鴻海上來，池潢不敢顧。
> 側見雙翠鳥，巢在三珠樹。
> 矯矯珍木巔，得無金丸懼。
> 美服患人指，高明逼神惡。
> 今我遊冥冥，弋者何所慕。

沉着，厚。中國韻文非不能表現思想，"蘭葉"一首表現不佳，因除思想外，沒有文字之美。"孤鴻"一首，唯末二句好。陳子昂"蘭若生春夏"一首，末四句是思想，而餘音嫋嫋。

二　詩眼中之草

人無不受外界感動，而表現有優劣。技術之薄尚乃淺而言之，深求之則有詩眼問題。有"詩眼"可見諸"相外相"，可見如來。（詩心是根本，與外界發生關係，則眼、耳、鼻、舌、身五根，除"肉"外尚須有"靈"，看到虛妄即看到真實。）

> 離離原上草，一歲一枯榮。

野火燒不盡，春風吹又生。

遠芳侵古道，晴翠接荒城。

又送王孫去，萋萋滿別情。

（白居易《賦得古原草送別》）

此首可為白氏代表作。草隨地隨時皆有，而經白氏一寫，成此不朽之作。用詩眼看去，此四十字每句是草，然是詩眼中之草，不是肉眼中之草，與打馬草所見自不同。彼為世諦，此為詩義（諦）。以世諦講，打馬草餵馬，是，而非詩。白氏以詩眼看，故合詩諦，才是真草，把草的靈魂都掘出來了。（余在《“境界說”我見》中，曾講詩之“因”與“緣”。）

“離離原上草”，“離離”好，若一般人寫，或寫“高高原上草”。“一歲一枯榮”句是白樂天拿手。“野火燒不盡，春風吹又生”二句是唐人拿手。作五言詩必有此“野火”二句之手段，二句說盡人世間一切，先不用說盛衰興亡，即人之一心，亦前念方滅，後念方生，真是心海，前波未平，後波又起，波峰波谷。白氏用詩眼看，故寫出一切的一切。“野火燒不盡，春風吹又生”是寫草之精神；“遠芳侵古道，晴翠接荒城”是寫草之氣象。後二句“又送王孫去，萋萋滿別情”，用《楚辭》“王孫游兮不歸，春草生兮萋萋”（《招隱士》），稍弱，然尚好，不單說草，有人。

虛妄不滅，真實不顯（不顯不是無）。詩人第一須打破（看破）“妄象”，然後才能顯出真的詩。

或曰：“境殺心則凡，心殺境則聖。”“殺”者，壓倒也。孔子“飯疏食，飲水，曲肱而枕之，樂亦在其中矣”（《論語·述而》），此便是"心殺境則聖"。而"殺"字不如"轉"字，"心轉物則聖，物轉心則凡"。轉煩惱成菩提，煩惱與菩提並無二致（情態），"飯疏食，飲水，曲肱而枕之"是煩惱，即菩提。有轉心則不為物所支配，否則為物支配，即煩惱皆來，俱成凡夫。學文與學道同理，學文亦須心轉物（文與道又有不同，唯方法同。俟後詳言）。白樂天之"草"有詩心，心轉物則聖。心如何借緣（外物）而生，緣助因成，必其可以成，然後有助。因與緣不是對立，不是有此無彼，心物皆有而打成一片。故"境殺心"、"心殺境"之"殺"不如"轉"字，心與物相輔相成，轉煩惱成菩提，此方是成功境界。

三　唯美詩人韓冬郎

唐朝兩大唯美派詩人：李商隱、韓偓。晚唐義山（李商隱）、冬郎（韓偓，字致堯，小字冬郎）實不能說高深、偉大，而假如說晚唐還有兩個大詩人，還得推李、韓。

李義山《登樂遊原》：

> 夕陽無限好，只是近黃昏。

如同說吃飽了不餓，但實在是好，我們一讀便感到太陽圓圓的，慢慢地落下去了，真好。

又如韓偓之《幽窗》：

> 手香江橘嫩，齒軟越梅酸。

一唸便好，蓋不僅說"香"是香，便連"江"字、"橘"字亦刺激嗅覺，甚至於字亦鼻音。"齒軟越梅酸"，啊，不行，不得了，牙倒了，蓋多為齒音，刺激牙。此非好詩而好，便是因詩感好。現在新詩也許以意境説未始不高深偉大，但總覺詩感太差，尤其字音。

韓偓《香奩集》頗有輕薄作品，不必學之。李義山為其世伯，義山有時亦輕薄，韓詩蓋受義山影響。或曰：韓氏詩有含蓄，其詩有句曰"佯佯脈脈是深機"（《不見》），含而不露之意。其輕薄不必提，即含蓄亦不必取韓。然其《別緒》中間四句真好[①]：

> 菊露淒羅幕，梨霜惻錦衾。
> 此生終獨宿，到死誓相尋。

中國詩寫愛，多是對過去的留戀。寫對未來的愛，對未來愛的奮鬥，是西洋人。中國亦非絕對沒有。"十歲裁詩走馬成"[②]（李商隱語）的韓偓此詩所寫即是對將來愛的追求。

一篇好的作品當從多方面講，多方面欣賞。"菊露淒羅幕"，五字多美；"梨霜惻錦衾"，太冷，是淒涼，本使人受不了，但這種淒涼是詩化了的、美化了的，不但能忍受且能欣賞。説淒涼，其實是痛苦，但這痛苦能忍受，便是把它詩化了、美化了，且看到將來的希望了 —— 反正我得好好活着，"此生終獨宿，到死誓相尋"。天下最痛苦的是沒有希望而努力，這樣努力努不來，除非是個超人、是仙、是佛、是鐵漢。這上哪兒找去？人是血肉之軀，所以人該為自己造一境

---

① 《別緒》全詩如下："別緒靜愔愔，牽愁暗入心。已回花渚棹，悔聽酒壚琴。菊露淒羅幕，梨霜惻錦衾。此生終獨宿，到死誓相尋。月好知何計，歌闌歡不禁。山巔更高處，憶上上頭吟。"

② "十歲裁詩走馬成"：此李商隱讀韓偓之語。詩題曰：《韓冬郎即席為詩相送，一座盡驚。他日余方追吟"連宵待坐徘徊久"之句，有老成之風，因成二絕寄酬，兼呈畏之員外》，乃以長題説明作詩因由。

界，為將來而努力是很有興味的一件事。如抗日戰爭，即使我本是賴漢，也要把你強國熬爬下，這也是對未來的追求。你生活經驗愈豐富，你愈覺得此話有意義。韓氏此四句不僅對未來有一種希冀（但若只希望還是消極，希望煮熟的鴨子飛到嘴邊，那不成），而且是一種追求——"此生終獨宿，到死誓相尋"，為將來而努力，對未來的追求，十個字真有力。"獨"、"宿"連用兩入聲，濁得很。凡濁人都有一股牛勁——我吊死這棵樹上，我非吊死這棵樹上不可。聰明人不成功，便吃虧沒有牛勁。"到死誓相尋"，五個字除"到"字是舌頭音，四個齒音字，真有力，咬牙説出的。"此生終獨宿"一句，亦舌頭音或齒音。

我們今天這樣講韓氏此詩絕不錯，但韓氏當年或並未如此想，只是"誠於中，而形於外"。

韓偓的《香奩集》並不能一概説是輕薄，後來學他的人學壞了。他的詩"此生終獨宿，到死誓相尋"寫得真嚴肅。做事業、做學問，應有此精神，失敗也認了。他的詩"臨軒一盞悲春酒"（《惜花》），如何是玩物喪志？接下去一句——"明日池塘是綠蔭"，大方，沉重。

卷　二

宋之編

宋詩說略

　　古人說"文以載道"、"詩言志"，故學道者看不起學文者（程伊川①以為學文者為"玩物喪志"），學詩者又謂學道者為"假道學"——二者勢同水火，這是錯誤。若道之出發點為思想，若詩之出發點為情感，則此二者正如鳥之兩翅不可偏廢。天下豈有有思想而無情感的人？或有情感、無思想的人？二者相輕是"我執"，"我執"太深。人既有思想與情感，其無論表現於道或表現於文，皆相濟而不相害。

　　學道者貴在思多、情少，即以理智壓倒情感，此似與詩異。然而不然。《論語》開首曰：

　　　學而時習之，不亦說乎？有朋自遠方來，不亦樂乎？

（《學而》）

曰"說"曰"樂"，豈非情感？《論語·雍也》又曰：

　　　一簞食，一瓢飲，居陋巷。人不堪其憂，回也不改其樂。

---

① 程伊川（1033—1107）：程頤，字正叔，洛陽伊川人，人稱伊川先生，北宋理學家。

《論語‧述而》則有曰：

> 飯疏食，飲水，曲肱而枕之，樂亦在其中矣。

此曰“樂”，非情感而何？《佛經》多以“如是我聞”開首，結尾則多有“歡喜奉行”四字，不管聽者為人或非人，不管道行深淺，聽者無不喜歡，無不奉行。“信”是理智、是意志，非純粹情感。然“信”必同於“歡喜”，歡喜則為感情。可見道不能離情感。

理，即哲學（人生），本於經驗、感覺。如此說理滿可以；若其說理為傳統的、教訓的、批評的，則不可。要緊的是發現而不是說明。老杜《秦州雜詩二十首》之一：

> 浮雲連陣沒，秋草遍山長。

不是說理，而其所寫在於“哀鳴思戰鬥”的人生哲學。人在社會上生活，是戰士，然人生哲學不是教訓、批評。至表現，則必須借景與情。如此可知唐人說理與宋人不同；且有的宋人說理並不深，並不真，只是傳統的。

詩人達到最高境界是哲人，哲人達到最高境界是詩人，即因哲學與詩情最高境界是一。好詩有很嚴肅的哲理，如魏武[②]、淵明，“譬如朝露”、“人生幾何”等，宋人作詩一味講道理，道理可講，唯所講不可浮淺；若莊嚴深刻，詩盡可講道理，講哲理，詩情與哲理通。

常人皆以為唐人詩是自然，是情感；宋人詩是不自然，是思想。

---

② 魏武：曹操，字孟德，小字阿瞞，東漢末年軍事家、政治家、詩人。漢獻帝封其為魏王。後其子曹丕稱帝，創立魏國，追諡曹操為“武皇帝”，史稱魏武帝。後世文學著作或史書簡稱其為“魏武”。

若果然，則何重彼而輕此？唐人情濃而感覺銳敏。説唐人詩首推李、杜，而人不甚明白李白乃紈絝子弟，雲來霧去；老杜則任感情衝動，簡直不知如何去生活，其情感不論如何真實，感覺不論如何敏銳，總是"單翅"。

唐人重感，宋人重觀；一屬於情感，一屬於理智。宋人重觀察，觀察是理智的。簡齋有句：

　　　　蛛絲閃夕霽，隨處有詩情。
　　　　　　　　　　　　《春雨》

詩即從觀來，是理智。若其：

　　　　談餘日亭午，樹影一時正。
　　　　微波喜搖人，小立待其定。
　　　　　　　　　　　《夏日集葆真池上》

它則更是理智的矣，似不能與前"蛛絲"二句並論，蓋"蛛絲"二句似感。而余以為"蛛絲"二句，仍為觀而非感。必若老杜：

　　　　重露成涓滴，稀星乍有無。
　　　　暗飛螢自照，水宿鳥相呼。
　　　　　　　　　　　　《倦夜》

此四句，始為感。"暗飛螢自照"，似觀而實是感；"蛛絲閃夕霽"句太清楚，凡清楚的皆出於觀。"暗飛"句則是一種憧憬，近於夢，此必定是感，似醉，是模糊，而不是不清楚。

老杜詩有點"渾得"，而力量真厚、真重、真大，壓得住。後人不成，則真"渾得"矣。正如老嫗為獨子病許願，是迷信，而人不敢非笑之，且不得不表同情，即其心之厚、重、大，有以感人。老杜之誠即如此，誠於中而形於外。吾人儘管比老杜聰明，但無其偉大。"重露成涓滴，稀星乍有無。暗飛螢自照，水宿鳥相呼"，四句厚、重、大，不"渾得"。

宋人作詩必此詩，唐人則有一種夢似的詩。宋人詩有輪廓，以內是詩，以外非詩。唐人詩則係"變化於鬼神"，非輪廓所可限制。可見詩內非不容納思想。

宋初西昆體，有《西昆酬唱集》，內有楊億、劉筠、錢惟演等十七人。説者謂"西昆"完全繼承晚唐作風。晚唐詩感覺鋭敏而帶有疲倦情調，與西洋唯美派、頹廢派（decadent）頗相似。詩有"思"（思想）、"覺"（感覺）、"情"（情感）（此三點，俟後詳言）。晚唐只是感覺發達，而"西昆"所繼承並非此點。感覺是個人的，而同時也是共同的。有感覺即使不能成為偉大作家，至少可以成功。宋人並非個個麻木，唯"西昆"感覺不是自己的，而是晚唐的，只此一點，便失去了詩人創造的資格。

傳統力量甚大，然凡成功的作家皆是打破傳統而創立自己面目者。退之學工部，然尚有自己的"玩意兒"在。韓致堯學義山，雖小，但不可抹殺。不過西昆體亦尚有可得意之一點，即修辭上的功夫。於是宋以後詩人幾無人能跳出文學修辭範圍。後人詩思想、感情都是前人的，然尚能像詩，即因其文學修辭尚有功夫。

西昆體修辭上最顯著一點即使事用典（用典最宜於應酬文字）。此固然自晚唐來，而晚唐用故實乃用為譬喻工具，所寫則仍為自己感覺。至宋初西昆體而不然，只是一種巧合，沒有意義，雖亦可算做譬喻，然絕非象徵，只是外表上相似，玩字。故西昆詩用典只是文字障，及至好容易把"皮"啃下，到"餡"也沒什麼。（余作詩用典有二原因：一即才短，二即偷懶。）

　　仁宗初年蓋宋最太平時期，當時有二作家，即蘇舜欽子美、梅堯臣聖俞。歐陽修甚推崇此二人，蓋因歐感到"西昆"之腐爛。梅、蘇二人開始不作"西昆"之詩，此為"生"，然可惜非生氣（朝氣），而為生硬。同時，蘇、梅生硬之風氣亦如"西昆"之使是然，成為宋詩傳統特色。宋詩之生硬蓋矯枉過正。蘇、梅二人開宋詩先河，在詩史上不可忽略，然研究宋詩可不必讀。

　　此為宋詩萌芽時期。

　　至宋詩發育期，則有歐陽修。歐在宋文學史上為一重鎮，其古文改駢為散，頗似唐之退之，名"復古"，實"革新"。歐陽修文章學韓退之，但又非退之。桐城派 3 以為韓屬陽剛，歐屬陰柔，是也。歐散文樹立下宋散文基礎，連小型筆記《稽古錄》、《歸田錄》皆寫得很好。後之寫筆記者蓋皆受其影響，比韓退之在唐更甚。此並非其詩文成就更大，乃因其官大。

　　歐文不似韓而好，詩學韓似而不好，其缺點乃以文為詩。此自退之、工部已然，至歐更顯，尤其在古詩。故宋人律、絕尚有佳作，古詩則佳者頗少，即因其為詩的散文，有韻的散文。此在宋亦成為風氣。歐氏作有《廬山高》，自以為非李太白不能為也 —— 人自負能增

---

③　桐城派：清代文壇最大散文流派，其主要代表人物方苞、劉大櫆、姚鼐均為安徽桐城人，故名。桐城派講究義法，提倡義理，要求語言雅潔，反對俚俗。

加生活勇氣，然亦須反省 —— 可是太白詩真不像歐。

歐後有王安石。蘇東坡見其詞謂為"野狐精"。實際觀之，詩、文、詞、字皆"野狐精"，然足以代表其個性、缺點、共同性，不過真了不起。

元遺山《論詩絕句》之一有云：

> 奇外無奇更出奇，一波才動萬波隨。
> 只知詩到蘇黃盡，滄海橫流卻是誰？

至蘇、黃，宋詩是完成了，而並非成熟，與晚唐之詩不同。

凡是對後來發生影響的詩人，是功首亦罪之魁。神是人格最完美的，人是有短處、劣點的，唯其長處、美處足以遮蓋之耳。然此又不易學，創始者是功首也是罪魁，法久弊生。

宋之蘇、黃，似唐之李、杜，而又絕不同。蘇什麼都會，而人評之曰"凡事俱不肯着力"。"問君無乃求之歟，答我不然聊爾耳。"（《送顏復兼寄王鞏》）人之發展無止境，而人之才力有限制。余以為蘇東坡未嘗不用力，而是到彼即盡，沒辦法。

東坡有《郭祥正家醉畫竹石壁上，郭作詩為謝且遺二古銅劍》：

> 空腸得酒芒角出，肝肺槎牙生竹石。
> 森然欲作不可回，吐向君家雪色壁。
> 平生好詩仍好畫，書牆涴壁長遭罵。
> 不嗔不罵喜有餘，世間誰復如君者。
> 一雙銅劍秋水光，兩首新詩爭劍鋩。
> 劍在牀頭詩在手，不知誰作蛟龍吼。

蘇寫酒"芒角出"，陶公寫酒"悠悠迷所留，酒中有深味"（《飲酒二十首》其十六）。陶詩十個字調和，無抵觸；蘇詩"空腸得酒芒角出，肝肺槎牙生竹石"，不調和。"平生"以下四句是有韻的散文，太浮淺。蘇此詩思想、感覺、感情皆不深刻，只是奇，可算得"奇外無奇更出奇"。而奇決站不住，然是宋詩，非唐詩。新奇最不可靠，是宋詩特點，亦其特短。此詩感覺不敏銳，情感不深刻，是思想，然非近代所謂思想。詩中思想絕非判斷是非善惡的。蘇東坡思想蓋不能觸到人生之核心。蘇公是才人，詩成於機趣，非醞釀。

蘇之成為詩人因其在宋詩中是較有感覺的。歐陽修在詞中很能表現其感覺，而作詩便不成。陳簡齋、陸放翁在宋詩人中尚非木頭腦袋，有感覺、感情。蘇詩中感覺尚有，而無感情，然在其詞中有感情——可見用某一工具表現，有自然不自然之分。大晏、歐陽修、蘇東坡詞皆好，如詩之盛唐。

蘇之"雨中荷葉終不濕"句出自其《別子由三首兼別遲》（遲：子由之子），詩共三首，其第二首：

> 先君昔愛洛城居，我今亦過嵩山麓。
> 水南卜築吾豈敢，試向伊川買修竹。
> 又聞緱山好泉眼，傍市穿林瀉冰玉。
> 遙想茅軒照水開，兩翁相對情如鵠。

沒味，感覺真不高。第三首：

> 兩翁歸隱非難事，唯要傳家好兒子。
> 憶昔汝翁如汝長，筆頭一落三千字。

> 世人聞此皆大笑，慎勿生兒兩翁似。
>
> 不知樗櫟薦明堂，何以鹽車壓千里。

　　這是説明，是傳統的、教訓的、批評的，很淺薄，在詩中不能成立。要説到"滄海橫流卻是誰"，學詩單注意及此便壞了。

　　想像蓋本於實際生活事物，而又不為實際生活事物所限，故近於幻想而又與之不同。老杜：

> 浮雲連陣沒，秋草遍山長。
>
> 聞説真龍種，仍殘老驌驦。
>
> 哀鳴思戰鬥，迴立向蒼蒼。
>
> 　　　　　　　　　（《秦州雜詩二十首》之一）

　　數句是想像而非幻想，想像非實際生活而本於實際生活。死於句下是既無想像又無幻想。宋詩幻想不發達，有想像然又為理智所限，妨礙詩之發展。

　　東坡好為翻案文章，蓋即因理智發達，如其"武王非聖人也"（《武王論》），然亦只是理智而非思想。思想是平日醞釀含蓄後經一番濾淨、滲透功夫。東坡只是靈機一動，如其《登州海市》（七言古）引退之詩"豈非正直能感通"（《謁衡嶽廟遂宿嶽寺題門樓》）。蘇寫登州海市，海市冬日不易有，而東坡於冬日一禱告，便有海市出現：

> 歲寒水冷天地閉，為我起蟄鞭魚龍。
>
> 重樓翠阜出霜曉，異事驚倒百歲翁。

　　於是聯想到韓詩：

潮陽太守南遷歸，喜見石廩堆祝融。

自言正直動山鬼，豈知造物哀龍鍾。

前日"異事驚倒百歲翁"，此又曰"豈知造物哀龍鍾"，此比韓近人情味，亦翻案。又：

天門夜上賓出日，萬里紅波半天赤。

歸來平地看跳丸，一點黃金鑄秋菊。

（《送楊傑》）

"萬里紅波半天赤"句沒想像，而老杜"秋草遍山長"好。由此可知，文學注意表現更在描寫之上。作詩時更要抓住詩之音樂美。蘇之"萬里"句，既無威風又無神韻。再如其"魂撲湯火命如雞"（《獄中寄子由》），真幼稚。老杜則雖拙而不稚。

宋詩無幻想，想像力亦不夠，故七古好者少，反之倒是七絕真有好詩。如東坡：

荷盡已無擎雨蓋，菊殘猶有傲霜枝。

一年好景君須記，最是橙黃橘綠時。

（《贈劉景文》）

有想像。秋景皆謂為衰颯、淒涼，而蘇所寫是清新的，亦如"秋草遍山長"，字句外有想像。至其《惠崇春江晚景》：

竹外桃花三兩枝，春江水暖鴨先知。

蔞蒿滿地蘆芽短，正是河豚欲上時。

"竹外桃花三兩枝"，直煞；而"春江水暖鴨先知"句，有想像；

清・王禮《春江知暖圖》

惠崇春江絕不能畫河豚，而曰"正是河豚欲上時"，好，有想像。

黃山谷有《題陽關圖》：

> 斷腸聲裏無形影，畫出無聲亦斷腸。
> 想見陽關更西路，北風低草見牛羊。

着力，真是想瘋了心。找遍蘇集無此一首。然山谷乃 second-hand 之詩人，第二手，間接得來，拿人家的 —— 北朝民歌《敕勒歌》"風吹草低見牛羊"，整舊如新。凡山谷出色處皆用人之詩，整舊如新。

詩有詩學，文有文法。有文然後有法，而文不必依法作。讀詩非讀玄。

詩之工莫過於宋，宋詩之工莫過於"江西派"，山谷、後山、簡齋。人謂山谷詩如老吏斷獄，嚴酷寡恩。不是說斷得不對，而是過於嚴酷。在作品中我們要看出它的人情味。而黃山谷詩中很少能看出人情味，其詩但表現技巧，而內容淺薄。"江西派"之大師，自山谷而下十之九有此病，即技巧好而沒有意思（內容），缺少人情味。功夫到家反而減少詩之美。《詩經·小雅·采薇》之"楊柳依依"豈經錘煉而來？且"依依"等字乃當時白話，千載後生氣勃勃，即有人情味。

宋人對詩用功最深，而詩之衰亦自宋始。

凡一種學說成為一種學說時，已即其衰落時期。上古無所謂詩學反多好詩，既成為詩學則真詩漸少，偽詩漸多。莊子說"聖人不死，大盜不止"（《莊子·胠篋》）—— 反言；"大道廢"然後"有仁義"（《道德經》）—— 順言。大道不衰，何來仁義？凡成一種學問即一種口號 —— 有了口號就不成。"掊鬥折衡，而民不爭。"（《莊子·胠篋》）

　　凡一種名義皆可作偽。所謂偽詩，字面似詩，皆合格律，而內容空虛。後人之陳舊不出前人範圍，蓋俗所說“太陽底下沒有新鮮的事”。不講貨，但注意“字型大小”，此事之所以衰。故說“具眼學人”，學人須具眼，始能別真偽。大詩人應如工廠，自己織造，或不精緻而實在自己出的。偽詩人如小販，乃自大工廠躉來，或裝潢很美麗，然非自造。詩應為自己內心真正感生出來，雖與古人合亦無關。不然雖不同亦非真詩。

第二講

簡齋簡論

　　陳與義，字去非，號簡齋，《宋史》有傳。《四庫全書總目提要》言簡齋嘗以《墨梅》詩受知於徽宗，又言高宗尤喜其“客子光陰詩卷裏，杏花消息春雨中”（《懷天經智老因訪之》）之句。

　　方回《瀛奎律髓》言詩當以杜甫為一祖，以黃庭堅（山谷）、陳師道（後山）、陳與義（簡齋）為三宗。[①] 簡齋自言曰：詩至老杜極矣，蘇黃公後振之而正統不墜。東坡賦才大，故解縱繩墨之外而用之不窮；山谷措意深，故遊詠玩味之餘而索之益遠。要必識蘇黃之所不為，然後可以涉老杜之涯涘矣。[②]

　　簡齋“客子光陰詩卷裏，杏花消息春雨中”二句並不偉大，而是詩，此必心思細密之作，絕非浮躁之言。青年不可心浮氣粗，要心思

---

① 見方回《瀛奎律髓》卷二十六評陳與義《清明》：“古今詩人，當以老杜、山谷、後山、簡齋四家為一祖三宗，餘可預配饗者有數焉。”

② 見《簡齋集原引》：“詩至老杜極矣，東坡蘇公、山谷黃公奮乎數世之下，復出力振之，而詩之正統不墜。然東坡賦才也大，故解縱繩墨之外而用之不窮；山谷措意也深，故遊詠玩味之餘而索之益遠，大抵同出老杜而自成一家。如李廣、程不識之治軍，龍伯高、杜季良之行已，不可一樂語也。近世詩家知尊杜矣，至學蘇者乃指黃為強。而附黃者亦謂蘇為肆，要必識蘇黃之所不為，然後可以涉老杜之涯涘。”

周密，而心胸要開闊。着眼高，故開闊；着手低，故周密。對生活不鑽進去，細處不到；不跳出來，大處不到。《離騷》我們學不了，而應讀，讀之可開闊心胸。前所言"客子"二句，全詩是：

今年二月凍初融，起睡苕溪綠向東。
客子光陰詩卷裏，杏花消息春雨中。

此詩實前二句意更好，三、四句小氣，此才力、體力不夠故也。王維《奉和聖制從蓬萊向興慶閣道中留春雨中春望之作應制》：

雲裏帝城雙鳳闕，雨中春樹萬人家。

京城春色，大氣。"春色滿園關不住，一枝紅杏出牆來"（葉紹翁《遊園不值》），亦小氣。簡齋詩就全體看似不深刻、不偉大，而總有一二句真深刻偉大。才力不夠可以學力濟之，而體力不夠便沒法。此首詩後二句該拚命了，若老杜就拚了，而簡齋則不成了。詩人中有志之士原亦想有一番作為，而結果不成，其志可嘉，其力不足。

Human, All Too Human，尼采（Nietzsche）[3] 著作。俗人、世人，太人味。Superman，超人。大詩人、大思想家，其感覺、思想往往與吾輩凡人不同，是超人。凡優柔寡斷之人一事無成，就是太人味了。中庸之士只在古人圈套中轉，是詩人也不好。

簡齋，poet, too poetic（詩人，太詩味）。

簡齋有《試院書懷》：

---

[3]　尼采（1844—1900）：德國哲學家，現代西方哲學開創者。有《悲劇的誕生》、《不合時宜的思考》、《查拉斯圖拉如是說》等著作。

細讀平安字，愁邊失歲華。

疏疏一簾雨，淡淡滿枝花。

投老詩成癖，經春夢到家。

茫然十年事，倚杖數棲鴉。

這樣的詩放在誰的集子裏都成，只"疏疏一簾雨，淡淡滿枝花"
一聯，尚頗可代表簡齋作風，近於晚唐，與兩宋其他作家不同。簡齋
詩學晚唐而清新。

作詩太詩味了，是因為詩的情調太多而生的色彩太少。陶淵明、
杜工部詩，生的色彩濃厚、鮮明而生動。晚唐詩生的色彩未嘗不濃
厚、鮮明，而不生動。如李義山有詩的情調，也有生的色彩，但不太
生動，只是靜止。如：

君問歸期未有期，巴山夜雨漲秋池。

何當共剪西窗燭，卻話巴山夜雨時。

（《夜雨寄北》）

這首詩技術非常成熟，情調非常調和，可代表義山。詩如燕子迎
風，方起方落，真好。[4]"君問歸期"後若接"情懷惆悵淚如絲"便完
了。義山接"巴山夜雨漲秋池"，好，自己欣賞、玩味自己（欣賞還不
是觀察研究）。欣賞外物容易，欣賞自己難。詩人之藝術但有"覺"（感
覺）還不成，還要有自我欣賞。平常自賞是自喜，風流自賞（喜：孤
芳自賞）。余所說自賞，有自覺、自知的根基。人有感覺、思想，必
更加以感情的催動，又有成熟的技術，然後寫為詩。義山寫此詩有熱

----

④　葉嘉瑩此處有按語：比喻好。

烈感情而不任感情泛濫。寫詩無感情不成，感情泛濫也不成。所以詩
人當能支配自己感情，支配感情便是欣賞。在"君問我歸期"我說"未
有歸期"時，正是"巴山夜雨漲秋池"，說"漲"非肉眼所見，是心眼
見。後兩句繞彎子欣賞，把感情全壓下去了。太詩味了，不好。感情
熱烈還有工夫繞彎子？衝動不夠，花樣多，欣賞多。

　　中國一切都是技術成熟，衝動不夠。生的色彩濃厚、鮮明、生
動，在古體詩當推陶公、曹公，近體詩則老杜。如：

　　　　哀鳴思戰鬥，迴立向蒼蒼。

　　　　　　　　　　　　　　　（杜甫《秦州雜詩二十首》之一）

　　老杜七絕，人多選《江南逢李龜年》一首，此乃晚唐作風所由
出，非老杜之所特長，老杜七絕之好處在於其他詩人以為可笑之處。
蛟龍在雲中是飛騰變化，詩人為所震撼；而世人見池龍便笑之，其實
池龍之蟠居亦勝於魚蝦遠矣。老杜《江畔獨步尋花》：

　　　　走覓南鄰愛酒伴，經旬出飲獨空牀。

　　生的色彩濃厚、生動。老杜也有自我欣賞，而其中仍有生的色
彩。花開何可不看？不幾日花便落了。看花何可不飲酒？故不惜"經
旬出飲"也。平常詩是音樂的演奏，老杜詩雖也有音樂美，而尚不是
生命的顫動。普通寫詩只是技術的訓練，而詩人的修養是整個的生
活，要在行住坐臥上下功夫。佛說"轉煩惱成菩提（智慧）"，則其中
有樂，明照破黑暗，樂打破煩惱，非另外有菩提。菩提種子愈大，煩
惱愈多。

　　轉世法為詩法。陶公、曹公轉世法為詩法是有辦法，老杜轉世法

為詩法則是無辦法——"此身飲罷無歸處，獨立蒼茫自吟詩"（《樂遊園詩》）。曹公是英雄中的詩人，老杜是詩人中的英雄。老杜"此身飲罷"二句，實與簡齋"一杯不覺流霞盡，細雨霏霏欲濕鴉"（《微雨中賞月桂獨酌》）一鼻孔出氣，而一大一小，相同是欣賞自己的悲哀，而不是有辦法，生的色彩不鮮明、濃厚，便只有詩法沒有世法。

前講詩法、世法時曾說：詩法離開世法站不住。人在社會上不踩泥、不吃苦、不流汗，不成。人穿鞋是為踩泥，何可惜鞋而不踩泥？老杜什麼都寫，有時也太不自愛惜，別人是太愛惜了，這年頭兒不能乾淨而要乾淨。

可以入佛而不可以入魔，人要經得起魔鬼試驗。有人是世法根本就不深，如孟浩然、韋應物，既未如曹之帶兵，又未如陶之種地，當然只有詩法，沒有世法。而簡齋則不然，簡齋經過困苦艱難，身經"靖康之亂"，頗似老杜經"天寶之亂"。原為老杜之世法，而寫孟、韋之詩法，此不是天才不夠不能寫，便是膽量不夠不敢寫。人遇困苦艱難要擔起來，既上陣便須衝鋒，"鞠躬盡瘁，死而後已"（諸葛亮《後出師表》），不可逃避。逃避艱難困苦的詩人，便是人生陣頭的逃兵。孟浩然、韋應物則根本未上陣，用不着衝鋒。

簡齋在亂中有詩《正月十二日自房州城遇金虜至奔入南山，抵回谷張家》（此長題豈非老杜世法題目），詩之首二句曰：

> 久謂事當爾，豈意身及之。

這兩句真沉痛，但不顫動。是散文不是詩，詩可有此意，不可如此寫。就此二句可看出簡齋受黃山谷、陳後山影響，山谷、後山是要將長句縮短，用錘煉的功夫。此不能不說是修辭上的功夫，而若認定該如此便毫無生動了，無水流花開之美。簡齋"疏疏一簾雨，淡淡滿枝花"，雖不是水流花開，也絕不似山谷、後山之如石如鐵。

"斗酒雙柑，往聽黃鸝"⑤，記六朝戴顒事。此是"出"，擺脫塵世，跳出人生，沒入自然，整個人格與大自然融為一體。詩中高於人生色彩的未必是積極的，有的是傷感、消極，停頓在一點，咀嚼、玩味自己的悲哀（此較欣賞更深入）。此雖非積極，然尚能咀嚼玩味。後之詩人多不免沾染佛家皮毛、道家糟粕，能免乎此者不是糟得要不得，必是偉大的詩人，如曹公。愈到後世，對人生愈進不去，不能入；不能入，也不能出。進，需要點力量；出，需要點力氣。吾輩凡人既無進去的力量，又無出來的力氣，陳簡齋即如此。末流詩人多是未能入，何論出？在人生旁觀地位而又不能清楚觀察，如西洋作家之冷嘲熱諷。站在旁觀地位去寫人生，能入能出，仍當推陶公。太白則視人生如敝屣，長篇詩火氣未退，太白絕句好。

說到"出"，一是輕視，一是厭惡。輕視亦有二種：一種是自欺，吃不到葡萄說葡萄酸；一種是根本生來就看不起。神＋獸＝人，二者一偏，一去不返。輕視是天生沒看起，厭惡是醉飽後的嘔吐，再見後看也不看，不見時想也不想。魯迅先生說釋迦牟尼對人生的態度是醉飽後的嘔吐，《佛本行經》記，釋迦幼年時極天下之養。天生輕視者少，厭惡者多。佛之出家是敗子回頭，由低返高，而若忠臣惜死，則是由高返低。進入得愈深，出來得愈高。只在人世浮沉，入得也不深，出來得也不會高。某禪宗大師曰："人冷一晌熱一晌，便了卻一

---

⑤　見唐馮贄《雲仙雜記・俗耳針砭詩腸鼓吹》引《高隱外書》："戴顒春攜雙柑斗酒，人問何之，曰：'往聽黃鸝聲。'"

生。”平常人三天打魚，兩天曬網，一曝十寒，冷一晌，熱一晌，了卻一生。若如班超之投筆從軍，扔下後再也不幹了，也使人佩服。

簡齋《正月十二日自房州城遇金虜至奔入南山，抵回谷張家》詩中又有句：

> 避兵連三年，行半天四維。
> 我非洛豪士，不畏窮穀飢。
> 但恨平生意，輕了少陵詩。
> 今年奔房州，鐵馬背後馳。
> 造物亦惡劇，脫命真毫釐。
> 南山四程雲，布襪傲險巇。
> 籬間老炙背，無意管安危。

簡齋才真短，“今年奔房州，鐵馬背後馳”，不只模糊，簡直空洞。子曰：“氣可以養而致。”⑥余以為“力可以養而致”。且看老杜《彭衙行》：

> 憶昔避賊初，北走經險艱。
> 夜深彭衙道，月照白水山。
> 盡室久徒步，逢人多厚顏。
> 參差谷鳥吟，不見遊子還。
> 癡女飢咬我，啼畏虎狼聞。
> 懷中掩其口，反側聲愈嗔。
> 小兒強解事，故索苦李餐。

---

⑥　見《孟子‧公孫丑》：“我善養吾浩然之氣。”蘇轍《上樞密韓太尉書》：“文者氣之所形，然文不可以學而能，氣可以養而致。”

> 一旬半雷雨，泥濘相牽攀。
> 既無禦雨備，徑滑衣又寒。
> 有時經契闊，竟日數里間。
> 野果充糇糧，卑枝成屋椽。
> 早行石上水，暮宿天邊煙。

此在老杜尚非精心結撰之作，老杜真會寫，也真賣力氣。簡齋不是不會，便是不賣力氣。簡齋寫一條線，老杜寫一片。

做詩人是苦行，一起情緒須緊張（詩感），又須低落沉靜下去，停在一點，然後再起來，才能發而為詩。詩的表現：（一）詩感，（二）醞釀，（三）表現。詩感是詩的種子，佳種；其次，冷下去則為醞釀時期，冷下去醞釀（發酵）；然後，才能表現。

事、生活（酵母）—→ 醞釀（發酵）—→ 文（作品）

簡齋《正月十二日自房州城遇金虜至奔入南山，抵回谷張家》一詩，根本未發酵。詩是表現（expression），不是重現（re-expression），事的"真"不是文學的"真"，作品不是事的重現，是表現。

陳簡齋《十月》有：

> 睡過三冬莫開戶，北風不貸芰荷衣。

此二句中"芰荷衣"，出於楚辭《離騷》：

> 製芰荷以為衣兮，集芙蓉以為裳。

《離騷》二句是象徵，是幻想。

象徵非幻想，而必須有幻想、有聯想的作家才能有象徵的作品。

象徵多是譬喻，譬喻是聯想，如"眉似遠山山似眉"，"眉"與"遠山"二者皆實有，唯詩能連不相干之二者為一身。至於象徵、幻想，根本無此物，"芰荷為衣"、"芙蓉為裳"乃現實中所不能有，而詩人筆下有，且是真實的有。

幻想又非理想，理想是推理，有階段性；幻想無階段，是跳躍的，非理想，而其中又未嘗不有理想，否則不會成為象徵。詩人筆下之幻想若無象徵意 味，不成其為詩。

屈子的象徵司馬遷能懂，其《屈原列傳》曰：

> 其志潔，故其稱物芳。

"物芳"象徵的是"志潔"，亦即不同於流俗，高出於塵世。此二句志潔、物芳互為因果。作者：志潔 ── 物芳；讀者：物芳 ── 志潔。此非世法，亦非出世法，是詩法。

簡齋亦有此意否？

真實詩人陸放翁

　　明"前後七子"①"有"復古運動",提倡漢魏、盛唐文學,如唐代韓愈之"非三代兩漢之書不敢觀"(《答李翊書》),而其創作離所提倡的標準甚遠。清以後盛行宋詩,多學"江西詩派"、黃山谷。通常所謂宋詩乃"江西詩派"之專稱,西昆體及陸游不在內。如唐人稱"花"專指牡丹,成都稱"花"指海棠。故若以"江西詩派"為宋詩代表,乃去北宋之"西昆"與南宋之放翁言之。

　　陸放翁詩七律、七絕好,尤以七絕為佳。在"江西派"後出陸一人,真為了不起人物。實則陸乃大師,量亦多,60 年來萬首詩(20 歲至 80 歲),陸 20 歲以前之詩皆不要。西洋人往往 40 歲後不作,或此前不作,老來忽作。中國如此者甚少,唯高適,50 後始學為詩。通常人只要不死,一直作。放翁亦如此,唯更忠實一點,而又以多故易流於濫,可以不作而仍作,如標題中類有"久不作詩,吟成一首"之語。

---

① 前後七子:明代中葉的兩個文學復古流派,"前七子"以李夢陽、何景明為代表,"後七子"以李攀龍、王世貞為代表。

　　放翁雖非偉大詩人，而確是真實詩人，先不論其思想感覺，即其感情便已夠得上真的詩人。忠實於自己感情，故其詩有激昂的，也有頹廢的；有忙迫的，也有緩弛的。別人有心學淵明、浩然，於是不敢寫自己忙迫、激昂之情感，此便算他忠於陶、孟（其實也難說），但他不忠於他自己。天下沒有不忠於自己而能忠於別人的。若有，真是奇跡。放翁忠於自己，故其詩各式各樣。因他忠於自己，故可愛，他是我們一夥兒。俗說"他鄉遇故知"，難道他鄉人不是人麼？但總覺不親近。一個詩人有時候之特別可愛，並非他作的詩特別好、特別高，便因他是我們一夥兒。

　　放翁忠實於自己，但放翁詩品格的確不太高。品格是中國做人最高標準，一輩子也做不完、行不盡。放翁詩品格不高或因其感情豐富，不能寬綽有餘。60 年間萬首詩，便因其忠於自己，感情豐富，變化便多，詩格不高而真。

> 老驥伏櫪，志在千里；
> 烈士暮年，壯心不已。
>
> 　　　　　（魏武帝《步出夏門行》）

> 心如病驥常千里，身似春蠶已再眠。
>
> 　　（放翁《赴成都泛舟自三泉至益昌謀以明年下三峽》）

　　放翁為此詩時或尚未甚老，故不曰"老驥"，而曰"病驥"。老驥雖志在千里而究竟已不能行千里，蠶再眠後便已無力，有心無力。除非是行屍走肉那樣的人，否則人到老年、病中，總有"心如病驥"二句之心情。放翁此二句真實。

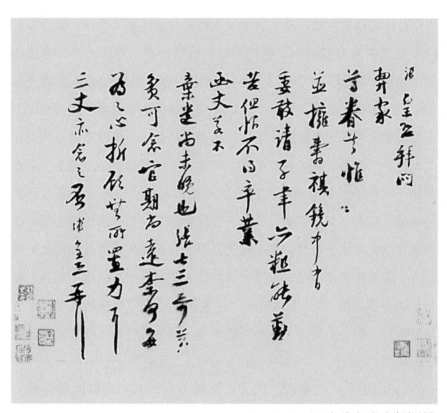

陸游書法《尊眷帖》

在中國詩中最講詩品、詩格。中國人好講品格，是好！西洋有言曰：我們需要更髒的手，我們需要更乾淨的心。更髒的手什麼都能做，掃地、除廁所。中國人講究品格是白手，可是白得什麼事全不做，以為這是有品格，非也。所以中國知識階層變成身不能挑擔，手不能提籃。魯迅先生說的，給你四兩擔能挑麼？三里路能走麼？現在人只管手，手很乾淨，他心都髒了、爛了，而只要身上、臉上、手上乾淨。我們講品格，可是要講心的品格，不是手的乾淨。書亦有書的品格，好書"天"、"地"都寬，寬綽有餘。此是中國藝術文學的靈魂。魯迅先生生前印書，鉛字間夾鉛條。魯迅先生富於近代精神，而他有中國傳統美學觀念。下棋亦有品格，棋品高的不但輸了不急，贏了也不趕盡殺絕。"其爭也君子"（《論語・八佾》），要強是要強，要好是要好，而心要寬綽。然而若轉下去，便流於阿Q，差之毫釐，謬以千里。

"如病驥"、"似春蠶"二句，格雖不高但真。放翁此種詩最易學。余有舊作"心似浮雲常蔽日，身如黃葉不禁秋"（《病中作》），"浮雲蔽日"是說常有亂七八糟的思想。人要有思想、感想、聯想，這是好的；而妄想、眩想、胡想要不得，所以說"浮雲蔽日"。余之二句即學放翁此二句。學七律當少讀放翁詩，蓋放翁詩少唐人渾厚之味，而人最易受其傳染。應小心。余當日恨學不像，今日恨去不盡。俗所謂"見獵心喜"，佛家所謂"積習難改"。

孟子曰"定於一"（《孟子・梁惠王上》）。固然孟子所說"定於一"是王天下，吾所言"定於一"是學道、學文，"顛沛必於是"，"造次必於是"（《論語・里仁》）。放翁非聖賢仙佛，心不能"定於一"，有時就痛快，有時就彆扭。如不是心特殊平靜，很難不如此。

　　放翁忠實於自己的感情，其詩多，詩的方面也多，有什麼說什麼。

> 兒童冬學鬧比鄰，據案愚儒卻自珍。
> 授罷村書閉門睡，終年不着面看人。
>
> 　　　　　　　　　　　　　　（《秋日郊居》其七）

　　現在先不講其思想，講其作詩時的心情，此情高，無人道及——自珍，愛惜自己。以放翁之脾氣，侍候於公卿之門，奔走於勢利之途；一個人除非沒品格，稍有品格，便知恭維人真是面上下不來，心上過不去。放翁有感覺，必有感於此。但既做官便不免如此，不如村夫子尚能自珍，保存自己天真——"終年不着面看人"！從此詩中看出放翁有消極，但放翁是意在恢復、有志功名的。他羨慕那個村夫子但做不到，既有心恢復、志在功名，怎能"不着面看人"？

　　一個人要向上、向前，但我們也愛一個忠於自己感情的人，雖然在理想上稍差，但是可愛。一個小孩子沒有理想可言，但是可愛。放翁雖志在恢復、有意功名，而有時也頗似小孩子可愛。

> 著囊藥笈每隨身，問病求占日日新。
> 向道不能渠豈信，隨宜酬答免違人。
>
> 　　　　（《甲子秋八月偶思出遊，往往累日不能歸，或遠至傍縣。
> 凡得絕句十有二首，雜錄入稿中，亦不復詮次也》之一）

　　人有時真會臉皮厚一點，心未免歪一點。這是平常人。一個非常人，心永遠正，平常人到某種場合，臉不免老，心不免歪，而吃虧在有感覺。自此首觀之，這老人很隨和，並非那樣倔老頭子。

　　在我們看來，天真是很可愛的。但處世還不可太天真了。一個詩人要天真，你想做什麼做什麼，想說什麼說什麼。但若如此，便不免碰釘子、吃苦。放翁天真、誠實（沒有天真不忠實的），但就因此吃苦、碰釘子。

> 志士山棲恨不深，人知已是負初心。
> 不須先說嚴光輩，直自巢由錯到今。
> （《雜感十首》）

> 勸君莫識一丁字，此事從來誤幾人。
> 輸與茅簷負暄叟，時時睡覺一頻伸。
> （《雜感十首》）

　　一個小孩子在家庭中總受虐待，若軟弱者則不免消極頹喪，其強者雖也不言不語，但長大了可做一番事業，然易動心思、性情，此非身體不健，乃心理不健，甚至會由憤慨變為左性。若由左性而為變態，更了不得。（如張獻忠之好殺人，蓋亦心理變態。）

　　“勸君”一首詩品格並不高，但不能說不真。至於“志士”一首，簡直有點左性了。像這樣的詩，放翁寫得不是不天真、不忠實，但少詩味。“勸君”一首情感仍是此情感，而作風變了。“頻伸”，動作不好看，有許多自己舒服的事不好看，好看的事並不舒服。

　　詩本是抒情的，但情太真了往往破壞詩之美，反之詩太美了也往往遮掩住詩情之真。故情真與辭美幾不兩立，必求情真與辭美之調和。古今詩人中很少有人能做到此點之完全成功。余讚美“三百篇”，並非開倒車，實在是它情既真而寫得也美。至於《離騷》，雖千古佳作，而到情感真實熱烈時，寫的不是詩，到寫的是詩的時候，又往往被詩之美遮掩了情之真。

薑愈老愈辣，放翁亦然：

> 黍醅新壓野雞肥，茆店酣歌送落暉。
> 人道山僧最無事，憐渠猶趁暮鐘歸。
>
> 　　　　　　　（《雜題六首》）

放翁詩到晚年有一特殊境界，即意境圓熟、音節調和。若前所舉"志士"、"勸君"二首則不免鋒芒畢露，是矛盾抵觸的，又可說之為"撐拒"，意境撐拒，不圓熟。放翁晚年圓熟，但詩品仍不高。此詩"黍醅"、"茆店"二句是說，日儘管落，我喝我的、吃我的；"人道"、"憐渠"二句是說，你出家人還是免不了煩惱，還不如我，比閒人還閒。一個人老在憤慨情形（矛盾、撐拒）之下，往往成為左性，成為變態。此種人至社會，往往生出一種不良影響。先不用說張獻忠，即如尼采（Nietzsche），有思想、有詩情，而他也有點心理不健康。這種人先不用說他給世人不良影響，他自己便活不了；先不用說活着苦，壓根兒就不能活長。一個人性情不平和與吃東西不消化一樣。放翁活那麼大年紀，可見其心情不老是憤慨矛盾，也有調和之時。

> 小艇上時皆綠水，短筇到處即青山。
> 二十四考中書令，不換先生半日閒。
>
> 　　　　　　　（《閒中自詠》）

> 我遊南賓春暮時，蜀船曾繫掛猿枝。
> 雲迷江岸屈原塔，花落空山夏禹祠。
>
> 《三峽歌》之一

　　放翁內心有憤慨，是否也有和諧健康的時候？"二十四歲中書令，不換先生半日閒"二句，雖明挑出一個"閒"字，似乎是和諧，實在不然，此亦自暴自棄（關於自暴自棄以下還要講到）。唯前兩句寫得好——"小艇上時皆綠水，短筇到處即青山"，真有點健康和諧。放翁活到八九十歲，必於憤慨激昂外有和諧健康之時，如上所舉《三峽歌》，原寫去國離鄉之情，但他寫得多美。暮春時節，先不用憤慨，已多傷感情調。中國古人真是有感覺，先不用說思想。人在暮春原是傷感情調，何況放翁離鄉去國？"雲迷江岸"尚是具體的，到"花落空山"則一片空靈。放翁詩中蓋無美過此二句者。此仍為中國傳統，無所謂善惡、是非、美醜、悲喜，就是一個東西。不能下一批評，一說就不是，純乎其為詩。

　　西洋有所謂素詩（Naked poetry），樸素的詩。"雲迷"二句不樸素，但一點別的成分沒有，純乎其為詩。即前說"二十四歲中書令"一首也非純詩，更無論"故舊書來"一首了：

> 故舊書來訪死生，時聞剝啄叩柴荊。
> 自嗟不及東家老，至死無人識姓名。
>
> 《雜感十首》

　　即使不是純詩，但真把不是詩的東西寫成詩了，這不過是詩人本領技術高才寫成詩了。大詩人無所不能寫，但不寫事物本身非詩者。"雲迷"、"花落"，即使放翁不寫，此事物也仍是詩。"雲迷江岸屈原塔"，非屈原不可，如此偉大人物，塔在雲迷之江岸；"花落空山夏禹祠"，非夏禹不可，如此偉大人物在空山中之祠住，暮春花落⋯⋯真是詩。

放翁詩方面很多，雖不偉大，而是一誠實詩人。

中國自古便說"修辭立其誠"（《易傳・文言》）。誠，從"言"義"成"聲，而以兼士先生 ② 之言，則"成"亦兼有義，不誠不成。放翁誠實，見到就寫，感到就寫，想到就寫，故其詩最多，方面最廣，不單調。初讀覺得新鮮，但不禁咀嚼，久讀則淡而無味。即使小時候覺得好的，現在也仍覺得好，所懂也仍是以前所懂，並無深意。

放翁詩多為一觸即發，但也是胸無城府，是誠，但偏於直。老杜之誠是誠實，如"國破山河在，城春草木深"（《春望》），讀之如嚼橄欖。放翁詩一觸即發，可愛在此，不偉大亦在此。"水之積也不厚，則其負大舟也無力。"（《莊子・內篇・逍遙遊》）

富家子弟也許其祖或父留給他許多財產、名譽、地位，但這些子弟多半不能自立，不是沒有天才，只是懶了，坐吃山空。在周秦諸子因祖上無所遺留，故須自己思想、自己感覺，後人感覺太粗、心太浮，便因古人留下的東西太多。

創作需要醞釀。如托爾斯泰、但丁（Dante）、歌德（Goethe），其偉大著作皆經若干年始能完成。"水之積也不厚，則其負大舟也無力。"可是，沒等成功就死了，怎麼辦？那也沒辦法。寧可不作，不

---

② 兼士先生：沈兼士（1887—1947），名巶，沈尹默之弟，語言文字學家，曾任教於北京大學、輔仁大學，顧隨之師。

可作了不好。所以我們想學文學，亦須注意身體。道家講長生，佛家講無生。但佛家生時也求延長壽命，不過與道家之求長生不同，佛之求長生是手段，長生以吃苦、得道；道家則是以長生為目的。

創作貴在醞釀。然而蘇東坡又說"兔起鶻落，稍縱即逝"（《文與可畫篔簹谷偃竹記》），日人鶴見祐輔《思想·山水·人物》③（魯迅譯）其書曾言：思想是小鳥似的東西。此豈非與醞釀衝突？我們要用兩方面的功夫。尤其是寫大著作，必須要有醞釀功夫；至如寫抒情詩，還須一觸即發。《水滸》中的魯智深是即興詩人。即興詩即抒情詩，但即興詩絕不宜於長，絕不宜於多。如唐之即興詩人（抒情詩人）王、孟、韋、柳，其詩集多為薄薄一本。孟浩然詩集最薄，但幾乎每首都是好詩。即興詩要作得快，不宜多，多則重複；不宜長，長則鬆懈。放翁便是如此。唐人絕句尤其五言，何以是古今獨步？"兔起鶻落"，唐人於此真是拿手。唐人每人都有五言絕句，但絕對不多。創作愈短愈快，愈長愈慢。宋人不會作五言詩，不知何故。

放翁詩蓋七言絕句最好。放翁詩修辭、技巧、音節好。在七律中修辭有重複之處，並非無變化，而萬首詩安得不有重複？譚叫天唱戲有時減戲詞兒，即避免重複。創作上之重複過多則可厭。七律八句，而中間四句又須對仗，原少變化，故易重複。

放翁詩中找不到奇情壯采。太白詩中奇情多，如《夢遊天姥吟留別》，是奇情；老杜《觀公孫大娘弟子舞劍器行》，是壯采。

放翁詩有奇氣，如"早歲那知世事艱，中原北望氣如山"（《書

---

③　鶴見祐輔（1885—1973）：日本自由主義者、政治家，著有隨筆集《思想·山水·人物》。其《思想·山水·人物》一書寫道："思想是小鳥似的東西，忽地飛向空中去。去了以後，就不能再捉住了。除了一出現，便捉來關在小籠中之外，沒有別的法。"

憤》)。放翁活得年歲大，到死氣不衰，"王師北定中原日，家祭無忘
告乃翁"(《示兒》)。放翁好使氣而有時斷氣，老杜詩氣不斷。太白飛
而能沉，飛而能鎮紙，如《蜀道難》；老杜沉而能飛，如"天地為之久
低昂"(《觀公孫大娘弟子舞劍器行》)，即此皆中氣足；放翁飛不起
來，沉不下去，有時氣一提要斷。魯迅先生不喜聽戲，《社戲》中提
到有唱老旦的龔雲甫④，他有時唱不接氣。

今天要說放翁是有希望、有理想的，但他的理想未能實現，希望
也成水月鏡花，如此則弱者每流於傷感、悲哀，強者則成為憤慨、激
昂。放翁偏於後者，是由憤慨走上自暴自棄。(人勸他，他說，自當
我死了！用硬話刺人。) 放翁有自暴自棄的心情，此心情甚有趣：

> 拂劍當年氣吐虹，喑嗚坐覺朔庭空。
> 早知壯志成癡絕，悔不藏名萬衲中。
>
> 　　　　　　　　　　　　(《觀華嚴閣僧齋》)

此是放翁自暴自棄。前二句是自暴，後二句是自棄：早知如此還
不如做個出家人！《雜感十首》中"故舊書來"一首亦然。但一個人
老在憤慨心情下，且抱有自暴自棄心理，這樣人便不能活了。所以一
個人要健康，健康指靈、肉兩方面 (或曰心、物)，有此健康才能生
出和諧 (調和)，不矛盾，由此才能生出力量 (集中) 來。此點與宗教
之修養同。此種力量才是真正力量。如放翁之憤慨、自暴自棄，是不
健康、不調和的，但他也有力量，而他的力量不是矛盾的，便是分裂
的。沒有一個矛盾不是分裂的，分裂的力量較集中的力量為小。特別

---

④　龔雲甫 (1862—1932)：京劇演員，工老旦，唱腔新穎，做功細膩。

是一個詩人，必要得到心的和諧，即使所寫是矛盾、是分裂，而心境也須保持和諧。

魯迅先生譯廚川白村《苦悶的象徵》，開篇曰：有二物摩擦時便有力。⑤摩擦是矛盾、是分裂，此豈不異於余之前說？然余在年輕時亦甚以為然，以為如水之激石，但近時對此頗不以為然。大河之水並無東西阻礙，只在堤中流，它的力量便已夠大了，可以灌溉，可以行船。放翁憤慨，甚至有時自暴自棄。信陵君之"飲醇酒，近婦女"（《史記·魏公子列傳》），固是自殺，憤慨激昂是有志之士，但不是有為之士。

王荊公云："文章尤忌數悲哀。"（《李璋下第》）於此，恨不能起荊公於九原而問之：文忌悲哀，是否因悲哀不祥？先生莫不是寫過這樣文字而倒楣？其實是倒楣之人才寫悲哀文字。不過，余之立意不在此。一個有為之士是不發牢騷的，不是掙扎便是養精蓄銳，何暇牢騷？放翁活到八九十歲，激昂憤慨之外亦有和諧健康之時，如前所舉《三峽歌》。

放翁詩寫自己的悲劇也是真誠的。他的"菊枕"詩：

采得黃花做枕囊，曲屏深幌悶幽香。
喚回四十三年夢，燈暗無人說斷腸。

少歲曾題菊枕詩，殘篇蠹稿鎖蛛絲。
人間萬事消磨盡，只有清香似舊時。

---

⑤　廚川白村《苦悶的象徵》第一部分《創作論》開篇指出："有如鐵和石相擊的地方就迸出火花，奔流給磐石擋住了的地方那飛沫就現出虹彩一樣，兩種的力一衝突，於是美麗的絢爛的人生的萬花鏡，生活的種種相就展開來了。"

（《余年二十時嘗作菊枕詩頗傳於人今秋偶復採菊縫枕囊淒然有感》）

此二首詩有其不可磨滅的價值在，不偉大，亦可存在、流傳——以其真，真的情感、真的景致。前無古人，後人學亦不及。雖小而好，雖好而小。多而好，唯李、杜能之，他人不可求全。

此二詩有本事，即《釵頭鳳》詞。詞並不好，事是悲劇。82歲時作詩提到沈園還難過，此二首乃六十餘歲作。有時有沉痛情感而不能詩化、昇華為詩，而陸放翁成功了。"七陽"韻是響韻，而陸此詩不響。43年前事同誰說？後妻、兒女皆不可與言，限於禮教、名譽、感情。不能說而說出一點，真好。"燈暗無人說斷腸"，淚向內流。打掉門牙向肚裏嚥，尚不令人難過；唯此詩不逞英雄，更令人難過。次首句子更平常而更動人。20歲時舊稿，今則蛛絲皆滿，況枕乃唐氏所縫，唯清香似43年前情味。第二首結句，"只有清香似舊時"，"支"韻是啞韻，句中用"香"字，"香"字響。第一首結句"燈暗無人說斷腸"，"陽"韻是響韻，句中用"暗"、"無"，此乃調和之美。放翁此詩真，平易近人，人情味重。

菊枕詩之前三年，放翁有《沈園》詩：

> 城上斜陽畫角哀，沈園非復舊池台。
> 傷心橋下春波綠，曾是驚鴻照影來。
>
> 夢斷香消四十年，沈園柳老不吹綿。
> 此身行做稽山土，猶弔遺蹤一泫然。

此二首較前所舉"菊枕"二首露骨。此二首比前二首差三年，60

歲作，不如"菊枕"二首。第一首次句"沈園非復舊池台"，是說什麼都完了。第二首較第一首好，亦因次句好，"沈園柳老不吹綿"，真令人銷魂、斷腸，樹猶如此，人何以堪。（沈園乃在魯迅先生故鄉，今有春波橋、禹跡寺。）

放翁80歲後，夢過沈園，又有二詩《十二月二日夜夢遊沈氏園亭》：

> 路近城南已怕行，沈家園裏更傷情。
> 香穿客袖梅花在，綠蘸寺橋春水生。
>
> 城南小陌又逢春，只見梅花不見人。
> 玉骨久成泉下土，墨痕猶鎖壁間塵。

次首較前首好，尤好在次句，"只見梅花不見人"！"沈園"之四絕即放翁了不起處，雖無奇情壯采而真，乃"江西詩派"所無。"江西詩派"但為理智，無感情。而詩究為抒情的，太理智了不是詩。西洋有哲學思想詩人，中國理學家詩好的少，即因無感情。放翁有真感情，對"江西派"革命，雖佩服而不走其路子。

平常人崇拜聖賢、英雄、仙佛，而與之相處必不舒服，世上無此等人則乾燥寂寞，故需要英雄、聖賢、仙佛，而吾輩俱是凡夫，不易與之相處。詩中有李、杜，如世之有仙佛，仙佛是好，而其所想離吾人太遠，猶河漢之無極也。放翁則如老朋友輩談心，即所謂平易近人，即所謂前所說他是"我們一夥兒"。

後人讀放翁詩容易愛好，故易學成其味道。放翁以後之詩人，不管他晚年有何成就，他早年學詩初一下手時，必受放翁影響，不知不覺學放翁，其他顯而易見專學放翁者更多，而後人學之者很難如陸之"圓"。

詞之"三宗"

"江西詩派"有"一祖三宗"之説:"一祖"為杜甫,"三宗"為黃庭堅（山谷）、陳師道（後山）、陳與義（簡齋）。詞史亦有"一祖三宗":詞之"一祖"乃李後主,詞之"三宗"乃馮延巳（正中）、晏殊（同叔）、歐陽修（六一）。

詞之"一祖"乃李後主,開山大師多是天縱之才,無師自通。詞之"一祖"故不論,今且略説其"三宗"。

馮正中,沉着,有擔荷的精神。中國人多缺少此種精神,而多是逃避、躲避,如"偶過竹院逢僧話,又得浮生半日閒"（李涉《題鶴林寺僧舍》）。寧願同學不懂詩,不作詩,不要懂這樣詩,作這樣詩。人生沒有閒,閒是臨陣脱逃。馮正中"和淚試嚴妝"（《菩薩蠻》）,雖在極悲哀時,對人生也一絲不苟。

胡適之講大晏:

> 閒雅富麗之中帶着一種淒婉的意味。（《詞選》）

"閒",安閒自在。"閒雅富麗"是外形,"淒婉"是内容。然胡氏所言只對一半，閒雅、富麗、淒婉之外還有東西。

> 金風細細，葉葉梧桐墜。綠酒初嚐人易醉。一枕小窗濃睡。
> 紫薇朱槿花殘。斜陽卻照闌干。雙燕欲歸時節，銀屏昨夜
> 微寒。(《清平樂》)

大晏此首除外表閒雅、內容淒婉外，則毫無可取。文章要"心物一如"，生活亦然，物質、心靈打成一片。作這樣的詞，沒這樣的生活環境不成——物；有此生活，而沒這樣心靈修養也不成——心。(雖陶、杜亦不成。)

大晏的特色乃明快——此與理智有關。平常人所謂理智不是理智，是利害之計較，或是非之判別。文學上的理智是經過了感情的滲透的，與世法上乾燥、冷酷的理智不同，這便是明快。如《少年遊》：

> 霜前月下，斜紅淡蕊，明媚欲回春。莫將瓊萼等閒分，留
> 贈意中人。

馮正中對人生只是擔荷，大晏則是有辦法。《珠玉詞》乃是《陽春詞》的蛻化，並非相反。馮氏有擔荷精神，大晏有解決的辦法。

韋端己有詞：

> 春日遊，杏花吹滿頭。陌上誰家年少，足風流。妾擬將身
> 嫁與，一生休。縱被無情棄，不能羞。(《思帝鄉》)

馮正中有詞：

> 春日宴，綠酒一杯歌一遍。再拜陳三願，一願郎君千歲，
> 二願妾身常健，三願如同樑上燕，歲歲長相見。(《長命女》)

韋、馮寫這樣詞是偶然的，大晏寫"莫將瓊蕚等閒分。留贈意中人"不是偶然的，是意識了的。他如：

滿目山河空念遠，落花風雨更傷春。不如憐取眼前人。

（《浣溪沙》）

不如憐取眼前人，免使勞魂兼役夢。（《木蘭花》）

不如歸傍紗窗，有人重畫雙蛾。（《相思兒令》）

閒役夢魂孤獨暗，恨無消息畫簾垂。且留雙淚說相思。

（《浣溪沙》）

詩中非不能表現理智，唯須經感情之滲透。文學中之理智是感情的節制。感情是詩，感情的節制是藝術。普通人不是過，便是不及。李義山在某種程度上比老杜高，就在此。義山詩"五更疏欲斷，一樹碧無情"（《蟬》），上句尚不過寫實；下句真好，是感情的節制，詩之中庸。①

陶淵明詩有豐富熱烈的感情，而又有節制，然又自然而不勉強。大晏詞感情外有思力，"滿目山河空念遠"三句可為大晏代表，理智明快，感情是節制的，詞句是美麗的。人生最留戀者過去，最希冀者將來，最悠忽者現在——現在在哪兒？沒看見。人真可憐，就如此把一生斷送了。"滿目山河空念遠，落花風雨更傷春"是希冀將來、留戀過去，而"不如憐取眼前人"是努力現在。"無可奈何花落去，似曾相識燕歸來"二句，像小可憐兒，不如此三句。這樣作品不但使

---

① 葉嘉瑩此處有按語："一樹"句是感情之藝術的表現，此即顧先生所謂"節制"，並非壓抑。又按：大晏之節制有理性的反省、安排。

你活着有勁，且使你活着高興。（現在中國作品不但讀後沒勁，連讀後使人自殺的作品都沒有。）你不要留戀過去，雖然過去確可留戀；你不要希冀將來，雖然將來確可希冀。我們要努力現在。儘管要留戀過去、希冀將來，而必須努力現在。這指給我們一條路。

　　大晏說"不如憐取眼前人"；"不如歸傍紗窗，有人重畫雙蛾"，假如"眼前"無人可"憐"，"窗下"也無人"畫雙蛾"，則"且留雙淚說相思"。義山有詩句："可能留命待桑田。"（《海上》）

　　只論"留"字，義山此"留"字與大晏的"留贈意中人"、"且留雙淚說相思"二"留"字同，而義山用"可能"二字是懷疑的；不如大晏，大晏是肯定的，不論成功、失敗，都如此做。"正其誼不謀其利，明其道不計其功"[2]（董仲舒語），道家有取無與，而真正的愛是給予、犧牲而非取得。大晏所表現的境界與淵明相似。

　　王國維《人間詞話》云：

　　　《詩·蒹葭》一篇，最得風人深致。晏同叔之"昨夜西風凋碧樹。獨上高樓，望盡天涯路"，意頗近之。但一灑落，一悲壯耳。

《詩經·秦風·蒹葭》：

　　　蒹葭蒼蒼，白露為霜。
　　　所謂伊人，在水一方。
　　　溯洄從之，道阻且長。
　　　溯游從之，宛在水中央。

---

[2]　見《漢書》卷五六《董仲舒傳》："夫仁人者，正其誼不謀其利，明其道不計其功，是以仲尼之門，五尺之童羞稱五伯，為其先詐力而後仁義也。苟為詐而已，故不足稱於大君子之門也。"

真是詩味。後人皆不免裝腔作勢；古人則自然，不假修飾。《蒹葭》首二句是興，後六句説"伊人"，並非實有其人，乃伊人之幻影。是幻影（幻想、幻象）之追求，故"宛在水中央"。《蒹葭》是平的，頂多有向背、順逆之分而已。[③]而晏同叔之：

> 昨夜西風凋碧樹。獨上高樓，望盡天涯路。（《蝶戀花》）

則更多一手 —— 上下，真是悲壯、有力。此可代表中國文學之最高境界。張炎"折得一枝楊柳，歸來插向誰家"（《朝中措》），未嘗不表現人生，非純寫景，而所表現是多麼沒出息、多麼軟弱之人生；大晏所寫，是多麼有力、上進、有光明前途的人生。而好壞之相差，説遠，遠在天邊；説近，其間不能容髮。

上所舉大晏一類詞是好的，有希望，有前途；而此類最容易成為叫囂。文學不是口號、標語，文學中的最高境界往往是無意。《莊子‧逍遙遊》所謂"無用之為用大矣"，無意之為意深矣 —— 意，將就不行，要有富裕。無意之為意深矣，愈玩味，愈無窮；愈咀嚼，味愈出。有意則意有盡，其味隨意而盡。要意有盡而味無盡。大晏便是如此。意 —— 只此"昨夜西風凋碧樹。獨上高樓，望盡天涯路"三句十六字，而味無窮。作者是不得不如此寫，以為必如此寫始合於其心，而在讀者看來，此種技術真是蠱惑，叫我們向右不能向左，叫我們向左不能向右，不僅是感動，簡直被纏住了。正如歌德（Goethe）《浮士德》一出，喚起德國之魂，千百年以前的作品，到現在還生氣虎虎。

---

③　葉嘉瑩此處有按語：詩中所表現的是平面的追尋。

最初所舉大晏詞尚是消極的,今所舉"昨夜西風凋碧樹"三句則是進取的。大晏詞儘管有無意義、無人生色彩的,而照樣好,照樣蠱惑人的。如其《破陣子》:

憶得去年今日,黃花已滿東籬。曾與玉人臨小檻,共折香英泛酒卮。長條插鬢垂。　　人貌不應遷換,珍叢又睹芳菲。重把一尊尋舊徑,所惜光陰去似飛。風飄露冷時。

燕子來時新社,梨花落後清明。池上碧苔三四點,葉底黃鸝一兩聲,日長飛絮輕。　　巧笑東鄰女伴,採桑徑裏逢迎。疑怪昨宵春夢好,元是今朝鬥草贏,笑從雙臉生。

"憶得去年今日"與"燕子來時新社"兩首中,"長條插鬢垂"與"笑從雙臉生"原是很平常,但寫得好,説"長條"便"長條",説"插"便"插",説"垂"便"垂",此便是蠱惑。自大晏一傳而為歐陽,再傳而為稼軒。"折得一枝楊柳,歸來插向誰家"便小氣。而大晏"重把一尊尋舊徑",真灑落。天下事無不可説,人大方説出來便大方。

《珠玉詞》選目:

(一)《浣溪沙》(淡淡梳妝)

(二)《浣溪沙》(一向年光)

(三)《採桑子》(陽和二月)

(四)《採桑子》(時光只解)

(五)《清平樂》(金風細細)

(六)《相思兒令》(春色漸芳)

(七)《少年遊》(重陽過後)

（八）《玉樓春》（簾旌浪捲）

（九）《鳳銜杯》（青蘋昨夜）

（十）《破陣子》（憶得去年）

（十一）《破陣子》（湖上西風）

（十二）《山亭柳》（家住西秦）

上選 12 首，可分為三類：

A 型：傷感詞。大晏的傷感詞如《浣溪沙》（一向年光）、《採桑子》（陽和二月）、《採桑子》（時光只解）、《鳳銜杯》（青蘋昨夜）、《破陣子》（憶得去年）、《破陣子》（湖上西風）、《山亭柳》（家住西秦）。

B 型：蘊藉詞。大晏之蘊藉詞如《清平樂》（金風細細）。此取其頗似晚唐詩者，在集中尚有。詞比詩含蓄性差，詞中此類作品少。現在新詩晦澀（胡適新詩太顯露），矯枉過正。晦澀若只是作風上晦澀尚可，今之新詩則為意義上的晦澀，此要不得。廢名[④]講新詩舉冰心女士《父親》“請你出來坐在明月裏。我要聽你說你的海”，說好只在此兩句，雖然短，裝下一個海。詩人要說什麼是什麼，使人相信，而且明知是假也信，不然明知是真也不信。

詞比詩顯露，不含蓄，而其好亦在此。如“折得一枝楊柳，歸來插向誰家”，我們儘管輕它無意義，平常的傷感，而忘不了，有魔力。《珠玉詞》之蘊藉作品可以說是前無古人，後無來者。至於詞是否當如此寫，乃另一問題。（五言古最當蘊藉，故唐宋不及六朝，唐人尚可，宋人就不成。近人唯尹默先生五言古真好。）

C 型：明快詞。大晏之明快詞如《浣溪沙》（淡淡梳妝）、《相思兒

---

④　廢名（1901—1967）：原名馮文炳，現代具有田園風格的鄉土抒情作家。

令》(春色漸芳)、《少年遊》(重陽過後)、《玉樓春》(簾旌浪捲)。情、
思原是相反的,而在大晏詞中,情、思如水乳交融。

　　魯迅先生書簡以為:讀書不可只看摘句,如此不能得其全篇;
又不能讀其選本,如此則所得者乃選者所予之暗示。[5] 如張惠言《詞
選》[6],寓言;胡適《詞選》,寫實;朱彊村《宋詞三百首》[7],晦澀。一
個好的選本等於一本著作,不怕偏,只要有中心思想。

　　讀詞聽人說好壞不成,須自己讀。"説食不飽。"

　　宋代之文、詩、詞三種文體,皆奠自六一。文,改駢為散;詩,
清新;詞,開蘇、辛。歐文學之不朽,在詞,不在詩、文。[8]

　　"晏歐清麗復清狂。"晏,清麗;歐,清狂。惡意的狂,狂妄、
瘋狂;好意的狂,"狂者進取"(《論語・子路》),狂者是向前的、向
上的。"蘇辛詞中之狂"(王國維《人間詞話》),六一實開蘇、辛先河。

　　或以為蘇、辛豪放,六一婉約,非也。詞原不可分豪放、婉約,
即使可分,六一也絕非婉約一派。胡適以為歐陽修詞承五代作風,不
然。大晏與歐比較,與其說歐近於五代,不如說大晏更近於五代,歐
則奠定宋詞之基礎。

　　若說大晏詞色彩好,則歐詞是意興好。如其《採桑子》:

　　　春深雨過西湖好,百卉爭妍,蝶亂蜂喧。晴日催花暖欲然。
　　　蘭橈畫舸悠悠去,疑是神仙,返照波間。水闊風高揚管弦。

<hr>

[5]　見魯迅《且介亭雜文二集・題未定草六》:"選本所顯示的,往往並非作者的特色,倒是選者的眼
　　光。""還有一樣最能引讀者入於迷途的,是'摘句'。它往往是衣裳上撕下來的一塊繡花,經摘取
　　者一吹噓或附會,說是怎樣超然物外,與塵濁無干,讀者沒有見過全體,便也被他弄得迷離惝恍。"
[6]　張惠言(1761—1802):字皋文,清代詞學家,常州詞派創始人,論詞強調"比興寄託",編有《詞選》。
[7]　朱彊村(1857—1931):朱祖謀,號彊村,"晚清四大詞家"之一,編有《宋詞三百首》。
[8]　葉嘉瑩此處有按語:此蓋謂以文學不朽論之,歐之作用在詞,不在詩文。

> 清明上巳西湖好，滿目繁華，爭道誰家。綠柳朱輪走鈿車？
> 遊人日暮相將去，醒醉喧嘩，路轉堤斜。直到城頭總是花。

中國詩偏於含蓄、蘊藉，西洋詩偏於沉着、痛快。詞自五代至於北宋，多是含蓄。"二主"（南唐"二主"李璟、李煜）沉着而不痛快，此蓋與時代有關。（南宋稼軒例外。）六一以沉着天性，遇快樂環境，助其意興，"狂"得上來。

"江碧鳥愈白，山青花欲燃"（杜甫《絕句二首》之一），語意皆工，句意兩得。六一詞"晴日催花暖欲燃"（《採桑子》），或曾受此影響，而意境絕不同。"江碧"二句是靜的，六一詞是動的；一如爐火，一如野燒。吾人讀古人作品當如此。

"清明上巳西湖好"一首，前半闋蓄勢，後半闋尤佳。此所謂"西湖"，指安徽潁州西湖。（現在西湖都成平地了，一點水也沒有了。）六一此首調子由低至高，是動的、熱的，靜中之動，動中之靜。韋莊有詞：

> 綠槐蔭裏黃鶯語，深院無人春畫午。畫簾垂，金鳳舞，寂寞繡屏香一炷。　　碧天雲，無定處，空有夢魂來去。夜夜綠窗風雨，斷腸君信否？

靜中之動。六一詞是動的、熱的；韋莊詞是靜的、冷的，靜中有動。"綠槐蔭裏"是靜，"黃鶯語"是動。靜中之動偏於靜，動中之靜偏於動。

能說極有趣的話的人是極冷靜的人，最能寫熱鬧文字的人是極寂寞的人。寫熱烈文字要有冷靜頭腦、寂寞心情，動中之靜。或者說熱烈的心情，冷靜的頭腦。因為這不是享受，是創作。只作者自己覺得熱不行，須寫出給人看。無論色彩濃淡、事情先後、音節高下，皆有關。

六一詞調子由低至高，只稼軒一人似之。六一詞能得其衣鉢者，僅稼軒一人耳。

六一亦有其寂寞的、靜的詞，不過靜中仍是動。如《採桑子》：

> 群芳過後西湖好，狼藉殘紅，飛絮濛濛。垂柳闌干盡日風。
> 笙歌散盡遊人去，始覺春空，垂下簾櫳。雙燕歸來細雨中。

> 畫船載酒西湖好，急管繁弦，玉盞催傳。穩泛平波任醉眠。
> 行雲卻在行舟下，空水澄鮮，俯仰留連。疑是湖中別有天。

> 何人解賞西湖好？佳景無時，飛蓋相追。貪向花間醉玉卮。
> 誰知閒憑闌干處，芳草斜暉，水遠煙微。一點滄洲白鷺飛。

六一寫動固然為他人所無，其寫靜亦與他人不同。欲解此"垂柳闌干盡日風"，須想："柳"是何生物？"闌干"是何地？"盡日風"是何情調？吹人？吹柳？人柳皆吹？人柳合一？"垂柳闌干盡日風"，愈靜愈動。韋莊之"綠槐蔭裏黃鶯語"，愈動愈靜。大晏詞"清麗"是一絕；六一詞"清狂"，此景亦無人能及。稼軒只得其三四，失之粗。

觀延巳、大晏、六一，三人作風極相似，而又個性極強，絕不相同。如大晏之蘊藉，馮便絕無此種詞。唯三人傷感詞相近，其實其傷感亦各不同：

馮之傷感，沉着（傷感易輕浮）。"清初三大詞人"[⑨] 之一項蓮

---

⑨　"清初三大詞人"：指納蘭性德、項蓮生、蔣春霖。

生作有《憶雲詞》，其詞中有句"夕陽紅到馬櫻花"(《浣溪沙》)；"嫌漏短，漏長卻在，這邊庭院"(《玉漏遲》)，也是傷感，而沒勁。唐人裴夷直詩中有句"病來簾外即天涯"(《病中知皇子陂荷花盛發寄王績》)，真是可憐。正中之傷感則是沉着。

大晏之傷感，是凄絕，如秋天紅葉。抒情詩人多帶傷感氣氛。別人寫秋天是衰颯的，大晏是明麗的，雖然也有傷感作品，但只是一部分。

六一之傷感，是熱烈。傷感原是凄涼，而六一是熱烈。故胡適以為歐詞承五代，非也。

一本《六一詞》不好則已，好就好在此熱烈情調，不獨傷感詞為然。大晏詞是秋天，歐詞是春、夏，所惜以春而論則是暮春。六一詞之熱烈，也是比較言之，其中亦有衰颯傷感作品。藝術之能引人都不是單純的，即使是單純的也是複雜的單純，如日光七色合而為白；如酒，苦、辣而香、甜，總之是酒味。有人喝酒上癮，沒人吃醋上癮。六一詞熱烈而衰颯，衰颯該是秋天，而歐詞是春天。

六一，不許其沉着，不許其明快，乃"繼往開來"。"繼往開來"四個字是整個功夫。一種文學到了只能"繼往"，不能"開來"，便到了衰老時期了。六一詞若但是沉着，但是明快，則只是"繼往"，何得為"三宗"之一？

"不勝古人，不足以與古人並。"(《人間詞甲乙稿》樊志厚序，或曰樊志厚即王之託名。) 寫得少也罷，小也罷，不怕，主要是古人所沒有的才行。六一詞不欲以沉着名之，不欲以明快名之，名之曰熱烈，有前進的勇氣。大晏是正中的蛻化，六一是馮、晏二人之進步。

沒有苦悶，就沒有蛻化和進步，"不憤不啟，不悱不發"（《論語·述而》）。大晏只是蛻化而已，如蟬，由蛹蛻化為蟬；六一則上到高枝，大叫一氣。如其《採桑子》：

> 遊人日暮相將去，醒醉喧嘩，路轉堤斜。直到城頭總是花。

這即是大叫。再如《浣溪沙》：

> 堤上遊人逐畫船，拍堤春水四垂天。綠楊樓外出鞦韆。

第一句 "堤上遊人逐畫船"，步步行之；第二句 "拍堤春水四垂天"，平着發展；第三句 "綠楊樓外出鞦韆"，向高處發展。打氣要足，而又不致 "放炮"。（放炮謂車胎打氣太多而爆裂。）人由蟬往往只想到吸風飲露的清高而不想到熱烈。余之《荒原詞》有 "蟬聲欲共夏天長"（《浣溪沙》）之句，意思是對而寫得不好。一個大詞人的作品不是使讀者知，是要使讀者覺到同感。六一詞如夏天的蟬，秋蟬是淒涼的，夏蟬是熱烈的。又如六一詞《玉樓春》：

> 人生自是有情癡，此恨不關風與月。……直須看盡洛城花，始共東風容易別。

是純粹抒情，而都是用過一番思想的。"恨" 是由於 "情癡"，與 "風月" 無關，即使無風月也一樣恨。"東風" 者，春天代表。春不長久也罷，須離別也罷，雖然短，總之還有。不是你（春天）來了麼？則雖是短短幾十天，我還要在這幾十天中拚命地享樂。此非純粹樂觀積極，而是在消極中有積極精神，悲觀中有樂觀態度。

人生不過百年，因此而不努力，是純粹悲觀。不用說人生短短幾

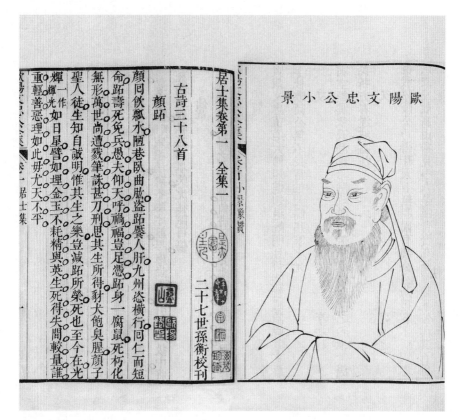

歐陽文忠公小景

居士集卷第一　全集一

二十七世孫衡校刊

古詩三十八首

顏跖

顏回飲瓢水陋巷臥曲肱盗跖饜人肝九州恣橫行呵仁而短
命跖壽死免兵愚夫仰天呼禍福豈足憑跖身一腐鼠死朽化
無形萬世尚遺羹筆誅甚刀刑思其生所得豺犬飽臭腥顏子
聖人徒生知自誠明惟其生之樂豈減跖所榮死也至今在光
輝　輝一作光如日星譬如埋金玉不耗精與英生死得失間較量誰
重輕善惡理如此毋尤天不平

《歐陽修全集》刻本

十年，即使還剩一天、一時、一分鐘，只要我有一口氣在，我就要活個樣給你看看，絕不投降，絕不氣餒。“洛城花”不但要看，而且要看盡，每園、每樣、每朵、每瓣。看完了，你不是走麼？走吧！

木槿（舜華），朝開暮落，如曇花之一現。落地時花尚鮮，何妨多看一會兒？這種欣賞一方面是浪費，一方面是愛好。曇花可象徵北平的春天。人的壽命是不長的，但人生之所以可貴亦在此，此是自欺自慰、無可奈何的，因為生命短促，故須趕快努力。然則北平春天之所以好，亦在其短，故不能放過。

馮正中、大晏、歐陽修三人共同的短處是傷感。無論其沉着、明快、熱烈，皆不免傷感。善善從長，責備賢者，不是吹毛求疵，是希望他好。長處、短處，二者並行而不悖。傷感，蓋中國詩人傳統弱點。傷感不要緊，只要傷感外還有其他長處，若只是傷感便要不得。

抒情詩人之有傷感色彩是先天的、傳統的，可原諒，唯不要以此為其長處。而平常人最喜欣賞其傷感，認短為長，把綠磚當真金。

人一生傷感時期有二：一在少年，一在老年。中年人被生活壓迫，顧不得傷感，而有時就乾枯了。傷感雖是短處，而最滋潤，寫出最詩味。前所舉《浣溪沙》（堤上遊人）之後半闋是傷感的：

> 白髮戴花君莫笑，六幺催拍盞頻傳。人生何處似尊前。
> （“六幺”假作“綠腰”以對“白髮”。）

三句一句比一句傷感。第一句傷感中仍有熱烈；第二句也還成；至第三句，人生有許多路可走，許多事可做，何可說“人生何處似尊前”？

《定風波》乃歐陽修傷感詞之代表作。前所舉《浣溪沙》（堤上遊人）

傷感中仍有熱烈在。別人是臨死嚥氣，六一至少還是回光返照，雖距死已近，而究竟還"回"一下、"照"一下。《定風波》則純是傷感。《定風波》共六首，前面四首一起照例是"把酒花前欲問"，前四首還沒什麼，至五、六首突然一轉，真了不得——怎麼辦呢？第五首：

> 過盡韶華不可添。小樓紅日下層簷。春睡覺來情緒惡。寂寞。楊花繚亂拂珠簾。

前兩句一讀，如暮年看見死神影子。沒想到死的人，活得最興高采烈。即使下一分鐘就死，而現在沒想到死。人過得最沒勁的是時時看見死神的來襲。六一作此詞在中年後轉進老年時。春天只剩今天一天，而今天又是"小樓紅日下層簷"。此是寫實，又是象徵人之青年是"過盡韶華不可添"，漸至老年是"小樓紅日下層簷"，一刻比一刻離黑暗近，一刻比一刻離滅亡近，這便是看見死神影子。"楊花繚亂拂珠簾"句亦非寫實，是寫內心之繚亂。這才是"情緒惡"，是"寂寞"，而又不能說。最寂寞是許多話要說，找不到可談的人；許多本事可表現，而不遇識者。

第六首：

> 對酒追歡莫負春。春光歸去可饒人。昨日紅芳今綠樹。已暮。殘花飛絮兩紛紛。

此雖是傷感詞，然而瘦死的駱駝比馬還大，百足之蟲，死而不僵，勁兒還有。

> 大都好物不堅牢，彩雲易散琉璃脆。（白居易《簡簡吟》）

世間好物不堅牢，彩雲易散琉璃脆。（歐陽修《玉樓春》）

明人小說、戲曲常引用。余之四弟六吉[10]喜此二句，然前句實非詩，沒有詩情，只是說明。一切美文該是表現，不是說明。即使報告文學，寫得好也是表現，不是說明。表現是使人覺，說明是使人知，而覺裏也包括有知。覺，親切，凡事非親切不可。

歐詞第一句“世間好物不堅牢”，只是讓人知；第二句“彩雲易散琉璃脆”，是使人覺，唯嫌失之纖仄耳。太瘦太窄，像“玻璃粉兒”一樣。涼粉，既不能嚼，也不能“化”，余不喜歡吃。雖然感覺纖仄的人往往有點偏，但總比沒有感覺好。因為一般人評判是非多不是生於良知，而是由傳統來的觀念。若自己有感覺，但能打破傳統，比人云亦云實在。大家都以為然的，不一定不對，但也不一定都對。“彩雲易散琉璃脆”，是說人生一切好的事情都是不耐久的。

歐詞之版本：《六一詞》（汲古閣六十家詞本），《近體樂府》（全集本，雙照樓影印本，林大椿校，商務排印本）、《琴趣外編》（雙照樓影刻本）。《琴趣外編》所收非皆歐作，中有極淺薄者。俗非由於不雅，乃由於不深。[11]

歐詞選本以宋曾慥《樂府雅詞》所選最精且多。有商務印書館《四部叢刊》影印本，亦有刻本，在《詞學全書》中。

此外，雜誌公司珍本叢書有《六一詞》，較汲古閣本誤更多。又有翻刻本《六十名家詞》本，亦不佳。

---

⑩　六吉：顧隨之四弟顧謙，字六吉，輔仁大學美術系畢業，後任教於濟南，死於“十年動亂”中。

⑪　葉嘉瑩此處有按語：此句所言極是。

閒敍《樵歌》

《樵歌》，朱敦儒（希真）一生第三個時期 —— 晚年閒居時期的詞。

胡適先生說朱敦儒：

> 這時候，他已很老了，飽經世故，變成一個樂天自適的詞人。……這一個時期的詞，有他獨到的意境，獨到的技術。（《詞選》）

然而，"獨到"未必就是好了。胡適先生所謂"獨到"是好，這不見得。"樂天自適"，樂天是好，然而可千萬不要成為"阿Q式"的樂天。樂天絕非消極，消極的樂天是沒出息。一個民族要如此，非消滅之不可。

克魯泡特金（Kropotkin）① 的《俄國文學史》（*Russian Literature*）論及偉大的詩人涅克拉索夫（Nekrasov），曾有言曰：

_____

① 克魯泡特金（1842—1921）：俄國無政府主義者、作家，代表作品有《倫理學史》、《互助論》等。

Toward the end of his life, he did not say: "Well, I have done what I could......But till his last death, his verses were a complaint about not having been enough of a fighter."

N 氏到死都是熱烈的，精力彌漫。精力飽滿，真有勁，比熱烈還好。N 氏直到死不但像年輕時一樣熱烈，一樣精力彌漫，還唯恐不夠一個十足的戰士。他生於俄國帝政時代，政治是墮落的，社會是黑暗的，但他並不消極、失望，他相信俄國的前途是光明的，所以樂天，所以要幹，什麼都可以幹。中國人消極的樂天是什麼都不幹，所以要不得。

樂天是可以的，而"樂天自適"便是安於此不復求進步了，是沒出息。朱氏之詞亦然。如其《感皇恩》：

> 一個小園兒，兩三畝地。花竹隨宜旋裝綴。槿籬茅舍，便有山家風味。等閒池上飲，林間醉。　　都為自家，胸中無事。風景爭來趁遊戲。稱心如意，剩活人間幾歲。洞天誰道在，塵寰外。

做官只說在做一個清官不成，必須為別人、為大家做出一點好事來才成。人要只是自私的，不論在什麼地方，只知有自己，這不成。固然，人無自己，不能成為生活；但不能只知自己，至少要為大眾、為人類，甚至只為一個人也好。

人在戀愛的時候，最有詩味。如"三百篇"、"楚騷"及西洋《聖經》中的"雅歌"、希臘的古詩歌，直到現在，對戀愛都是在那裏讚美、實行。何以兩性戀愛在古今中外的詩中佔此一大部分？人之所以在戀愛中最有詩味，便因戀愛不是自私的。自私的人沒有戀愛，有的只是獸性的衝動。何以説戀愛不自私？便因在戀愛時都有為對方犧牲的準備。自私的人是不管誰死都成，只要我不死。唐明皇在政治上、文學上是天才，但在戀愛上絕非天才，否則不能犧牲貴妃而獨生。唐陳鴻傳奇②《長恨歌傳》寫明皇至緊要時期卻犧牲了愛人，保全了自己，這是不對的。戀愛是寧犧牲自己，為了保全別人。孟子説：“推恩足以保四海，不推恩不足以保妻子。”（《孟子‧梁惠王上》）

孟子不會講哲理，一個哲人寫文章用字要一點毛病沒有，要真，要切。孟子用“恩”字不好，只知有我，不知有人，勢必至“不足以保妻子”。故戀愛是義務，不是權利；戀愛是給予，而非取得，並非要得到對方什麼。戀愛如此，整個人生亦然，要準備為別人犧牲自己。而這樣的詩人才是最偉大的詩人。

朱氏的《感皇恩》等，只知有己，不知有人。鄉間俗語説：上炕認得妻子，下炕認得一雙鞋。這樣的人，其結果是到緊要時連妻子都不認得了。當然，朱氏也有他的生活方法，但誰沒有自己的生活方法？豬也有，狗也有，阿 Q 也有。上引朱氏詞中句：“風景爭來趁遊戲。稱心如意，剩活人間幾歲。”

記得一句明詩説：“青山個個伸頭看，看我庵中吃苦茶。”（釋圓信《天目山居》）③這樣生活，和尚可以，他是跳出三界外，不在五行中，是精神的自殺。寫得好玩是你自己好玩，有什麼用？“雅人”便只是好玩，沒他滿成，一點用也沒有。朱氏説“剩活人間幾歲”，但

---

② 傳奇：文體之名，用以指稱唐代文言小説。

③ 查為仁《蓮坡詩話》記雪嶠圓信禪師隱居山中，曾有詩云：“簾捲春風啼曉鴉，閒情無過是吾家。青山個個伸頭看，看我庵中吃苦茶。”

他這樣活着幹嗎？還不如死了！

朱敦儒另有一詞寫安閒，其《臨江仙》曰：

> 生長西都逢化日，行歌不記流年。花間相過酒家眠。乘風遊二室，弄雪過三川。　　莫笑衰容雙鬢改，自家風味依然。碧潭明月水中天。誰閒如老子，不肯作神仙。

朱敦儒講安閒，"誰閒如老子，不肯作神仙"。宗教都是想為別人做事，只道家是為自己享福，真該活埋。長生不老，住在洞天福地，吃龍肝鳳髓，飲瓊漿玉液，這樣的神仙要他何用？不如打死活埋。開個玩笑，朱氏"不肯作神仙"，他想做也做不了哇。"欲作神仙無計作，偏說。安閒不肯作神仙。"（余之《定風波》）[4]

人是做到老，學到老，什麼叫安閒？人活到老、做到老，只要活一天，有一份氣力，便該做。尤其我們中國，現在支離破碎、風雨飄搖中，怎麼能說"閒"？有什麼人能說"閒"？有人說："仁民利物非吾事，自有周公孔聖人。"（無云和尚語）[5]

即使"仁民利物非吾事"，可是還有別的事呢。一個人不能做大齒輪，而做個小螺絲釘也有小螺絲釘的事呀。適之先生很想做事，不知何以喜歡這樣的詞？

---

[4] 《定風波》，全詞並序如下："吟誦再三，覺有未盡之意，賦此聊當下一轉語。　擾擾紛紛數十年，人生何處得安閒。欲作神仙無計作，偏說。安閒不肯作神仙。　試把閒愁擔負了，狂笑，看他與我甚相干。鎮日黃塵飛萬丈，須賞，此間此已是春天。"

[5] 紀昀《閱微草堂筆記》卷一《灤陽消夏錄一》："無云和尚，不知何許人。康熙中，掛單河間資勝寺，終日默坐，與語亦不答。一日，忽登禪牀，以界尺拍案一聲，泊然化去。視案上有偈曰：'削髮辭家淨六塵，自家且了自家身。仁民愛物無窮事，原有周公孔聖人。'佛法近墨，此僧乃近於楊。"

胡適《詞選》説：

> 詞中之有《樵歌》，很像詩中之有《擊壤集》（邵雍的詩集）。但以文學的價值而論，朱敦儒遠勝邵雍了，將他比陶潛，或更確切罷。

觀此語，胡氏於朱、陶二人蓋未能有深切認識，否則絕不能將二人並論。胡適以朱氏比陶潛，此亦非也。詩人論陶者多誤於其"采菊東籬下，悠然見南山"（《飲酒二十首》其五）二句，認淵明不可從此認。以斷句評人，最不可如此。陶氏有時慷慨激昂，朱子説他豪放卻令人不覺[6]，説的是。

朱敦儒有《清平樂》一首：

> 春寒雨妥。花萼紅難破。繡線金針慵不作。要見鞦韆無那。
> 西鄰姊妹丁寧。尋芳更約清明。畫個丙丁帖子，前階後院求晴。

胡適《詞選》將能代表朱氏作風的詞差不多都選了，而未選這一首。朱敦儒詞是多方面的，其可取亦在此：有樂天自適之作，有豪放之作，而此外尚有纖巧之作，如此首《清平樂》。

詞中纖巧尚可，詩中一露纖巧便要不得。世上之有小巧，原也可愛，如草木初生之嫩芽。"小荷才露尖尖角，早有蜻蜓立上頭"（楊誠齋《小池》），這也的確是詩，但一首詩要只寫這個便沒意思了。可是人若連這個也不懂，又未免太可憐。人要懂這個，又不能只玩這個，

---

[6] 見朱熹《朱子語類》卷一四〇："陶淵明詩，人皆説是平淡，據某看他自豪放，但豪放得來不覺耳。"

而纖巧也不容易。陸放翁《吳娘曲》有句：

> 睡睫矇矇嬌欲閉，隔簾微雨壓楊花。

放翁亦有纖巧之作，而也有豪放之作，有時十分力量要使十二分，然如此二句真是纖巧。詩人力如牛、如象、如虎，好，而感覺必纖細。老杜感覺便不免粗，晚唐詩人感覺纖細。晚唐詩只會"俊扮"⑦，不會"醜扮"。李義山詩：

> 黃葉自風雨，青樓自管弦。
> （《風雨》）

原是很淒涼的事，而寫得真美，圓潤，是俊扮。再如：

> 懶卸鳳凰釵，羞入鴛鴦被。
> 時復見殘燈，和煙墜金穗。
> （韓偓《懶卸頭》）

感覺真細，真寫得好。老杜詩有"醜扮"，而老杜的"醜扮"便是"俊扮"，醜便是美。如楊小樓唱《金錢豹》，勾上臉，滿臉獸的表情，可怕而美。晚唐詩表現的是美，老杜表現的是力。老杜粗，有時也有纖細，如：

> 圓荷浮小葉，細麥落輕花。
> （《為農》）

---

⑦　俊扮：戲曲術語，指戲曲的美化化妝，特點是略施彩墨以達到美化效果，一般用於生、旦角色所扮演的各種人物，着力表現人物面貌之端正、俊秀。相對於淨、丑的大小"花面"而言，又稱"素面"或"潔面"。醜扮，為顧隨仿"俊扮"而自造之新詞。

老杜那麼笨的一個人，還有這一手！不過，纖巧之句與其作入詩中，不如作入詞中。如上所舉韓偓四句，與其說是古詩，不如說是《生查子》。

北宋初詞人張先（子野），人稱"張三影"[⑧]，有詞句：

> 沙上並禽池上暝，雲破月來花弄影。（《天仙子》）

余謂此二句並不太好，幹嗎這麼費勁？沙、禽、池、雲、月、花，寫作怕沒東西，而東西太多又患支離破碎，損壞作品整個的美。人各有其長，各有其短，應努力發現自己長處而發展之。如唱戲老譚大方、馬連良小巧，而小彎兒太多支離破碎，把完整美破壞了。"三影"中，余喜歡"中庭月色正清明，無數楊花過無影"（《木蘭花》），大方、從容，比放翁"睡睫矇矓嬌欲閉，隔簾微雨壓楊花"二句還好，不但纖巧，而且巧妙。張先這兩句又比韓偓"時復見殘燈，和煙墜金穗"句大方，"睡睫"二句是明使勁，"和煙墜金穗"句往下來，而"無數楊花過無影"飄逸，不見使力。朱氏《清平樂》（春寒雨妥）一首有情致，上所舉各詩詞皆有情態。文人要有這個，而不能只是這個。

朱敦儒的《臨江仙》：

---

⑧　見李調元《雨村詞話》卷一："張三影已勝稱人口矣，尚有一詞云：'無數楊花過無影。'合之應名四影。"胡仔《苕溪漁隱叢話》前集卷三十七引《古今詩話》云："有客謂子野曰：'人皆謂公"張三中"，即心中事、眼中淚、意中人也。公曰：'何不目之為"張三影"？'客不曉，公曰：'"雲破月來花弄影"、"嬌柔懶起，簾壓捲花影"、"柳徑無人，墮風絮無影"，此余平生所得意也。'"又引《高齋詩話》云："子野嘗有詩云'浮萍斷處見山影'，又長短句云'雲破月來花弄影'，又云'隔牆送過鞦韆影'，並膾炙人口，世謂'張三影'。"

　　堪笑一場顛倒夢，元來恰似浮雲。塵勞何事最相親。今朝
忙到夜，過臘又逢春。　　流水滔滔無住處，飛光忽忽西沉。世
間誰是百年人。箇中須着眼，認取自家身。

　　此詞是寫人生，但他是出世的，是消極，是擺脫。"世間誰是百
年人。個中須着眼，認取自家身。"他的"認取"是認取自家的一切
浮名、浮利都是假的。世間唯有自己與自己親，不要説至親莫過父
母，至親莫過妻子，且問：若從別人身上割肉，你覺得痛嗎？但若拔
去你一根毫毛，你便覺得痛也。可見最親莫過自己 —— 這是小我。
出世的思想作風乃中國所獨有，外國雖也有出世思想，但不是擺脫，
中國則出世的目的多在擺脫。西洋人出家是積極的，中國出家是消極
的。擺脫，可説是聰明的，然也是沒出息的。釋迦牟尼，眾生有一不
成佛，我誓不成佛。在小我者看來，豈不是傻子？西洋雖也有只想自
己擺脫的，如易卜生是要把自己救出好去救別人，此則東西方哲學之
分野、分水嶺。小我者之為人生是為自己偷生苟活。

　　朱希真是小我，總想自己安閒。辛稼軒是英雄，總想做點事，不
肯閒的。一個英雄與佛不同，且與偉人不同。偉人是為人類做事的，
英雄是為自己。如拿破崙、希特勒可歸為一類，是英雄，不是偉人，
是小我，只是為增加自己的光榮，是小我擴張，並非真為人類。這樣
的英雄太多，真想為人類做點事的人很少。大禹治水在外三十年，三
過家門而不入，不是為自己名譽、地位或利益，這樣的人很少。稼軒
説偉人達到不了，然亦頗相近矣。他在象牙之塔居住，但伸頭一看，
外面人原來如此受苦，便待不住了。

　　你便是如來佛，也惱下了七寶樓台。（《元曲選》）

便是活佛也忍不得。(《水滸傳》) [9]

稼軒詞一讀,真讓人待不住、受不了,而讀《樵歌》則不然。《樵歌》所寫是小我,你們儘管受罪,我還要活着,而且要很舒服地活着。有道是"人同此心,心同此理",便是你享福,你看到別人受苦也該同情;但又道"人心不同,有如其面",有有同情心者,便有無同情心者。不過,像《樵歌》那樣活法很聰明。對外界的黑暗,我們沒有積極挽回的本領,亦應有消極忍耐的態度,但不是只管自己,麻木不仁。

余想做一個書呆子,可是又不能做一個書呆子,同時也不甘心做一個書呆子。果戈理(Gogol) [10] 有中篇小說《外套》,小說中笑料很多,但意義很深刻,使人淚下。這笑與哭恰似《水滸傳》中某人說的:"哭不得了,所以要笑也。"《外套》中主人公為一抄書小職員,後轉以別職,反而不成。[11] 余不甘心做個書呆子,總想伸出頭來往外看看,而結果還得重新埋下頭去做書呆子——"晝夜思量千條計,明朝依舊磨豆腐。"

不甘心長久居於藝術之宮、象牙之塔,要進行為人生的藝術改革,必先在人生中達到理想境界。中國舊詩多只是"為藝術而藝術",

---

[9]　見《水滸傳》第五十二回,李逵說道:"柴皇城被他打傷,慪氣死了,又來佔他房屋,又喝教打柴大官人,便是活佛也忍不得!"

[10]　果戈理(1809—1852):俄國批判現實主義奠基人之一,自然派創始人,代表作有戲劇《欽差大臣》、長篇小說《死魂靈》。果戈理所作《塔拉斯‧布爾巴》為歷史題材小說,描繪了歷史上烏克蘭人民捍衛自由與信仰的英勇鬥爭,塑造了塔拉斯‧布爾巴的英雄形象。

[11]　見果戈理《外套》:"有一個司長是一個好人,為他長期服務而想重賞他一下,命令給他一件比普通的抄寫重要一點的事情做,就是教他根據現成的公事擬一封公函送給另外一個衙門。全部的工作只是換一換上款,再把幾個第一人稱的動詞換成第三人稱就行了。這件工作弄得他滿身是汗,不斷擦頭上的汗珠。終於說道:'不行,還是給我抄點什麼好了。'從那時起,他就永遠幹着抄寫的工作了。"

西洋有詩是"為人生而藝術"。由"為藝術"轉向"為人生"，不容易。一個人思想的變化若果真是由甲變到乙也好，而不能是思想上的分裂——技術上為藝術而藝術，內容上為人生而藝術。這二者在詩人，往往前者（為藝術）是無意的，後者（為人生）是有意的。如柳永《八聲甘州》（對瀟瀟暮雨）一首之：

> 漸霜風淒緊，關河冷落，殘照當樓。

柳三變何嘗不有身世之感？（身，身體；世，生路。）讀者若真能了解其意，便取之不盡，用之不竭。本是為人生而藝術，但他把人生一轉而為藝術，為藝術而藝術。"霜風淒緊"之實景必為敗葉飄零，"關河冷落"之實景必為水陸行人稀少，"殘照當樓"之實景必為白日西沉，樓中或有人臥病。實景難堪，而他寫的詞真美，將喜怒哀樂都融合了。他的確是從喜怒哀樂出發，而最後去掉喜怒哀樂之行跡了，如做菜然，各種佐料，總合是好吃，而不見佐料之行跡。再如易安詞《如夢令》之："知否，知否，應是綠肥紅瘦。"

此亦不能算是為人生，仍是為藝術。為藝術而藝術很近於唯美，"綠肥紅瘦"修辭真好，真美。"綠肥紅瘦"是詞，而說"葉多花少"便不成了。余近得詩一句"天高素月流"，這是詩，而說"天上有月亮"便不成了：此與人之感覺有關。西洋有言曰："藝術損傷自然。"又曰："要做自然的兒子。"而又有言曰："藝術自有其價值。"藝術不但是模仿，更有其自己的創造。如"綠肥紅瘦"比"葉多花少"好。

　　胡適説：詞即宋人新詩。[⑫]此語甚有眼光。

　　詩之好在於有力。天地間除非不成東西，既成東西本身必定皆有一種力量，否則必滅亡，不能存在。有"力"，然而一不可勉強，二不可計較。一勉強，便成叫囂；不計較，但不是糊塗。不勉強不是沒力，不計較不是糊塗。普通人都是算盤打得太清楚。盡三分義務享一份權利，這樣還好；而近來人之計較都是想少盡義務，多享權利，這樣便壞了。享權利唯恐其不多，盡義務唯恐其不少，大家庭中便多是如此。所謂"九世同堂，張公百忍"[⑬]，一個"忍"字已是苦不堪言，何況"百忍"？要想不計較，非有"力"不可。所謂不計較，不是胡來，只是不計算權利、義務。栽樹的人不是乘涼的人，而栽樹的人不計較這個。一個人只計較乘涼而不去栽樹，便失掉了他存在的意義。一個民族若如此，便該滅亡了。古人栽樹不計較乘涼，看似傻，但是偉大。

　　有力而不勉強、不計較，這樣不但是自我擴大，而且是自我消滅（與其説"擴大"，不如説"消滅"）。文人是自我中心，由自我中心至自我擴大，再至自我消滅，這就是美，這就是詩。否則但寫風花雪月，專用美麗字眼，仍也不是詩。我們與其要幾個偽君子，不如要幾個真小人。"月白風清夜"是偽君子，"月黑殺人地"是真小人。偽君子必滅亡，還不如真小人，真有點力量。官兵比土匪人數多、兵器

---

⑫　見胡適《詞選》評論蘇軾言："到蘇詞出來，不受詞的嚴格限制，只當詞是詩的一體。"評論辛棄疾言："蘇軾、辛棄疾作詞，只是用一種較自然的新詩體來作詩。"

⑬　見《舊唐書・孝友傳・張公藝》："鄆州壽張人張公藝，九代同居。北齊時，東安王高永樂詣宅慰撫旌表焉。隋開皇中，大使、邵陽公梁子恭亦親慰撫，重表其門。貞觀中，特敕吏加旌表。麟德中，高宗有事泰山，路過鄆州，親幸其宅，問其義由。其人請紙筆，但書百餘'忍'字。"

好，而官兵與土匪交戰多是官兵敗，便因官兵多是偽君子，怕死；土匪是真小人，真拼。人既為人，便要做個真人。

稼軒詞心解

　　一個天才是一顆彗星，不知何所自來，不知何往而去。西洋稱天才為彗星；在中國，屈原是一顆彗星。此外，詩中太白，詞中稼軒。

　　辛稼軒，山東人，性情豪爽、熱烈，少年帶兵，而讀書甚多，寫詞有特殊作風，其字法、句法便為他詞人所無。辛詞如生鐵鑄成，此蓋稼軒一絕。雖然有時也寫糟了，魯莽滅裂。

　　稼軒是極熱心、極有責任心的一個人，是中國舊文學之革命者。我們看不出這個是我們對不起稼軒，不是稼軒對不起我們。

　　余欲以新眼光、新估價去看稼軒詞。

一　健筆與柔情

稼軒有一首《江城子》（江城子，或稱江神子）：

> 　　寶釵飛鳳鬢鸞鸞。望重歡。水雲寬。腸斷新來，翠被粉香殘。待得來時春盡也，梅著子，筍成竿。　　湘筠簾捲淚痕斑。

颯聲閒。玉垂環。個裏溫柔①，容我老其閒。卻笑將軍三羽箭，何日去，定天山。

稼軒此首《江城子》以辭論，前片佳；而以意論，其用意蓋在後片。

"鳳釵"、"鸞鬢"在詞中用得非常多，但都是死的，而稼軒一寫，"寶釵飛鳳鬢驚鸞"，真動，活了，真好！中國詞傳統是靜，而辛詞是動。這是以《水滸傳》筆法寫《紅樓夢》，以畫李逵的筆調畫林黛玉。這很險，很容易失敗，但他成功了，而且是最大成功。如戲中老譚有時有衫子（青衣）腔，花臉走女子步，將女性美加在男人身上，能增加男性的美；但此一點還無人知道：將男性美加在女性身上，能增加女性美。詞中只稼軒一人知道，他有極健康的體魄，而同時又有極纖細的感覺。《紅樓夢》中寫女性感覺，真是夠纖細。中國現代應該有一部書寫現代女性。丁玲要將男性美寫在女性身上，但失敗了；冰心寫女性的銳敏纖細是舊式的，不是現代的。我們雖知道這個道理，也寫不出來，真沒辦法。若有人能寫出現代女性，一定是一絕。

一切文學作品都是不可無一、不可有二，雖然在創作之先必須學。"寶釵飛鳳鬢驚鸞"，字或句是寫釵麼？是寫鬢麼？不是，是寫女性，以部分代表全體。因為"全體"太多，勢不能"全"寫。一個"飛"字，一個"驚"字，所寫是一個活潑的健康女性，絕非《紅樓夢》上病態女子可比。此句"言中之物"甚好，而又有"物外之言"，真美。

"望重歡，水雲寬"，"水雲寬"言空間距離，天涯海角。"腸斷新

---

① 王詔刊本、四印齋本並作"柔溫"。

來，翠被粉香殘”，初離別時翠被尚有餘香，今則並餘香亦“殘”矣。
“水雲寬”是二人空間距離的遠，“粉香殘”是二人分離時間的久，以
前還可聞見粉香，現在連粉香也聞不到了，非“腸斷”不可——寫
柔情而用健筆。“望重歡”，希望她來，但即使待得她來，也是“春盡
也，梅著子，筍成竿”，好時候都過去了。這是說根本你就不該走。
你走了，慢說不再來，就是來了，把好時候也過去了，正如元曲所言
“歡歡喜喜，盼的他回來，淒淒涼涼老了人也”（劉庭信［雙調·折桂
令］《憶別》）。稼軒不但帶“軍”氣，且帶梁山水泊氣，寫來斬盡殺
絕。看其寫柔情百折，不用《紅樓》筆法，而用《水滸》筆法，此稼
軒所以為稼軒。

　　一切文學都是象徵，用幾句話象徵一切。寫什麼要是什麼，而
此外還要生出別的東西來。《江城子》後片之“湘筠簾捲淚痕斑。珮
聲閒。玉垂環”，僅此三句，盡顯出四周環境之調和，二人相見之
美滿。個個字不但鐵板釘釘，而且個個字扔磚落地。“湘筠簾捲淚痕
斑”，用湘妃竹之典，故事不可信，但真美。此句修辭與“綠肥紅瘦”
同樣好。“珮聲閒”，“閒”字真好，兩人已見面，心滿意足，該過幸
福生活了，心自然“閒”而不慌——“個裏柔溫，容我老其間”。“柔
溫”一詞，出典於漢文帝“溫柔鄉”，不知稼軒何以說“柔溫”？但“個
裏柔溫”，真是柔溫，而且“容我老其間”，定是要老於此了。而稼
軒不然，過這樣美滿快樂生活，我還不能心滿意足，“卻笑將軍三羽
箭，何日去，定天山”！一個凡人得到美滿快樂就會滿足，但稼軒不
但有思想，而且有理想，有理想的人永遠不滿足於現在。“定天山”
三字真好。“三羽箭”，“定天山”的原是薛仁貴。“三羽箭”象徵本
領，稼軒一身本領，羨慕薛仁貴為國“定天山”，但現在國家不用我，

我老於柔溫，便這樣死了，但我這"三羽箭"怎麼辦呢？"何日去，定天山"呢？

前所曾說，一個凡人得到美滿快樂就滿足了，稼軒不肯如此，朱希真即此種。如其《朝中措》：

> 先生饞病老難醫。赤米饜晨炊。自種畦中白菜，醃成甕裏黃齏。　　肥葱細點，香油慢熻，湯餅如絲。早晚一杯無害，神仙九轉休癡。（"齏"乃酸菜，"湯餅"乃麵條。）

稼軒有"效樵歌體"一首《醜奴兒令》。[②]朱氏這麼點事就自笑數天，稼軒不可同日而語。但稼軒是大傻瓜，朱希真真聰明。

稼軒是英雄，不是偉人，他是要為人類，但又總是想顯顯自己的本領。放翁亦有詩句云：

> 聖朝不用征遼將，虛老龍門一少年。（《建安遣興》）

放翁與稼軒是好朋友，一個面貌，一鼻孔出氣。然以藝術論，放翁不及稼軒。

附《江城子》格律形式：

句式

上片　——　七（四+三）、三、三、九（四+五）、七（四+三）、三、三。

下片　——　同上片。

---

② 稼軒詞《醜奴兒令》數首，並無標明"效樵歌體"者。而其《念奴嬌》（近來何處）一首，自序有言曰："賦雨岩，效朱希真體。"

平仄

上片 ── ○；──○；｜｜｜──韻。｜──叶。｜──叶。
○；──○；─｜句，○；｜｜──叶。○；｜｜○；───｜｜句，
─｜｜句，｜──韻。

下片 ── 同上片。

填詞有字數、平仄的限制，而稼軒用來，就那麼巧，自自然然，平仄規矩不但不限制他，反幫他忙了。

二　文辭與感情

人各有個性，寫好了，是此作風；寫壞了，也還是此作風。如稼軒《卜算子·飲酒成病》：

> 一個去學仙，一個去學佛。仙飲千杯醉似泥，皮骨如金石。
> 不飲便康強，佛壽須千百。八十餘年入涅槃，且進杯中物。

這首詞寫糟了，魯莽滅裂。初學詞者，往往喜歡此類詞。然此在詞中乃是邪道，非正宗。承認其為文學作品已是讓步，何況說是好的作品？其實最終說來，這樣的詞連文學作品都夠不上。

文學作品好壞之比較，可就內容與形式兩方面看。一種作品，內容讀了以後令人活着有勁，有興趣，這便是好的作品；當然還要外表──文辭表現得好、合適，即文辭與所描寫之物及心中感情相合。但有外表，沒有內容，不成；但有內容，沒有外表，也不成，如人有靈有肉，不可或缺。葉天士[3]說：“六脈平和，非仙即怪。”人只

───────────

③　葉天士（約 1667—1746）：葉桂，字天士，號香岩，清代醫學家。

有肉無靈，不是真正的人；而若有靈無肉，亦非仙即怪，靈、肉二元，但必須調和為一元。如"孔子成《春秋》，而亂臣賊子懼"（《孟子‧滕文公下》），但也必須有《左傳》才行，《左傳》是《春秋》的血肉，《春秋》是《左傳》的靈魂，二者相得益彰。《春秋》一字之褒，榮於華袞；一字之貶，嚴於斧鉞。散文尚且如此，何況韻文？韻文乃一切文學之根本。故廣義言之，一切文學作品中皆有詩的成分，皆須講"美"，何況韻文？何況詞？

此首《卜算子》與前首《江城子》，實為一個寫法，而一真好，一真糟。

文學作品要有言中之物，又要有物外之言。言中之物與物外之言，缺一不可。適之先生有一口號：

> 不作言之無物的文字。（《建設的文學革命論》）

胡先生樂觀，然有時易陷於武斷。說"言中有物"，而什麼是"物"呢？文學要有思想、感覺、感情，但只有這個還不成。如稼軒"湘筠簾捲淚痕斑"，只是說把珠簾捲起來，而稼軒說"湘筠簾捲淚痕斑"。他說得好，說得好能使別人相信，能蠱惑人。希特勒講演能煽動人，然欲能煽動，必先能蠱惑。（希氏半生成就便在講演。）文學尤其如此，要說得好。但前所舉朱希真《感皇恩》（一個小園）與《臨江仙》（堪笑一場），可說是有言而無物。稼軒可以說是"不作言之無物的文字"，但其失敗有時候便在只剩言中之物而沒有物外之言了。其《卜算子‧飲酒成病》沒味。味從哪兒來？從物外之言來。

稼軒又有《沁園春‧將止酒，戒酒杯使勿近》：

> 杯汝來前，老子今朝，點檢形骸。甚長年抱渴，咽如焦

釜，於今喜睡，氣似奔雷。汝說劉伶，古今達者，醉後何妨死便埋。渾如許，歎汝於知己，真少恩哉！　　更憑歌舞為媒。算合作平居鴆毒猜。況怨無大小，生於所愛，物無美惡，過則為災。與汝成言，勿留亟退，吾力猶能肆汝杯。杯再拜，道麾之即去，招則須來。

此首亦是糟的作品。《江城子》一首以內容論，亦較《卜算子》、《沁園春》二首深，靈肉調和；若《卜算子》、《沁園春》，則有物無言。

三 "通"與"不通"

胡適《詞選》論蘇軾詞有言曰：

> 凡是思想，都可以作詩，就都可以作詞。從此以後，詞可以詠史，可以弔古，可以說理，可以談禪，可以用象徵寄幽妙之思，可以借音節述悲壯或怨抑之懷。這是詞的一大解放。

胡氏所言"可以詠史，可以弔古"，詞之詠史以人事為主；弔古以地理上古蹟為主，雖然亦往往與史事有關。胡適言詞"可以說理，可以談禪"，其實談禪亦說理，雖然說理不一定是談禪。胡適言詞"用象徵寄幽妙之思"，幽，深，不淺；妙，精，不粗，"妙"可感覺不可言說。語言文字常有不足表達之感，所以舊寫實非轉到新寫實不可，物以外更有物焉，故須"用象徵寄幽妙之思"。胡適言"借音節述悲壯或怨抑之懷"，其實凡文學皆借音節以表現，豈獨詞？又豈獨東坡之詞乎？如《離騷》之："老冉冉其將至兮。"

"冉冉"，感得到，說不出。語言最貧弱，文字亦有時而窮（白話文需擴張字彙)。以考據講,冉冉、奄奄、晻晻(或菴晻,此蓋假借),近義,其實冉冉、奄奄、晻晻,並沒講,只是以音節代表感覺、感情,如夕陽冉冉。再如"楊柳依依"(《詩經・小雅・采薇》)之"依依","雨雪霏霏"(《詩經・小雅・采薇》)之"霏霏",沒講,只是以音節代表感覺、感情。或曰:西方文字重在音,中國文字重在形(象徵)。其實,欲了解中國文字之美,且要使用得生動、有生命,便須不但認其形,還須認其音。西洋字是只有"音"而無"形",不要以為中國文字只是形象而無聲響。如中國字"烏",一唸便覺烏黑烏黑,一點兒也不鮮明,且字形亦似烏鴉。若西洋之 raven,則就字形看,無論如何看不出像烏鴉來。中國字則"形"、"音"二者兼而有之。然若"冉冉"、"奄奄"則只"聲"而無"形"了。"依依"蓋亦與"冉冉"有關,都表示慢慢地、一點一點地,不是決絕的象徵。音節多關乎表現之技術,文學但在內容不行,富有表現的技術。

稼軒一首《玉樓春》,詞有小序:

樂令謂衛玠:人未嘗夢搗虀、餐鐵杵、乘車入鼠穴,以謂世無是事故也。余謂世無是事而有是理。樂所謂無,猶云有也。戲作數語以明之。

詞云:

有無一理誰差別。樂令區區渾未達。事言無處未嘗無,試把所無憑理說。　伯夷飢採西山蕨。何異搗虀餐杵鐵。仲尼去衛又之陳,此是乘車入鼠穴。

區區,瑣屑。乘車入鼠穴,行不通也。

樂令，名廣，晉人，最喜談玄。衛玠問夢，廣曰是想。古人腦筋簡單，思想少，故不做是夢。其實難説。

稼軒此《玉樓春》詞未必佳，而小序文真作得好。"無是事而有是理"，此是通人語。文學就是一個理。梁山水泊未必有一百零八好漢，若有，便該如彼《水滸傳》所寫；"紅樓"未必有大觀園、有林黛玉，然若有，便該如彼《紅樓夢》所寫。此是理。又如《阿Q正傳》，未必專寫某人，無是事，有是理。"無是事而有是理"，稼軒這位山東大兵，説出話來真通。而社會上的人都是半通半不通，有許多餿見解、餿主意，一知半解而自以為無所不解。稼軒不通時真不通，通時真通，"梅著子，筍成竿"也罷，"個裏柔溫，容我處其間"也罷，還是要"三羽箭，何日去，定天山"（《江城子》）！他是叨着人生不放嘴。雖説出話來未免不通，卻有他的熱心，如不會打牌的人，有時對打牌也愛。朱希真不然，自命聰明，其實他的聰明，是自笑生活舒服，此乃別人所唾棄的，不要的。智慧是好，聰明討厭。

稼軒有時真通，而有時不通，通有通的好，不通有不通的好，可愛！一部稼軒詞可做如是觀。

文學所追求的即矛盾的調和，是一，是複雜的單純。説此是一也成，一以貫之；説是佛家的禪也成；道家的玄也成。總之，在文學上、哲學上矛盾的調和乃是很要緊的一點。既有便非無，既無便非有；既有，他何能做如是想？故辛謂"樂所謂無，猶云有也"。有這麼一個小故事：某人欲作辟佛論，入夜沉思不寐。其妻曰："有何為？"曰："為辟佛，蓋世原無佛。"其妻曰："原無佛，何用辟。"

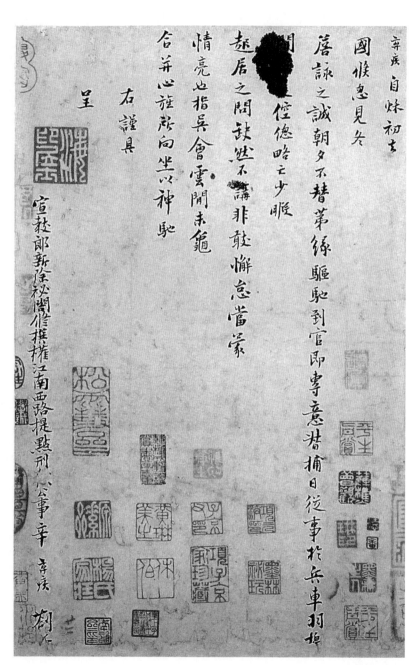

辛棄疾手劄

某人恍然大悟，乃信佛。④ —— 既無，憑理說是有。

　　《玉樓春》詞，簡直不是詞。以稼軒之天才學問，難道不知道不是詞嗎？真不能算詞，簡直不是韻文。有韻的散文還不如無韻的散文，它根本連散文也不成散文。詞之後半闋合平仄，而"葡萄拌豆腐"。所以韻文不合平仄不成，但合平仄也還不成。

四　才氣與思想

　　人多說稼軒長調好。

　　南宋寫長調者甚多，如姜白石（《白石道人歌曲》）、吳文英（《夢窗詞甲乙丙丁稿》），然彼等所走乃北宋之路子。北宋長調作者有柳永（《樂章集》）、周邦彥（《清真詞》）。周清真在北宋詞中地位甚重要，北宋詞結束於周，南宋詞發源於周。宋人詞史中有兩大作家不在此作風內，一東坡，一辛稼軒。蘇東坡在周前，自不似周，且周亦不曾受其影響，二人水米無交，互不相干。周清真吸收了許多北宋詞人的好處，獨於東坡未得其妙處。（東坡"大江東去"頗負盛名，然實不見佳。）東坡在北宋詞中是特殊者。稼軒亦寫長調，然亦不繼承誰。人必性情相近始能受其影響。稼軒在南宋雖不受別人影響，但他影響到別人了，如劉過（《龍洲詞》，劉乃辛之門客）及陸游。陸受蘇、辛二家影響，而自在不及蘇，當行不及辛，精彩不及蘇、辛二人。辛所影響的又一人則劉克莊（《後山先生長

---

④　見俞文豹《唾玉集》記載："張商英，字天覺，號無盡。嘗見梵冊整齊，歎吾儒之不若。夜執筆，妻向氏問何作，曰：'欲作無佛論。'向曰：'既曰無，又何論？'公駭其言而止。後閱藏經，翻然有悟，乃作《護法論》。"

短句》），在南宋可以學辛者蓋克莊一人。劉過與陸游乃因與辛同時同好，故受其影響；克莊則有意學辛，然未得其好處，只學得其毛病。

天下凡某人學某人，多只學得其毛病，故於學時不可一意只知模仿，不知修正。文學上不許模仿，只許創作，止於受影響。受影響與模仿不同，模仿是有心的，亦步亦趨；影響是自然的，無心的，潛移默化的——此為中國教育説。模裹脱⑤的教育非打倒不可。即如我教書，自然有我的目標、我的理想，我只是領大家一起往那兒走，但不必説，不必讓，做着看，而同學自受其影響。（今所説潛移默化，乃指學者一面，非指教者一面。）

稼軒長調前無古人，後無來者。此不關乎好壞。凡天地間大作家作品皆不可無一、不可有二，何況稼軒這樣了不得的人物！胡適講朱希真詞與余真不合，講辛詞則十八相合。胡氏謂辛詞：

> 才氣縱橫，見解超脱，情感濃摯。無論長調小令，都是他的人格的湧現。（《詞選》）

"才氣縱橫"即天才特高，"見解超脱"即思想深刻。"超脱"即不同尋常，而普通人講超人便不是人了。尼采所説"超人"即與中國道家"超人"之説不同，尼采所説"超人"是人，而他做的事別人做得了；中國道家所説"超人"是超脱人世，超脱人世離我們太遠了。有這樣一個故事：某僧行腳，遇一羅漢，渡化之行水面。僧曰："早知你如此，我用斧將你兩腳剁下去。"僧之話真是大善知識。我們何

---

⑤　模裹脱：蓋英文 model 的音譯。Model，模型、模仿，按模型製作。

以看中國人便比看外國人親切？便因他是我們一夥兒，故親切。稼軒詞亦然。有些作品，我是有時喜歡，有時不喜歡；有些作品，小時也喜歡，年長也喜歡，便因他是我們一夥兒。在詩中，余喜陶淵明、杜工部，便因他是我們一夥兒。太白便不成，他是出世。即如上所說：早知你腿如此，我早砍下來了。屈原真是天才，真高，雖然寫得騰雲駕霧，作風是神的，而情感是人的。但究竟有時覺得離得太遠，不及稼軒離得近。胡氏言稼軒詞是他“人格的湧現”。人格的湧現，其實每一人之作品都有其人格的湧現，豈獨稼軒？如柳永之濫、劉過之毛，亦人格湧現。人說話不對不成，太對了也不成；太對了，便如同說吃飽了不餓。

稼軒是有思想、有感情的，才氣尚或有人知，思想便無人了解，情感濃摯更不了解。學之者，非魯莽滅裂即油滑起哄。

辛稼軒有《賀新郎》一首，詞前有小序云：

> 邑中園亭，僕皆為賦此詞。一日，獨坐停雲，水聲山色，競來相娛。意溪山欲援例者，遂作數語，庶幾彷彿淵明思親友之意云。

詞云：

> 甚矣吾衰矣。恨平生、交遊零落，只今餘幾？白髮空垂三千丈，一笑人間萬事。問何物、能令公喜？我見青山多嫵媚，料青山見我應如是。情與貌，略相似。　　一尊搔首東窗裏。想淵明停雲詩就，此時風味。江左沉酣求名者，豈識濁醪妙理？回首叫、雲飛風起。不恨古人吾不見，恨古人不見吾狂耳。知我者，二三子。

辛為此《賀新郎》詞時，蓋在信州。

稼軒最能作《賀新郎》，一個天才，總有幾個拿手調子。辛之拿手調子如《賀新郎》，兩宋無人能及，後人作此亦多受辛影響，如蔣捷《竹山詞》有幾首尚佳，惜有點貧氣、單薄。

此詞序中説"彷彿淵明思親友之意"。羅大經《鶴林玉露》記載法昭禪師[6]偈云：

> 同氣連枝各自榮，些些言語莫傷情。一回相見一回老，能得幾時為弟兄。詞意藹然，足以啟人友於之愛。

"思親友"，陶公是思人，思志同道合者；辛之"彷彿思親友"，是象徵的，思山、思水亦是念志同道合者。詞中"白髮空垂"，言一事無成。而"一笑人間萬事"，真是稼軒。見青山"嫵媚"，"嫵媚"日本作"愛嬌"，蓋譯自英文 charming，"得人意"近之矣，但"得人意"三字不太好。"情與貌"，情是內心，貌是外表。稼軒才氣大，思想深刻，感情熱烈；然太熱烈，作長調便不免後繼不健。淵明《停雲》詩言"思親友"，但真有親友可思得？誰是淵明真知己？故用"此時風味"一句拉回來。"回首叫、雲飛風起"，後學稼軒者多學稼軒此處，此實稼軒太過出力處，不可學。"不恨古人吾不見，恨古人不見吾狂耳"，常人多喜此數句，實際前邊已經寫完了，後邊非使勁不可，故不好。

---

⑥　法昭禪師：又名演教禪師，宋初禪師。

五　性情與境界

辛稼軒《祝英台近‧晚春》：

> 寶釵分，桃葉渡，煙柳暗南浦。怕上層樓，十日九風雨。斷腸片片飛紅，都無人管，更誰喚、啼鶯聲住。　　鬢邊覷。試把花卜歸期，才簪又重數。羅帳燈昏，哽咽夢中語：是他春帶愁來，春歸何處？卻不解、帶將愁去。

"怕上"一作"陌上"，"更誰"一作"倩誰"。

茅盾有一文説，要有安定生活，才能有安定心情，而創作必要有安定心情。然則沒有安定心情、安定生活，便不能創作了麼？不然，不然！沒有安定生活，也要有安定心情。要提得起，要放得下。而現在是想要提起，哪能提起；想不放下，不得不放下。

在不安定的生活中，也要養成安定心情，許多偉人之成功都如此，如馬克辛（Mark Twain）[7]、如莎士比亞（Shakespeare）。列夫‧托爾斯泰（Lev Tolstoy）[8] 是大富翁，晚年欲出家，自以為一切皆很好，名譽、地位、創作、宗教，只有一種遺憾，太有錢，總想離開家。高爾基（Gorky）對托爾斯泰很佩服、敬仰，但有時總要諷刺他一下，便是托氏總想把自己表現得偉大。高爾基的《文錄》（魯迅編）其中有一篇關於托爾斯泰的回憶錄，高爾基在文中諷刺他，説他想做一種man-god。我們雖無托爾斯泰的富裕，便不寫了麼？莎士比亞與馬克

---

[7]　馬克辛（1835—1910）：今譯為馬克‧吐温，美國短篇小説巨匠，美國批判現實主義奠基人，代表作品有《百萬英鎊》、《湯姆‧索亞歷險記》、《競選州長》等。

[8]　列夫‧托爾斯泰（1828—1910）：19 世俄國批判現實主義作家，代表作品有長篇小説《戰爭與和平》、《安娜‧卡列尼娜》、《復活》等。

辛雖窮，不是也寫出那樣不朽的東西麼？此雖關乎天才，但我們不能只靠天。人應該發掘自己的天才，發掘不出也要養成，尤其幹才，是訓練出來的。

稼軒無論政治、軍事、文學，皆可觀，在詞史上是有數人物。

說稼軒似老杜也還不然，老杜還只是一個秀才，稼軒則"上馬殺賊，下馬草露布"⑨。辛氏做官雖也不小，但意不在做官，是要做點事。他有兩句詞：

> 此身忘事渾容易，使世相忘卻自難。
>
> 《（鷓鴣天·戊午拜復職奉詞之命）》

這樣一個熱心腸、有本領的人，而社會不相容。

若以作風論，辛頗似杜，感情豐富，力量充足，往古來今僅稼軒與杜相近。但稼軒有一着老杜還沒有，便是辛有幹才。我們感情豐富才不說空話，力量充足才能做點事情。但只此還不夠，還要有幹才。稼軒真有幹才，自其小傳可看出這點。老杜不成。稼軒此點頗似魏武帝老曹。老曹原也感情豐富，只是後來狠心狠得把感情壓下去了。世上本沒有辦不成的事情。（而現在中國幾十年教育的失敗，便是書本與生活打不到一塊兒。）稼軒有幹才，其偉處在有性情、有境界，即以氣象論，亦有揚素波、干青雲之概，豈後世齷齪小生所可擬耶！

《祝英台近》寫"晚春"，一提"晚春"，便都想到落花飛絮，想到的是景。而稼軒是最不會寫景的，他純粹寫景的作品多是失敗的。但

---

⑨　見《魏書》卷七十《傅永列傳》："高祖（魏孝文帝）每歎曰：'上馬能擊賊，下馬作露布，唯傅修期耳。'"露布，漢代一種朝廷發佈制書、詔書或臣僚上呈奏章的特殊方式，尚未成為獨立文體。所以謂之"露布"者，蓋因其不封檢，露而宣佈。至後魏，"露布"轉變為一種軍事報捷文書。

如：“點火櫻桃，照一架荼蘼如雪。”（《滿江紅》）

如此之開端，真好，真響！《滿江紅》該用入聲韻，而除稼軒外，別人作出多是啞的。稼軒詞，即其音之飽滿便可知其內在力量是飽滿的、是誠的。（“月黑殺人地，風高放火天”二句，亦然。）《水滸傳》寫武松鴛鴦樓上殺完人，“蘸着血，去白粉壁牆上大寫下八字道：‘殺人者打虎武松也！’”。金聖歎批：“請試擲地，當作金石聲。”辛此“點火櫻桃，照一架荼蘼如雪”，亦然。寫景沒有寫得這麼有力的。魏武、老杜也有力，但他們是十分力氣使八分，稼軒十二分力氣使廿四分。但寫景不能這樣寫，前邊使力太多，後邊無以為繼。

稼軒詞中有寫景之語，但他的寫景都是情的陪襯，情為主，景為賓。北宋詞就景抒情，至稼軒、白石一變而為即事敍景。北宋清真（周邦彥）寫景寫得真好：

> 人去烏鳶自落，小橋外、新綠濺濺。（《滿庭芳》）

真新鮮，真是春天印象，水清且綠。此是純寫景，無情。又如：

> 水面清圓，一一風荷舉。（《蘇幕遮》）

靜安先生説此二句“真能得荷之神理者”（《人間詞話》），非荷之形貌外表，然而無情。作品是人格表現，周清真之詞曰“清真”，美得不沾土，其人蓋亦然。稼軒不寫這樣詞。周是女性的，辛是男性的。

辛不能寫景，感情太熱烈，説着説着自己就進去了。如其《江城子》（寶釵飛鳳）一首：

> 寶釵飛鳳鬢驚鸞。望重歡。水雲寬。腸斷新來，翠被粉香

殘。待得來時春盡也，梅著子，筍成竿。

　　"水雲寬"豈非寫景，而"望重歡"是寫情；"翠被粉香殘"是景，而"腸斷新來"是情勝過景；"梅著子，筍成竿"是景，而"待得來時春盡也"是情。情注入景，詩中尚有老杜、魏武，詞中無人能及。他感情豐富，力量充足，他哪有心情去寫景？寫景的心情要恬淡、安閒，稼軒之感情、力量，都使他閒不住。稼軒詞專寫景的多糟，其寫景好的，多在寫情作品中。

　　稼軒此首《祝英台近》寫"晚春"，不是小杜之"綠葉成蔭"（《歎春》），也不是易安之"綠肥紅瘦"（《如夢令》）。先不論辛之"晚春"詞為象徵抑寫實。若說為象徵，借男女之思寫家國之痛。英雄是提得起、放得下的，稼軒是英雄，其悲哀更大，國破家亡，此點是提不起、放不下。宋雖未全亡，但自己老家是亡了。這樣講也好，但講文學最好還是不穿鑿，便是寫實，寫男女二性之離別，也是很好的詞。

　　"桃葉"，晉王獻之愛妾，獻之曾為《桃葉歌》送之。"南浦"，江淹《別賦》："送君南浦，傷如之何？""煙柳暗南浦"，真遠。"怕上層樓，十日九風雨"，無可奈何。能使稼軒那樣的英雄說出這樣的可憐話來，真是無可奈何。要提起，如何能提起？要放下，如何能放下？了解此二句，全部辛詞可做如是觀。

　　宋人詞中有句云："拼則而今已拼了，忘則怎生便忘得。"（李甲《帝台春》）

　　詞不見得好，便是兩句老實話。稼軒也寫這種心情，比他寫得還詩味：

　　　　天遠難窮休久望，樓高欲下還重倚。拼一襟、寂寞淚彈秋，無人會。（《滿江紅》）

前面"拼則而今拼了"二句，還有點散文氣，辛此詞較之更富於文學藝術，他說"無人會"，真是"無人會"，無可奈何。

"寶釵分"一首詞纏綿得很，在稼軒詞中很少見，不過真好。詞中寫到"片片飛紅"、"啼鶯聲住"，飛紅也拉不住，啼鶯也勸不住，只好讓它飛、讓牠啼。"更誰喚、啼鶯聲住"與"怕上層樓，十日九風雨"二句一樣，無可奈何。飛者自飛，啼者自啼，而人是無可奈何。

此詞若講做男性之言，與後片不合，不如全當做女性之言。"鬢邊覷"、"花卜歸期"，感情很熱烈、很忠實，不用說，而且也美。辛詞往往以力代替美，清真詞以美勝於力。前所舉"天遠難窮休久望"之一首《滿江紅》就代表力量，這樣詞要沒有勁，非糟不可，而"花卜歸期，才簪又重數"，真美。

稼軒雖是老粗，但真能寫女性，了解女性，而且最尊重對方女性人格。此一點兩宋無人能及，便蘇髯[10]亦不成。辛寫女性總將對方人格放在自己平等地位，周清真、柳耆卿都把女性看成玩物，而稼軒寫得嚴肅。"花卜歸期，才簪又重數"，可見心不在花。清醒時是"花卜歸期"，睡夢中是"哽咽夢中語：是他春帶愁來，春歸何處？卻不解、帶將愁去"。

在中國詩史上，所有人的作品可以四字括之——無可奈何。稼軒乃詞中霸手、飛將，但說到無可奈何，還是傳統的。"試把花卜歸期，才簪又重數"，憂、憐，無可奈何。《鷓鴣天》(晚日寒鴉)[11]一首

---

[10] 蘇髯：蘇東坡。

[11] 《鷓鴣天》：詞題為《代人賦》，全詞如下："晚日寒鴉一片愁。柳塘新綠卻溫柔。若教眼底無離恨，不信人間有白頭。　　腸已斷，淚難收。相思重上小紅樓。情知已被山遮斷，頻倚闌干不自由。"

亦然。

此是稼軒代表作，至少是代表作之一。

余初讀時喜歡後三句，"是他春帶愁來，春歸何處。卻不解、帶將愁去"，此少年人傷感；其後略經世故，知道世事艱難，二三十歲喜歡"怕上層樓，十日九風雨"二句；四十多歲以後才懂得"鬢邊覷。試把花卜歸期，才簪又重數"三句是最美的。

六　英雄的手段與詩人的感覺

辛稼軒《滿江紅》：

> 家住江南，又過了、清明寒食。花徑裏、一番風雨，一番狼藉。紅粉暗隨流水去，園林漸覺清陰密。算年年、落盡刺桐花，寒無力。　庭院靜，空相憶。無説處，閒愁極。怕流鶯乳燕，得知消息。尺素如今何處也？彩雲依舊無蹤跡。慢教人、羞去上層樓，平蕪碧。（"彩雲"，又本作"綠雲"。）

> 木葉落，長年悲。（《淮南子》）

木葉落可悲，尤其在長年，以其來日無多，去日苦多。

古人弄詩詞，因他有閒情逸致；而現在世界，不允許我們如此了。

善惡是非，現在已成為過去的名詞。現在世界，不但不允許我們有閒情逸致，簡直不允許我們討論是非善惡。我們一個人要做兩個人的事情，縱使累得倒下、爬下，但一口氣在，此心不死，我們就要幹。這不是正義，不是是非善惡，是事實，鐵的事實。你不把別人打出去，你就活不了。⑫惜老憐貧是古時的仁義道德。在現在，要說“我不想忙”、“我不想負責任”，便如同說“餓了不想吃飯”，不是糊塗，便是騙人。要說沒飯可吃便趕快要想法吃飯，說別人是有慈悲的、有同情的，這話很可憐（別人無所用其慈悲）。世上仗着別人同情、慈悲活着的，是什麼人呢！我們不能這樣活着。

與其滿腹勾心鬥角而滿口風花雪月，還不如就把他的勾心鬥角寫出來呢。“月黑殺人地，風高放火天”之好，便因其有力，誠！

誠，不論字意，一讀其音便知。學文學應當朗讀，因為如此，不但能欣賞文學美，且能體會古人心情，感覺古人之力、古人之情。

前人將詞分為婉約、豪放二派，吾人不可如此。如辛稼軒，人多將其列為豪放一派。而我們讀其詞不可只看為一味豪放。《水滸》李大哥是一味顢頇，而稼軒非一味豪放。即如稼軒之豪放，亦絕非粗魯顢頇，而一般說豪放但指粗魯顢頇，其實粗魯顢頇乃辛之短處。人有不虞之譽，有求全之毀。稼軒是有短處，但不可只認其短處，而將其長處全看不出。

人都說辛詞好，而其好處何在？一說滿擰。

辛有英雄的手段，有詩人的感覺，二者難得兼而有之。這一點辛很似曹孟德，不用說心腸、正義、慈悲，但他有詩人的力、詩人的誠、詩人的感覺。在中國詩史上，蓋只有曹、辛二人如此。詩人多無英雄手段，而英雄可有詩人感情，曹與辛於此二者蓋能兼之。老杜不成。老杜也不免詩人之情勝過英雄手段，便因老杜只是“光桿”詩人。

稼軒是承認現實而又想辦法幹的人，同時還是詩人。一個英雄太

---

⑫ “你不把別人打出去，你就活不了。”此就抗日戰爭而言。

承認鐵的事實，太要想辦法，往往不能產生詩的美；一個詩人能有詩人的美，又往往逃避現實。只有稼軒，不但承認鐵的事實，沒有辦法去想辦法，實在沒辦法也認了；而且還要以詩的語言表現出來。稼軒有其詩情、詩感。中國詩，最俊美的是詩的感覺，即使沒有偉大高深的意義，但美。如"楊柳依依"、"雨雪霏霏"（《詩經‧小雅‧采薇》），若連此美也感覺不出，那就不用學詩了。

　　莫避春陰上馬遲，春來未有不陰時。

（《鷓鴣天‧送歐陽國瑞入吳中》）

　　此二句，連老杜也寫不出來。清周濟（止庵）論詞，將詞分為自在、當行。[13] 自在是自然、不費力；當行是出色，費力。又當行又自在、又自在又當行，很難得。如清真詞自在，而不見得當行。稼軒當行，如"點火櫻桃，照一架荼蘼如雪"（《滿江紅》），但又嫌他太費力。辛詞當行多、自在少，而若其"莫避春陰上馬遲，春來未有不陰時"二句，真是又當行，又自在。若教老杜，寫不了這樣自在。

　　"莫避春陰上馬遲"，不用管陰不陰，只問該上馬不該，該走不該，該走該上馬，你就上馬走吧，"春來未有不陰時"！我們不生於華胥之國[14]，不能為葛天氏[15]之民，便不能等太平了再讀書，這是鐵的事

---

[13]　周濟《介存齋論詞雜著》論蘇辛詞云："世以蘇辛並稱，蘇之自在處，辛偶能到；辛之當行處，蘇必不能到。"

[14]　華胥國：典出《列子‧黃帝》："（黃帝）晝寢而夢，遊於華胥之國……其國無師長，自然而已。其民無嗜慾，自然而已。不知樂生，不知惡死，故無夭殤；不知親己，不知疎物，故無愛憎；不知背逆，不知向順，故無利害；都無所愛惜，都無所畏忌，入水不溺，入火不熱。斫撻無傷痛，指擿無痟癢。乘空如履實，寢虛若處牀，雲霧不硋其視，雷霆不亂其聽，美惡不滑其心，山谷不躓其步，神行而已。"

[15]　葛天氏：上古氏族部落首領，是華夏樂舞文化的創始者。

實。一般人都逃避現實，逃避現實的人便是不負責任的人、偷懶的人，不是生在此世的人。我們要承認現實中鐵的事實，同時要在此鐵的事實中想辦法。如人病入膏肓，沒有辦法了，等法子，不可為；沒辦法，想辦法去實行；實在沒辦法，只好懸崖放手了。"莫避春陰上馬遲，春來未有不陰時"，認了！

稼軒有時亦用力太過，如其詠梅詞之《最高樓》"換頭"：

> 甚喚得雪來白倒雪，便喚得月來香煞月。

中國詠梅名句是：

> 疏影橫斜水清淺，暗香浮動月黃昏。
>
> （林逋《山園小梅》）

林氏此二句實不甚高而甚有名。余不是不欣賞靜的境界，但不喜歡此二句。此二句似鬼非人，太清太高了，便不是人，不是仙便是鬼，人是有血、有肉、有力、有氣的。如說"疏影橫斜"二句是清高，恐怕也不見得。

"甚喚得雪來白倒雪，便喚得月來香煞月。"不能只看其搗亂，似白話，要看其力、誠、當行。胡適先生謂其好乃因其"俳體"，余非此意。它的確是"俳體"，是活的語言，而它最大的力量是誠，但太不自在。別人作"俳體"，易成起鬨、拆爛污⑯，發鬆，便因其無力。人一走此路便是下流，自輕自賤，叫人看不起。人必自侮而後人侮之，是自輕自賤，這樣"俳體"不成。稼軒不然，稼軒心腸熱，富於

---

⑯　拆爛污：南方方言，意思是指做事苟且馬虎，不負責任，致使事情糟到難以收拾。

責任心，他有力、有誠，絕不致被人看不起，而且教人佩服，五體投地，這便由於他裏面有一種力量，為別人所無。

讀稼軒若只以豪放、俳體去會，便錯了。不要以為"白倒雪"、"香煞月"是起哄，也不要以"落日樓頭，斷鴻聲裏，江南遊子"（《水龍吟·登建康賞心亭》）一首為豪放，猶不可認為是顚頂。

辛稼軒這首《滿江紅》（家住江南）不是大聲吆喝着講的。"甚喚得雪來白倒雪"二句、"莫避春陰上馬遲"二句可以講，"楊柳依依"、"雨雪霏霏"，怎麼講？唸一唸就可以，還是不唸，其實看一看便覺得好。"家住江南，又過了、清明寒食"，一起便好。絕非粗魯，尤其前片。"又過了、清明寒食"，什麼都沒説，而什麼全有了。清明寒食，對得起江南，江南也對得起清明寒食，好像只有在江南，才配過清明寒食，説"家住北京"便不成，這沒道理，這是感覺。有什麼條文紀律？沒有，就憑我嘴一説，你心一感。我説了，你不感不成；你感了，可以我不説。"花徑裏、一番風雨"，還沒什麼，"一番狼藉"（仄平平入），真好，用得真好，便看見滿地落花，雨打風吹。"紅粉暗隨流水去，園林漸覺清陰密"，二句不見佳。"算年年、落盡刺桐花，寒無力"，真好，一唸便覺無力。此是詩人感覺。説到感覺，需要細，體會時如此；創作時也需如此。

七　含笑而談真理

辛稼軒有《西江月》兩首，一題《遣興》，一題《示兒曹，以家事付之》。

醉裏且貪歡笑，要愁那得工夫。近來始覺古人書，信着全

無是處。　　昨夜松邊醉倒，問松"我醉何如？"只疑松動要來扶，以手推松曰："去！"（《西江月A遣興》）

萬事雲煙忽過，百年蒲柳先衰。而今何事最相宜？宜醉宜遊宜睡。早趁催科了納，更量出入收支。乃翁依舊管些兒，管山管竹管水。（《西江月·示兒曹，以家事付之》）

《西江月》一調之格律：

○；｜｜○；－－○；｜｜句，○；－－○；｜｜－ －平韻。
○；－－○；｜｜｜－ －叶。○；｜｜○；－－○；｜｜叶仄韻。
○；｜｜○；－－○；｜｜句，○；－－○；｜｜－ －平韻。
○；－－○；｜｜｜－ －叶。○；｜｜○；－－○；｜｜叶仄韻。

上下片同。或曰仄韻宜叶去，但亦不盡然。曲中平仄兼叶，詞中如《西江月》即平仄兼仄，開曲之先聲。

《西江月》調太俗，歐公、蘇公所作尚佳，南宋而後則推稼軒。此調之俗，一因小說中用俗了，一因此調本身即俗，蓋因六言之故。

王漁洋詩學王維，而口中捧老杜，實是掛羊頭賣狗肉。王之學與捧是有道理的。姚鼐的《今體詩鈔》以為王摩詰有三十二相（姚氏此書只收五七律，不收五七絕，不知何故）。佛有三十二相，乃凡心、凡眼所不能看出的。摩詰有三十二相，則超人。於詩，摩詰不使力，老杜使力；王即使使力，出之詩亦高，而杜即使不使力，出之詩亦艱難。以王如此之天才，作六言詩也不成。如其《高原》：

桃紅復含宿雨，柳綠更帶朝煙。
花落家童未掃，鳥啼山客猶眠。

俗。一樣話看你怎麼說法，創作如此，說話亦然。黃山谷與老杜爭勝於一字一句之間，起初余頗不以此為然，而近來頗以為然。蓋對一字一句不注意，就是放棄了對文學之責任。同是這一點意思，說得好與不好有很大關係。"桃紅復含宿雨，柳綠更帶朝煙。"此境界的確不錯，很有詩意，可惜寫得俗。若把"復"、"更"字去了，便不一樣。改為：

> 桃紅含宿雨，柳綠帶朝煙。
> 花落童未掃，鳥啼客猶眠。

這便好得多，何故？此蓋因中國詩不宜六言。以王維三十二相寫六言尚不免俗，何況我輩？然此乃就無天才者而言，假使真是天才，思想高深，雖頂俗的調子也能填得很好。如老譚（叫天）唱戲，《賣馬》[17]、《打漁殺家》[18]……人說原多是開場戲，可是被老譚唱成大軸子了。《西江月》調原很俗，可是被歐、蘇、李作好了。

"俳體"，含笑而談真理，使讀者聽了有趣，可是內容是嚴肅的。

人同什麼開玩笑都可以，絕不可用自己的生活開玩笑，能同生活開玩笑的人非大英雄即大天才，我輩絕不可如此。戰戰兢兢，小心謹慎，這樣或者還能做成像樣的人，做點像樣的事，絕不可開玩笑。人到刀子攔脖子上還能開玩笑麼？如能開玩笑，那麼你就開玩笑，因為你有這天才。不過開玩笑的確是可贊成的，可以使我們活得有味兒。

---

[17]　《賣馬》：又名《天堂縣》、《當鐧賣馬》，譚鑫培代表作。敍秦瓊解配軍至潞州天堂縣投文，困居客店。店主索房飯錢，秦瓊忍痛欲賣黃驃馬，遇單雄信借馬而去。秦瓊再欲賣鐧，遇王伯當、謝映登資助，並代索回文。

[18]　《打漁殺家》：戲曲傳統劇目，此戲原為《慶頂珠》中兩折，敍梁山英雄蕭恩與女兒桂英捕魚為生，當地惡霸丁員外勾結官府，一再勒索漁稅，濫施刑杖，父女被迫奮起抗爭，殺死惡霸丁員外全家，遠走他鄉。

在現在之世界，誠如巴爾扎克（Balzac）所言，忙得使人沒法活了。"塵世難逢開口笑"（趙善括《滿江紅》），現在尤其難，簡直壓得我們出不來氣，所以我們要開玩笑，不過態度是要含笑而談真理。稼軒這不同自己開玩笑了麼？而又很富於幽默趣味。有的人非常忠厚，而說出話來真幽默，這樣人可愛。一個人應該是認真的，但休息時要有孩子的天趣，是活潑潑的、幽默的。如人之飲食為解飢餓，而有時要喝咖啡、吃糖，這不是為了解飢餓，乃是生活的調劑。在某種情形下，滑稽、幽默、詼諧是需要，唯不可成為搗亂、拆爛污。

幽默有三種：一種諷刺，過於冷。如清人俞樾的《一笑》記有一篇故事，寫一個學生給老師戴高帽：

> 有京朝官出仕於外者，往別其師。師曰："外官不易為，宜慎之。"其人曰："某備有高帽一百，逢人則送其一，當不至有所齟齬也。"師怒曰："吾輩直道事人，何須如此！"其人曰："天下不喜戴高帽如吾師者，能有幾人歟？"師頷其首曰："汝言亦不為無見。"其人出，語人曰："吾高帽一百，今止存九十九矣。"

人沒有不喜歡戴高帽的。此故事是諷刺，而近於冷。

又一種是愛撫，發現人類或社會之短處，但不揭破它，如父母之對子女，帶着忠厚溫情。人本來是不夠理想的生物，上帝造人便有缺點。但有的人因有一點缺點反而更可愛了。

又一種是遊戲（唯美），如以前馮夢龍《廣笑府》所講過的故事：

> 三人漫步，一人曰："春雨如油。"第二人繼曰："夏雨如

饅頭。"第三人則曰："周文王如炊餅。"（第二人故意將"油"之比喻義作為實義，故以"饅頭"喻"夏雨"，第三人故意將"夏雨"之諧音為"夏禹"，方繼之以"周文王"。）

像這樣的幽默既非刻薄，又非愛撫，只是智慧。（至於揭人陰私，血口噴人，品斯下矣。）

稼軒此二首"俳體"，非諷刺，而頗近於愛撫。尤其後一首《示兒曹，以家事付之》，此愛不僅是對其子女，對自己亦有點愛撫。前一首頗似小兒天真。世人有思想者多計較是非，無思想者多計較利害。無論是非或利害都是苦，只有小兒無是非、利害，只是興之所至，盡力去辦，此是最富於詩味的遊戲。小兒遊戲很天真、很坦白，而且是很真誠的。前一首《遣興》非諷刺亦非愛撫，只是遊戲。但遊戲要坦白、真誠，忌妄言，稼軒做到了。

八　餘論

稼軒《滿江紅》（莫折荼蘼）下片：

> 榆莢陣，菖蒲葉。時節換，繁華歇。算怎禁風雨，怎禁鶗鴂。老冉冉兮花共柳，是棲棲者蜂和蝶。也不因、春去有閒愁，因離別。

生發與鋪敍不同。生發是因果、母子；鋪敍是橫的，彼此間毫無關係，只是偶然相遇一起，擺得好看，有次序而已。"榆莢陣"與"菖蒲葉"兩句是鋪敍，"時節換"與"繁華歇"兩句是因果、是生發。而一、二句又與三、四句並列：

上兩句是雲中雁，下兩句是鳥槍打。稼軒此下片每兩句為一排，兩兩生發。

《虞美人》、《菩薩蠻》是最古調子。稼軒有一首《菩薩蠻》可稱前無古人之作，能自出新意，自造新詞，其上片：

> 青山欲共高人語，聯翩萬馬來無數。煙雨卻低回，望來終不來。

自有《菩薩蠻》以來都是寫得很美、很纏綿，稼軒也仍是美麗纏綿，但別人是軟弱的，稼軒是強健的。故不論其好壞，總之只此一家。

稼軒有詞《水龍吟‧用"些"語再題瓢泉》[19]，以體制論，自有《水龍吟》來，無有此等作。

稼軒《水龍吟‧登建康賞心亭》一首，下片"休說鱸魚堪膾。盡西風、季鷹歸未"句，"歸未"下，不應標問號。"歸未"只是未歸之意，所以上句說"休說鱸魚堪膾"也。說了亦是歸不得，不如不說之為愈也。

稼軒《鷓鴣天》（有甚閒愁）一首，晚年寫這樣詞真是霸王在九

---

[19] 《水龍吟》，全詞如下："聽兮清佩瓊瑤些，明兮鏡秋毫些。君無去些，流昏漲膩，生蓬蒿些。虎豹甘人，渴而飲汝，寧猿猱些。大而流江海，覆舟如芥，君無助，狂濤些。　路險兮、山高些，愧余獨處無聊些。冬槽春盎，歸來為我，製松醪些。其外芳芬，團龍片鳳，煮雲膏些。古人兮既往，嗟予之樂，樂簞瓢些。"

里山前，事業失敗是悲哀，但年老更可悲："百年旋逐花陰轉，萬事常看鬢髮知。"

二句傷感，但是兩句好詞。百足之蟲死而不僵者，他傷感到底有力。

後人學稼軒多犯二病：一為忘掉稼軒才高，二為不能"入"。忘掉稼軒才高，則學之亂來。稼軒"才氣縱橫"，絕非魯莽，不是《水滸》中李大哥蠻砍，忘此而學之乃亂來。稼軒能"入"，深入人心，深入人生核心，咀嚼人生真味。（朱希真便不能入，殺人不死。）常人但見稼軒詞中說理，不知稼軒所說是什麼理，他也說理，也不思量自己說的什麼理。即如上述《玉樓春》（有無一理），稼軒說理還不是作"砸"了？不過英雄失敗到底是英雄，庸人成功也還是飯桶，項王臨死烏江自刎還那麼大方。常人既不了解稼軒之才氣，又不了解稼軒之思想，所以膽大敢學。然而，要緊之處還在"感情濃摯"。稼軒最多情，什麼都是真格的。此直似杜工部、陶淵明、屈靈均，天才的精神多有相通處。"情感濃摯"作不出來，所以千百年後讀稼軒詞仍受其感動。

第七講
説竹山詞

蔣捷，字勝欲，自號竹山，宜興人。

胡適之《詞選》説，蔣捷，宋末德祐年間曾中進士。宋亡之後，隱居不仕。元成宗大德年間，有許多人推薦他，他總不肯出來做官。

南宋末詞家多走入纖細、用典之路，而多詠物之作。(同學不喜詠物之作最好，若喜歡，最好拋掉此種愛好。) 宋末詞路自北宋清真(周邦彥) 一直便至南宋白石(姜夔)，其後則梅溪(史達祖)、夢窗(吳文英)、碧山 (王沂孫)、草窗 (周密)、玉田 (張炎)，此為一條路子。南宋除此六家外，無大作者。清人戈載輯《宋七家詞選》①，即收此七家之詞。"江西一派"有"一祖"(杜甫)，"三宗"(黃庭堅、陳師道、陳與義)；南宋詞 "一祖"(周邦彥)，"六宗"(白石、梅溪、夢窗、碧山、草窗、玉田)。如果算上竹山，則是"一祖"、"七宗"。

自清以來，詞人多走此路子。余不喜此路。用魯迅先生話，一言以蔽之曰：黨同伐異而已矣。

---

① 戈載 (1786—1856)：字寶士，一字孟博，號順卿，又號弢翁，清代著名學者、詩人，著有《詞林正韻》三卷，編選《宋七家詞選》。

明・沈周《詩畫合璧圖》

一　傷感

胡適之評蔣捷詞曰：

> 蔣捷受了辛棄疾的影響，故他的詞明白爽快，又多嘗試的意味。

此胡氏自道也。連風格、體裁都沒有，還不用説內容。胡氏之推重竹山，蓋因胡氏與之相似。胡氏又謂蔣捷詞在其中頗能“自造新句”、“自出新意”（《詞選》），此謂內容意義與外表辭句皆與人不同。

余於胡適之説多不贊成，論詞尚有可取之處。

胡氏謂蔣捷詞有新句、新意。且看其《賀新郎·秋曉》中句：

> 起搔首、窺星多少。月有微黃籬無影，掛牽牛、數朵青花小。秋太淡，添紅棗。

寫牽牛寫出“月有微黃籬無影，掛牽牛、數朵青花小”，真是不能再好了。“月有微黃籬無影”，不是牽牛，至“掛牽牛”始寫牽牛，但上句絕不可去，無下句，上句無着落；無上句，下句也沒勁。如照相之有陰陽影，即所謂明暗，這是藝術。文學描寫亦然。“掛”字用得好。“數朵青花小”是牽牛（那開大朵紅色斑斕的牽牛蓋來自外國），這是明面，是牽牛面貌，而牽牛精神全在上句——“月有微黃籬無影”[2]。

胡適先生説這樣詞好，固然，但余之介紹蔣詞，不單為此。余之喜竹山詞，因他有幾首很有傷感氣。（余有一時期最富傷感氣，雖然

---

[2]　葉嘉瑩此處有按語：此仍是纖巧之技。

此時想來，那時是最幸福的時期。）竹山之傷感詞如"二十年來，無家種竹，猶借竹為名"（《少年遊》）。

除掉傷感氣，在文學表現上，各家各有其表現法。在此點上，竹山與南宋六家不同。白石等六人總覺不肯以真面目示人，總不肯把心坦白赤裸給人看。總是繞彎子，遮掩，其實毫無此種必要。他們的遮掩，遮掩什麼？是實在寫得沒什麼看頭，沒什麼聽頭，所以不得不遮掩裝飾。

蔣詞之好，誠如胡氏所言"明白爽快"。如"月有微黃籬無影"數句，南宋六家根本就無此等句，根本就寫不出來。腦裏沒有，手下也寫不出來，正是禪宗所謂"眼裏無筋，皮下無血"（應庵和尚語）[3]。蔣氏真有眼，如"月有微黃籬無影，掛牽牛、數朵青花小"；真有血，如"二十年來，無家種竹，猶借竹為名"。然而此詞還不能說是蔣氏傷感詞中好的代表作品，還有更好的。但最早感動余的是"二十年來"三句，覺得南宋還有這麼寫的哪，明白爽快，簡單真切；又不明白，不真切，不簡單，不爽快。人皆只知複雜為美，其實簡單亦為美。或曰：有一人自號為清躬道人，或詢其意，曰："沒米沒穴，精窮而已。"這是幽默。中國人若說可愛真可愛，若說該打真該打。幽默固然可以，但不要成為起哄、耍貧嘴。人到活不下去而又死不了的時候，頂好想一個活的辦法，就是幽默。這是一種法寶。竹山詞即有此種寫法（此點以後還要說）。

余對竹山詞之愛好始於"二十年來"三句，但其最好的傷感作品非此，乃《虞美人》：

---

③　見《五燈會元》卷二十記應庵和尚語："三世諸佛，眼裏無筋。六代祖師，皮下無血。"

少年聽雨歌樓上，紅燭昏羅帳。壯年聽雨客舟中，江闊雲低，斷雁叫西風。　而今聽雨僧廬下，鬢已星星也。悲歡離合總無情，一任階前，點滴到天明。

"虞美人"與"菩薩蠻"是最古的調子。稼軒有一首《菩薩蠻》可稱前無古人之作，能自出新意，自造新詞：

青山欲共高人語，聯翩萬馬來無數。煙雨卻低回，望來終不來。

自有《菩薩蠻》以來都是寫得很美、很纏綿。其實稼軒也仍然是美麗纏綿，但別人是軟弱的，稼軒是強健的。北京有口語："這多沒勁哪！"沒勁真不成，稼軒真有勁。姑不論其好壞，總之只此一家，別無分號。

"問君能有幾多愁"（李煜《虞美人》），差不多人所作都是這味兒的。竹山蓋曾受稼軒影響。南宋詞人好繞彎子，遮掩模糊。而稼軒寫"煙雨"，字不迷糊，寫得多清楚。竹山的"月有微黃籬無影"也是清清楚楚，把朦朧端出來了。稼軒《菩薩蠻》是只此一家，竹山此首《虞美人》也是前無古人。

"少年聽雨歌樓上"一句，字很普通，而把少年的心氣 —— 什麼都不怕及其高興都寫出來了。"紅燭昏羅帳"，不僅寫燈昏，連少年的昏頭昏腦、不思前想後的勁都寫出來了。

"壯年"挑上擔子，為家為國為民族，"江闊雲低"，"江闊"，活動地面大，"雲低"，非奮鬥不可，"斷雁叫西風"寫自己感情。而且"壯年"二字一轉，便從少年轉過來了。這比"起搔首、窺星多少"和"二十年來無家種竹"二首都好。那多小，多空虛；這多大，多結實，連稼軒都不成。稼軒也許比他還有勁，但沒有他的俊，句子不如他乾淨。近代白話文魯迅收拾得頭緊腳緊，一筆一個花。即使打倒別人，打100個跟頭要有100個花樣，重複算我栽了。別人則毛躁；稼軒不毛躁，但絕沒有竹山收拾得那麼乾淨。

竹山此詞細。"細"有兩種說法，一指形體之粗細，一指質地之精細、糙細。蔣氏此詞在形上夠大的，不細；但他之細乃質上的細，重羅白麵，細上加細。

竹山《虞美人》上半闋，沒有商量的，沒一字不好，可惜下半闋糟了。稼軒有時亦然，其《菩薩蠻》下半闋是搗亂：

> 人言頭上髮，總是愁中白。拍手笑沙鷗，一身都是愁。

蔣氏後半闋是洩氣了。好仍然好，可惜落在中國傳統裏了。"少年……"，買笑、快樂；"壯年……"，悲憤；"老年……悲歡離合總無情"，一切不動情，不動心，解脫、放下，凡事要解放、要放下。其實人到老年是該解脫、放下，但生於現代，解脫也解脫不了，放也放不下，不想扛也得扛，不想幹也得幹。

二　情致

竹山詞中情致最高者，要數《少年遊》：

> 梨邊風緊雪難晴。千點照溪明。吹絮窗低，唾茸窗小，人隔翠陰行。　　而今白鳥橫飛處，煙樹渺鄉城。兩袖春寒，一襟春恨，斜日淡無情。

人生一切好的事情都是不耐久的，人生所以值得留戀（流連）。努力，為將來而努力；留戀，對過去而留戀——這是人生兩大詩境。這兩種境界都是抓不住的，而又是最美的時期。無論古今中外寫愛寫得多美的散文，他所寫的不是對過去的留戀，就是對將來的努力。詩人的幸福不是已失的，便是未來的，沒有眼下的。若現在正在愛中，便只顧享受，無暇寫作。

中國人寫愛多是對過去的留戀。晚唐詩人李義山（唯美派作家）的代表作《錦瑟》，“錦瑟無端五十弦”，“無端”，好；“一弦一柱思華年”，“華年”，真好。平常把好的名詞、美的句子、好文、好書都馬虎過去了，如豬八戒吃人參果。《錦瑟》詩之美，便因其所寫為回想當年情景。

寫對未來的愛、對未來的愛的奮鬥，是西洋人。雖然中國亦非絕對沒有，韓偓有詩即對將來愛之追求：

> 菊露凄羅幕，梨霜惻錦衾。
> 此生終獨宿，到死誓相尋。
>
> 　　　　（《別緒》）

詩人寫愛，不要以為是只寫人生一部分，乃是寫整個人生。愛是人生一部分，詩是象徵整個人生。可惜中國人寫愛多只是對過去之留戀。竹山此詞即是。

首句“梨邊風緊雪難晴”，寫梨花，非真雪；“雪難晴”，花且落不完哪。“千點照溪明”，好，水淨花白。這是寫過去（雖然中國動詞沒有時間性）。“人隔翠陰行”，這麼平常而這麼美。字是平常字，句是簡單句，但有真情實感，有悠長意味（現代人寫白話文，非寫成爛棉花不止）。雖中國式的表現手法，真寫得好。溫柔敦厚，中國傳統

之美。如朱竹垞（彝尊）詞：“共眠一舸聽秋雨，小簟輕衾各自寒。”（《桂殿秋》）

朱氏一部詞沒什麼好，但有此二句便可以了。“小簟輕衾”句是那麼好，把秋天味全寫出來了。“佯佯脈脈是深機”（韓偓《不見》，但此句成説明了），所謂不言而喻，要心相會，莫逆於心。詩中好的境界即是如此。“人隔翠陰行”，“人”，不是不相干之人，而又不在一處；“佯佯脈脈”（謂在若有意若無意之間），如飲酒到好處，不是過也不是不及。

寫散文有層次，寫詩亦有層次。不見得在前者先説，在後者後説。有時前者在先而並不明説。這一種是前後顛倒寫，一種是前邊寫得不明，要看後邊。蔣氏此《虞美人》過片一個“而今”，知道前面是過去的事情。以前“吹絮窗低，唾茸窗小，人隔翠陰行”；而今呢？是“而今白鳥橫飛處”，再沒有比這無聊的了，白也沒什麼難過，只是白得無可奈何。但若沒有前面“人隔翠陰行”，也顯不出這句好。韓偓的“梨霜惻錦衾”是痛苦，痛苦都能忍受，淡漠不能忍受。沒人，也不要緊；有人，可是對我沒表情。明明彼此可以互相幫助、談話，互相愛；可是不相愛，淡漠，不能忍受。“白鳥橫飛處”，幸有“橫飛”，但也夠淡漠。他對我們既渺不相干，我們對他也無可奈何。

“兩袖春寒，一襟春恨，斜日淡無情。”三句真好，有力。何以故？“兩袖春寒”，身體所感；“一襟春恨”，心靈所感。“襟”，胸襟；心，精神。但若寫“滿胸春恨”，完了，兇，倒是真兇。用“一襟”好，用“滿胸”不成。“滿胸”，濁，有時濁好，有時濁不成。有某氏治外國文學，欲寫中國詩，詩境對而用字不對，“波追塔影證舊夢”，

影不動，波動。"追"字不成，太尖，不如改"浪逐"，"浪逐塔影證
舊夢"。其實"浪逐"不就是"波追"麼？"斜日淡無情"一句是絢爛
後歸於平淡，與歐陽修之"月明正在梨花上"（《蝶戀花》）之淡淡不
同；與清人朱竹垞（彝尊）"共眠一舸聽秋雨，小簟輕衾各自寒"（《桂
殿秋》）之平淡也不同，朱氏根本就是平淡。

三　紀事

竹山詞，人多謂其學稼軒，其實他不盡受稼軒影響，也受夢窗影
響。詞中晦澀當以夢窗為第一，余不喜夢窗詞，喜歡的也非其本色。
余於詞講究清楚，而夢窗詞太黏糊，不但是膠，而且是膘。竹山有的
詞，就簡直不知他說的什麼。草窗比夢窗還浮淺，而且散，與其讀草
窗，還不如讀夢窗。（南宋周密［公瑾］有《草窗詞》，與吳文英［夢
窗］之詞合稱"二窗詞"。）竹山也受草窗影響，沒有自己作風。如前
所舉"人隔翠陰行"一首，雖好，而較稼軒單薄，較清真清苦，沒有
辛之力，沒有周之圓。他的詞真正能表現他自己本色作風的不在此。

若從人事一方面看，中國紀事之作在韻文中不發達。詩中尚有
之，詞中則甚少見。竹山紀事詞雖不多，但有，長調短詞均有。長調
者：

深閣簾垂繡。記家人、軟語燈邊，笑渦紅透。萬疊城頭哀
怨角，吹落霜花滿袖。影廝伴、東奔西走。望斷鄉關知何處，
羨寒鴉、到着黃昏後。一點點，歸楊柳。　　相看只有山如舊。
歎浮雲、本是無心，也成蒼狗。明日枯荷包冷飯，又過前頭小

阜。趁未發、且嘗村酒。醉探枵囊毛椎在，問鄰翁、要寫牛經否。翁不應，但搖手。(《賀新郎‧兵後寓吳》)

這首詞真不能算好。此蓋亡國後作。

其實，詞中還有無"事"的麼？余之所謂記事，要有頭有尾，像史傳、小說、戲曲，寫出人的個性來，這樣才是記事之作。此首思想不深刻，情韻不深刻，意趣也不見得出眾，只是他是個有趣的人，他把他的悲哀可憐幽默化了。

"望斷鄉關知何處，羨寒鴉、到着黃昏後"二句，不甚好，但頗得一點稼軒味道。

"枯荷包冷飯"，真貧，但不如此寫不出他的貧困來。"村酒"，味最薄。末句寫鄰翁之"不應"，答一句何妨，而不答，"但搖手"。

窮與貧不同，老杜詩窮，可是不貧。"但覺高歌有鬼神，焉知餓死填溝壑"(《醉時歌》)，"此身飲罷無歸處，獨立蒼茫自詠詩"(《樂遊原歌》)，雖窮不"貧"。陶詩"三旬九遇食，十年著一冠"(《擬古》第四首)，真窮，可還是不"貧"。而竹山詞怎麼這麼貧哪！(上星期所說"梨邊風緊"一首，在竹山詞裏要算最高，不是說最好，是說情致要算最高。)或曰：此所寫乃失意時。其實他寫得意也仍是"貧"。如他的短詞記事之作：

人影窗紗，是誰來折花。折則從他折去，知折去、向誰家。

簷牙，枝最佳，折時高折些。說與折花人道，須插向、鬢邊斜。(《霜天曉角》)

此亦記事之詞，以如此短詞記事，不易。寫女性折花該多纏綿，可寫得怎麼那麼"貧"？好，好在下半，貧也如此。詞寫得怪清楚、怪生動、怪具體，只是"貧"。這種詞初讀時喜歡，有點功夫以後就不喜歡了。

余有一首《浣溪沙》：

> 乍可垂楊鬥舞腰，丁香如雪逐風飄。海棠憔悴不成嬌。有鳥常呼泥滑滑，殘燈坐對雨瀟瀟。今年春事太無聊。

詞寫得既無變化，又不長進，有什麼意思？要寫詞，與其寫余《浣溪沙》那樣的詞，不如寫蔣捷這樣的詞；但與其寫這樣詞，不如寫這樣曲。如此才能訓練及觀察，這樣便會發現人生之可憎與可愛。

李之儀《姑溪詞》中有一首《卜算子》最有名：

> 我住長江頭，君住長江尾。日日思君不見君，共飲長江水。

太自然了，詞作到這樣不易。此詞比竹山《霜天曉角》折花詞大方。其一是內容，竹山說的是折花，這是大江；其次是韻味，這首味長。竹山"人影窗紗"一首似"河鮮兒"，鮮，未始不好，可是味太薄；如果藕，一股水，一閃過去了。果藕水多，可還不如大柿子味長呢！"鮮"的路子經明、清兩代而死，這條路子一變壞便是浮淺，故須以嚴肅、深刻救之。

四　貧與瘟

竹山詞中有一首以《冰》為題的《木蘭花慢》：

傍池闌倚遍，問山影、是誰偷。但鷺斂瓊絲，鴛藏繡羽，
礙浴妨浮。寒流，暗沖片響，似犀椎、帶月靜敲秋。因念涼荷
院宇，粉丸曾泛金甌。　　妝樓，曉澀翠罌油，倦鬟理還休。
更有何意緒，憐他半夜，瓶破梅愁。紅裯，淚乾萬點，待穿
來、寄與薄情收。只恐東風未轉，誤人日望歸舟。

汲古閣本"裯"作"稠"，余講詞取第一義。

像這樣詞不能說沒功夫，但絕不好。《霜天曉角》（人影窗紗）一
首是"貧"，這首是"瘟"。普通貧則不瘟，瘟則不貧，獨竹山有此二
病。此原因貧為其天性，瘟為其功夫。

我們創作不能學別人，我們的東西也不能叫別人學得去。（王獻
之字與王羲之不同，不學他老子。）一個天才可受別人影響，而受影
響與模仿不同，受影響是啟發；模仿是受影響，而受影響不是模仿。
每個人心靈上都蘊藏有天才，不過沒開發而已。開發確是別人之力，
而自己天才地開發是自己的事，受影響是引起開發的動機。（以礦山
喻天才之蘊藏，也只是比喻而已。）所謂受影響，是引起人的自覺，
某一點上相近，覺得行，喜歡。喜歡，是自覺的先兆、開發之先聲。
假如不受古人影響，引不起自覺來，始終不知自己有什麼天才。（人
活着要有自覺不錯的勁兒，但不可使之成為狂妄自大。）天才，自覺
地開發之後，還要加以訓練，這樣才能有用。我們讀古人的作品並非
要模仿，是要以此引起我們的自覺。一個人有才而無學，只有先天性
靈，而無後天修養，往往成為貧；瘟是被古人嚇倒了。不用功不成，
用功太過也不成。這多難哪！難，才見真本領。

竹山生於南宋，南宋詞一天天走上瘟的路。夢窗瘟得還通，草窗

則瘟得不通了。竹山之貧打破當時瘟的空氣，而究竟生於那個瘟的時候，非上智下愚，豈能不受環境影響？

竹山的《木蘭花慢・冰》是有敷衍（鋪敍）而無生發。鋪敍是橫的，彼此間毫無關係，只是偶然相遇在一起，擺得好看，只是有次序而已。生發與鋪敍不同，生發是因果、母子。

柳耆卿《八聲甘州》有句"誤幾回天際識歸舟"，若寫作"江頭錯認幾人船"，詞填到這樣就成刻板文字了。竹山這首詞，結句曰"誤人日望歸舟"，死板，少情意。韻文要有感情，而不但要有感情，還要有思想，如稼軒之"莫避春陰上馬遲，春來未有不陰時"（《鷓鴣天》）。平常人用典都是再現，用典該是重生，不是再現，要活起來。如同唱戲，當時古人未必如此，而我們要他活，就得如此活。這好不好？好！好，不就得了麼！竹山《喜遷鶯》有句：

> 車角生時，馬足方後，方始斷伊漂泊。悶無半分消遣，春又一番擔閣。

"車角"之"車"字便不好。《古意詩》："君心莫淡薄，妾意正棲託。願得雙車輪，一夜生四角。"（唐陸龜蒙）車輪生四角，笨，但笨得好玩。竹山之"車角"便不通，該說"輪角"。古人有"郎馬蹄不方"（陸游《玻璃江》）之句，竹山用典不當。這樣用典，瘟極了，只是再現。縱非點金成鐵，也是冷飯化粥。用典還有比這壞的。如張炎：

> 當年燕子知何處，但苔深韋曲，草暗斜川。見說新愁，如今也到鷗邊。無心再續笙歌夢，掩重門、淺醉閒眠。莫開簾。怕見飛花，怕聽啼鵑。（《高陽台・西湖春感》）

竹山《木蘭花慢》是有勁用得不是地方，張炎是根本就沒勁。張炎，字玉田，有《山中白雲詞》。張炎詞細，周密詞疏。張炎詞如中晚唐人詩，只有"俊扮"，沒有"醜扮"，如"魚沒浪痕圓"（《南浦·春水》）真好。但寫沉痛寫不出來，"折得一枝楊柳，歸來插向誰家"（《朝中措》），欣賞自己的悲哀，頗似拿肉麻當有趣，拿悲哀當好玩。老杜的"國破山河在，城春草木深"（《春望》），便令人不敢想；張炎"只有一枝梧葉，不知多少秋聲"（《清平樂》），沉痛。而其"見說新愁，如今也到鷗邊"，真瘟。文學之好是在要給人以印象。"見說新愁"句，用稼軒"拍手笑沙鷗，一身都是愁"（《菩薩蠻·賞心亭為葉丞相賦》）。稼軒此詞雖不見得好，但給人的還是印象。"見說新愁，如今也到鷗邊"，"新愁"、"到鷗邊"，該是什麼形象呀？只給人概念，不給人印象。還有像"評花猿不知"，先不說猿"不知"，就算他"知"，你怎麼知他知？而且他知道什麼？怎麼知？不能給人印象，還是瘟。

五　感覺與印象

竹山詞《南鄉子》：

> 泊雁小汀洲。冷淡湔裙水漫秋。裙上啼花無覓處，重遊。隔柳唯存月半鈎，準擬架層樓，望得伊家見始休。還怕粉雲天末起，悠悠。化作相思一片愁。

竹山是有亡國之恨，可惜說不出來，真的也成了假的，不能取信於人（取信，"取"字好）。稼軒未必然真，但能取信於人。"盪氣迴腸"，這四個字真好，被稼軒作絕了，往古來今一人而已。竹山"準擬架層樓"二句，尚好，至"化作相思一片愁"便是給人概念，沒有印象。"相思一片愁"該是什麼樣？如同張炎《高陽台·西湖春感》的"見說新愁，如今也到鷗邊"，真瘟。"新愁"、"到鷗邊"只給人概念，不給人印象。文學好，是要給人印象，不是概念。

竹山詞《燕歸樑·風蓮》：

> 我夢唐宮春晝遲。正舞到，曳裾時。翠雲隊仗絳霞衣，慢騰騰，手雙垂。　忽然急鼓催將起，似彩鳳、亂驚飛。夢回不見萬瓊妃，見荷花，被風吹。

(一) 感覺 ⟶ (二) 情感 ⟶ (三) 思想

佛家所謂"五蘊"，乃色、受、想、行、識——空；"六根"，乃眼、耳、鼻、舌、身、意——無。哲學家之結果歸於思想，佛則連理智也推翻不要。"色"不專指顏色，凡目所見，形形色色，皆曰"色"。"受"是感覺，而"識"、"意"之出發點，亦仍是感覺。現總以為思想是硬性，情感是軟性。其實二者非背道而馳，乃相輔相成。

眼、耳、鼻、舌、身、意

外　　　　　內

有形　　　無形

"六根"次序有定：一個比一個深，一個比一個神秘。感覺中最發達的乃是眼，詩人寫眼（色），寫得最多而且好。"六根"中眼最容易寫，容易寫得好。耳則稍差，聲音尚易寫，有高低、大小、宏纖、長短，只要抓住這個字，就是那聲音。鼻不易寫。老杜"夜雨剪春韭，新炊聞黃粱"（《別衛八處士》）、"心清聞妙香"（《大雲寺贊公房四首》之三），這只是説明，不是表現。我們並感不到香是怎樣妙，心是怎樣清。味最難寫。《呂氏春秋》有《本味篇》寫禾之美者、菜之美者、和之美者。晉有張翰因秋風起思吳中菰菜（茭白）鱸魚羹。而詩人最不愛寫味，因舌與身太肉感了（固然我們並不主張二元論，靈肉對峙；主張一元論，靈肉合一）。眼之於色，耳之於聲，鼻之於香，中間是有距離的，並非真與我們肉體發生直接關係。至於身則不然，太肉感了，沒有靈，只剩肉了，一寫就俗。舌，吃東西是俗事倒不見得，總之難把它寫成詩。感覺愈親切，說着愈艱難，還不僅是因為俗，太親切便不容易把它理想化了（理想化，idealise）。

《風蓮》是純寫實題目，而竹山把它理想化了，想成舞女。此蓋源於白居易《霓裳羽衣歌》，詩中"小垂手後柳無力，斜曳裾時雲欲生"，羽衣舞中一節，"小垂手後"、"斜曳裾時"二句所寫即眼之於色，而至"柳無力"、"雲欲生"則是理想化了。因眼之於色有相當距離，故容易把它理想化了。竹山詞之"正舞到，曳裾時。翠雲隊仗絳霞衣，慢騰騰，手雙垂"，即霓裳羽衣舞。不但有形，而且有色（詞中"翠雲隊仗"乃是荷葉）。"似彩鳳，亂驚飛"寫"瓊妃"急舞之美。瓊妃，美女，不但形貌，而且品格也完美。外國無字可譯。玉人，靈肉皆美。寫風蓮之形、色，因有距離，容易理想化。

創作時要寫什麼，你同你所寫的人、事、物要保持一相當距離，才能寫得好。經驗愈多，愈相信此語。讀者非要與書打成一片才能懂得清楚，而作者卻需保有一定距離。（所以最難寫的莫過於寫情書。凡情書寫得好的多不可靠，那是寫文章，不是說愛情。感情熱起來實在"發燒"，寫得一定亂。白朗寧〔Browning〕④與他夫人比賽寫情

---

④　白朗寧（1812—1889）：19 世紀英國詩人。

書，白朗寧輸了，大概白朗寧是在"發燒"。白朗寧夫人是常年生病的人，她能駕馭自己的感情，所以不至於"發燒"。）竹山思想浮淺，品格也不甚高，然仍不失為一詞人，雖為第二流——幾入第一流，就因為他有一點感覺——眼、耳之於色、聲之感覺，所以寫得生動鮮明。

詞的開頭寫"我夢唐宮"，最後是"夢回"，詞乃夢回之夢，over dream。此詞最後點出風中之荷——"見荷花，被風吹"，其實你不用點，我們自然知道你寫的是風蓮。即如譚叫天唱完《賣馬》，我們好容易都見得這是秦瓊了，他又摘下鬍子，説我是譚叫天，這是幹麼？

《燕歸樑·風蓮》偏於寫形，竹山還有一首是寫色的，《一剪梅》：

> 一片春愁待酒澆，江上舟搖，樓上簾招。秋娘渡與泰娘橋，風又飄飄，雨又瀟瀟。　　何日歸家洗客袍，銀字笙調，心字香燒。流光容易把人拋，紅了櫻桃，綠了芭蕉。

《一剪梅》是七、四、四，七、四、四，七、四、四，七、四、四句式。詞人把握這樣調子，不熟不好，太熟又俗了。此首難得是每兩個四字句有變化。竹山另有一首《一剪梅·宿龍游朱氏樓》：

> 小巧樓台眼界寬。朝捲簾看，暮捲簾看。故鄉一望一心酸。雲又迷漫，水又迷漫。　　天不教人客夢安。昨夜春寒，今夜春寒。梨花月底兩眉攢。敲遍闌干，拍遍闌干。

此首中四字句"朝捲簾看，暮捲簾看"等四組，則重。前首末二句"紅了櫻桃，綠了芭蕉"寫色，真寫得好。只是此詞寫得太傳統味，靜了起不來（稼軒不然），説好是平靜，説不好是衰頹。

宋詩詞短說三章

一 山谷詩之學力

"江西詩派"之"一祖"為杜甫，"三宗"為黃庭堅、陳師道（後山）、陳與義（簡齋）。

詩以學力見長者，可以黃山谷為代表。

詩中之學力，此乃震懾人、唬人。學力表現有兩種：

其一，不用典故。如《下棋》：

> 心似蛛絲遊碧落，身如蜩甲化枯枝。

其二，用典。如《登快閣》：

> 癡兒了卻公家事，快閣東西倚晚晴。
> 落木千山天遠大，澄江一道月分明。
> 朱弦已為佳人絕，青眼聊因美酒橫。
> 萬里歸舟橫長笛，此心吾與白鷗盟。

詩當經過感情滲透，然後思想不乾枯。黃未經感情滲透，後人學之震於其學力。

二　少游詞好語言

少游寫景之作如《滿庭芳》："斜陽外，寒鴉數點，流水繞孤村。"

雖不識字人，亦知其為好語言。歐陽"一點滄洲白鷺飛"（《採桑子》）寫得大，自在；少游此詞淒冷、荒涼，可代表秋天淒冷的一面。

> 欲見迴腸，斷盡薰爐小篆香。（秦少游《減字木蘭花》）

若只說柔腸寸斷，則只是說明，不是表現，不成文學。

三　從程垓《小桃紅》説到詠夏

程垓，字正伯，有《書舟詞》。其《小桃紅》曰：

> 不恨殘花妥，不恨殘春破。只恨流光，一年一度，又催新火。縱青天白日繫長繩，也留得春麼。　　花院重教鎖，春事從教過。燒筍園林，嘗梅台榭，有何不可。已安排、珍簟小胡牀，待日長閒坐。

詞，偶爾讀一讀，寫一寫，當無不可，但不可以此安身立命，算"文章事業詞人小"（余之《採桑子·題百因詞集》）。若性之所近，習之所好，偶爾一填，第一須摸着詞的調子。所謂調子即音節，每詞有每詞的音節。想填某一調子，最好取所愛詞人之詞先唸幾遍。俗説"鴛鴦繡出從君看，不把金針度於人"，就因社會愛笑人，使得想説實話的人都不敢説了。

清・華嵒《西園雅集圖》

余前數年有《灼灼花》[①]：

> 不是昏昏睡，就是沉沉醉。誰信平生，年來方識，別離滋味。更哪堪酒醒夢回時，剩枕邊清淚。　此恨何時已，此意無人會。南望中原，青山一髮，江湖遍地。縱相逢已是鬢星星，莫相逢無計。[②]

此詞即從程詞變來，但比他有力。程氏"縱青天白日繫長繩，也留得春麼"，不住，放下了，這是中國人看家本領，順應。順應不是反抗。余詞"南望中原，青山一髮"，由東坡詩"杳杳天低鶻沒處，青山一髮是中原"（《澄邁驛通潮閣》）之後句而來。唯東坡是北望，余是南望。蘇東坡有時太不在乎，但此首字音好。

中國舊詩寫夏的少，縱有也只是寫天之舒長、人之安閒；要不然就是對不得安閒者的憐憫。程垓《小桃紅》從春歸寫到夏至，寫到天之舒長、人之安閒。天氣可影響人的性情、思想，冬天雖有嚴寒壓迫，還可幹點什麼，夏天人精神易渙散，故有此等作。

寫夏天的詞，即如東坡之《洞天歌》，也只是天之舒長、人之安閒：

> 冰肌玉骨，自清涼無汗。水殿風涼暗香滿。

全詞也只是這三句好。[③]前二句寫人，至於寫夏景，第三句真絕

---

① 灼灼花：詞牌名，又名小桃紅。
② 此首《灼灼花》蓋作於 1938 年淪陷之北平。
③ 《洞仙歌》全詞如下："冰肌玉骨，自清涼無汗。水殿風來暗香滿。繡簾開、一點明月窺人，人未寢、欹枕釵橫鬢亂。　起來攜素手，庭戶無聲，時見疏星渡河漢。試問夜如何，夜已三更，金波淡、玉繩低轉。但屈指、西風幾時來，又不道、流年暗中偷換。"

了。李之儀《鷓鴣天》下闋云：

> 隨定我，小蘭堂。金盆盛水繞牙牀。時時浸手心頭熨，受盡無人知處涼。

這是對夏之安閒的享受。"受盡無人知處涼"，差不多福都是如此，除此，就不是福。夏天什麼地方最涼快？是高粱地頭，是廚房門口。所以説，福看你會享不會享。雖然福不多，可是人人都有，但説到享福，卻是"受盡無人知處涼"，沒法告訴人。現在人不會享福，享福是受用，現在只知炫耀，不知享福。現在人最自私，可又不會自私。

中國傳統寫詩是要能忍受、能欣賞，故寫夏亦然。

> 鋤禾日當午，汗滴禾下土。
>
> 　　　　　（李紳《憫農》）

> 赤日炎炎似火燒，野田禾稻半枯焦。
> 農夫心內如湯煮，公子王孫把扇搖。
>
> 　　　　　（《水滸傳》）

這是對不得安閒者的憐憫。郭沫若題己集之扉頁有言："……炎炎的夏日當頭。"[4]

此言不是安閒、不是憐憫，是擔當。余之《浣溪沙》：

> 赤日當頭熱不支，長空降火地流脂。人天雞犬盡如癡。已

---

[4] 文中所言"題己集之扉頁"即郭沫若小説集《塔》前言："啊，青春呦！我過往了的浪漫時期呦！我在這兒和你告別了！我悔我把握你得太遲，離別你得太速，但我現在也無法挽留你了。以後是炎炎的夏日當頭。"

沒半星兒雨意，更無一點子風絲。這般耐到幾何時。

此既非安閒之享受，也非對不得安閒者之憐憫，然此亦當與郭氏之擔當不同，此乃描寫，前人不但不敢擔當，且不敢描寫。

郭氏扉頁題辭非傳統境界，余之《浣溪沙》亦非傳統境界。

四 姜白石之"乾淨"

姜白石是太"乾淨"。

其《揚州慢》寫"黍離之悲"，云："過春風十里，盡薺麥青青。"

白石太愛修飾，沒什麼感情。白襪子不踩泥，此種人不肯出力、不肯動情。姜白石太乾淨，水清無大魚。人太乾淨了，不能幹大事，小事留心，大事不成。《西遊記》豬八戒過稀柿同，不乾淨，真出力，可佩服。"春風十里"、"薺麥青青"句後，寫戰後揚州："自胡馬窺江去後，廢池喬木，猶厭言兵。"

此時動心了，可是依然是太乾淨。"自胡馬窺江去後"，挑得好；但"廢池喬木，猶厭言兵"，多少兵災亂離不敢說，而說"廢池喬木"，別的不敢說，太乾淨。老杜詩句杈杈枒枒，有時毛躁而可愛：

> 麻鞋見天子，衣袖露兩肘。
> 朝廷愍生還，親故傷老醜。
>
> 《述懷》

天下之醜有多種，老即其一。未有老而不醜者，老而不醜，不是妖怪就是神仙，非常人也。"親故傷老醜"，老杜敢說，老杜不乾淨而好。老杜如樹木之老乾，有力。姜白石沒勁，就因為乾淨。

巻 三

外 編

古代不受禪佛影響的六大詩人

中國詩與佛發生關係者固多，而不發生關係者亦能成詩人，且為大詩人。

東漢、魏、六朝人多信禪；詩人不在佛教禪宗之內者，數人，乃大詩人。

首推陶淵明

陶不受外來思想影響。人皆賞其沖淡，而陶之精神實不在沖淡，自沖淡學陶者多貌似而神非。

陶詩第一能擔荷。其表現：

（一）躬耕（力耕）：凡有生者皆須求生，人亦然，故陶詩曰："人生歸有道，衣食固其端。"（《庚戌九月中於西田穫早稻》）而佛但坐菩提樹下冥想，蓋印度物產豐富，不費力即可得食。若乃嚴寒不毛之地，但坐冥想，非凍死即餓死。

（二）固窮：躬耕不足則固窮。孔子曰："君子固窮。"（《論語·衛靈公》）躬耕乃求飽暖，而人力已盡天命不來之時，亦唯甘之而已。

"躬耕"是積極擔荷，"固窮"是消極擔荷，與後之詩酒流連的詩

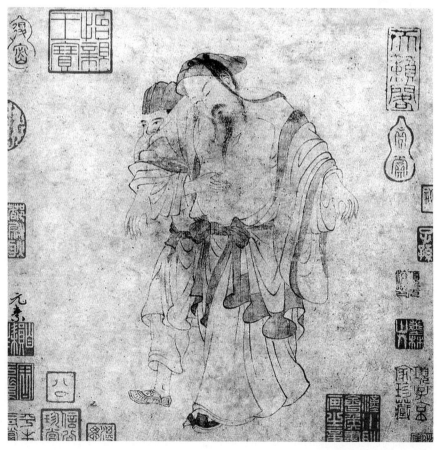

馬遠《陶淵明逸致圖》

人不同，乃儒家思想，非佛家思想。

陶詩第二能解脫。

陶又頗有解脫思想，對人生之苦擔荷，對生死之苦解脫，然亦非佛家思想，而為中國老、莊思想。（此乃勉強說。後之道家皆失老、莊原意，尤其與莊子不合。）有生必有死乃天理，好生而惡死為人情。求長生乃貪——但有貪生惡死之人情，而無必生必死之天理。陶則不求長生，看破生死。陶公曰：「縱浪大化中，不喜亦不懼，應盡便須盡，無復獨多慮。」（《神釋》）大化者，天地間並無「常」，佛所謂「常」乃出世法，世法則無所不變。佛說有成必有壞，不必假人力摧殘而自然變化，此所謂大化，如水之流，前波非後波。孔子曰：「逝者如斯夫，不舍晝夜。」（《論語·子罕》）莊子說「物化」，「化」有兩種解釋，一為由有到無，一為由新而舊或由舊而新。故陶曰「應盡便須盡」（《形影神贈答詩》），即所謂時至即行。此解脫決非佛家，頂多是老、莊。

至於唐，大詩人中不受佛教影響者——

一為太白

太白號為仙才，近於道家，又與陶之老莊不同。李所近乃漢方士之道，老、莊是哲理，秦漢方士則有「服食求神仙」（《古詩十九首·驅車上東門》）之道。太白之烏煙瘴氣，忽而九天，忽而九淵，縱橫開合變化，恰如道家之騰雲駕霧。或謂出於《離騷》，非也。蓋《離騷》之開合變化有中心，「吾將上下而求索」，乃為求索而上下，非為上下而求索，乃有所追求，故有中心。李則為上下而上下，非有所求，不過好玩而已，無中心目的，故不免令學道者譏之為玩物喪志。治學切不可有好玩思想，因如此則不易有進步。太白不但風格近於方士神仙家，詩中亦常談到方士神仙；雖亦有時談及佛家，乃因受別人影響，非真談禪、懂禪。

二為工部

杜工部不懂禪，亦不愛禪，乃人，非仙非佛。而其詩中亦有時談到蒙教（印度佛教），也不過偶爾談及而已，蓋亦受當時一般思想影響，亦如今之言科學思想、科學方法然。

杜不但非佛，乃老小孩，說喜就喜，說悲就悲，真而且真，純而且純，乃地地道道活人。莊子有所謂“真人”，指得道之人，吾今所謂真人乃真正的人。世人多不免做作，老杜則不然，“處世無奇但率真”。（“傳家有道唯存厚”，“厚”，乃損己利人。）為真人需有勇氣，不怕碰釘子。老杜當面罵人，可愛亦在此處，絕不受禪宗影響。

三為退之

韓退之絕不信佛，可自《原道》、《諫迎佛骨表》看出。而韓通道，與孔子所謂“朝聞道，夕死可矣”（《論語・里仁》）不同。韓謂延生可求，食硫黃而死（韓服食硫黃死比老杜飫死可靠）。退之雖為有心人，但“客氣”不除，“清明之氣”不生。“客氣”即佛所謂“無明”，“清明之氣”即孟子所謂“平旦之氣”（《孟子・告子上》）。謂韓為近道，而其詩又有“我能屈曲自世間，安能從汝巢神山”（《紀夢》），可見韓並不一定近道，而自食硫黃一點看又似近道。

　　一個人隨波逐流固然不可，而成見太深則不能容受外來意見，取長補短。韓即病在成見太深，有時強不知以為知，故謂其"客氣"不除。

　　其後不受佛教與禪宗影響者，兩宋有——

歐陽修

　　歐與退之頗近。退之以孟子自命，"予豈好辯哉，予不得已也"（《孟子·滕文公下》）。韓在唐亦欲正人心，息邪説；歐則頗以退之自命，亦辟佛。

　　在詩史上，歐陽氏與宋詩的成立關係甚深，蓋當時歐陽地位甚高，登高一呼，易成一種運動、一種風氣。任何一種文學的改變皆如此。歐陽修當時亦欲倡詩之革新運動，於是有蘇、黃輩出。然而不管其自命不凡，而以客觀眼光觀之，歐詩上既不能比唐，下又不能比蘇、黃，反而是其詞了不得，吾人對其詩可存而不論。

　　之後不受佛教、禪宗影響之大詩人甚少，而詞家中則甚多。然詞又多無中心思想，見雞説雞，見狗説狗。其有中心思想而又未受佛教禪宗影響者則有——

辛棄疾

　　辛詞甚好，詩不甚佳。今列入者乃就詩之廣義言之，散文尚可稱詩，況韻文之詞？胡適之先生以為宋之詞即宋人之新詩，則辛稼軒自可歸入六大詩人之內。

　　辛既不成佛做祖，亦不騰雲駕霧，與老杜皆為真人、活人的生活，想人所想。且別人入世僅為思想之入世，辛則入世有其成績在、事業在。治兵、理財、政治，說辦就辦，皆有成績可考。這一點比老杜高。老杜雖說"致君堯舜上，再使風俗淳"（《奉贈韋丞丈二十二韻》），然此乃說說而已。老杜有時尚有"無明"、"客氣"；辛則不然，幹什麼是什麼，頗近於陶公。陶公親為田園生活，後之田園詩人乃立於客觀地位，欣賞歌詠，並不為田園中一員。陶則自己實行，必真實行始為真的入世。稼軒乃真實行者。可惜陶未曾當權，不知其辦政事能否亦確切實行。

稼軒詞對陶公詩再三讚美。後之稱陶詩者甚多，白樂天效陶，蘇東坡和陶，皆不能得陶公精神。辛雖非田園詩人，而其詞中對陶公之讚美，非人云亦云。辛之看陶蓋另有看法，精神上有相通處，即真正入世精神。辛有詞曰"歲歲有黃菊，千古一東籬"（《水調歌頭》），可見其佩服陶公。

辛不信佛，有詞譴佛。如："不飲便康強，佛壽須千百。八十餘年入涅槃，且進杯中物。"（《卜算子》）又如："人沉下土，我上天難。"（《柳梢青》）孔子曰"吾非斯人之徒與而誰與"（《論語・微子》），正辛此二句詞之意。佛出世非聖人之意。

辛雖非純粹儒家，而其入世之思想出於儒家，絕非佛道。

陶淵明、李太白、杜工部、韓退之、歐陽修、辛棄疾，六人中陶乃晉人，不在唐、宋詩人之內，歐陽修且不足論，所餘四人各人有各人風格，作風不同，而萬殊歸於一本，吾人欲求其共同點，則是 —— 開合變化。

就一篇作品言之曰開合變化，此自非單純而為複雜；就其全集而論則產量豐富。這就是他們不與禪、佛發生關係之最大證明，最大效果。蓋入禪愈深則產量、變化愈少，故王、孟、韋、柳作品皆少。佛乃萬殊歸於一本，是"反約"，故易成為單純。而"反約"亦有其優點，雖不能變化豐富而易有精美作品；變化豐富則易有壯美作品，有海立雲垂氣象，風雷俱出，有山雨欲來風滿樓之勢。王、孟、韋、柳集中無此種表現，其作品偏於優美。如孟浩然之"微雲淡河漢"，王維之"高館落疏桐"（《奉寄韋太守陟》），"反約"功夫太深，故缺少壯美。

　　可本此語研究此數家詩，看其是否與之相合。再看自己性情功夫，選擇學詩途徑。

欣賞·記錄·理想

中國詩人對大自然是最能欣賞的。無論"三百篇"之"楊柳依依"（《小雅·采薇》）或楚辭之"嫋嫋兮秋風"（屈原《九歌·湘夫人》）等，皆是對大自然之欣賞。今所說在於對人生之欣賞，如李義山。

義山雖能對人生欣賞，而範圍太小，只限自己一人之環境生活，不能跳出，滿足此小範圍。子曰："力不足者，中道而廢。今女畫。"（《論語·雍也》）"女"，同汝；"畫"，停止、截止，意謂"畫地自限"。滿足小範圍即"自畫"。此類詩人可寫出很精緻的詩，成一唯美派詩人，其精美真是前無古人，後無來者。而嚴格地批評又對他不滿，即因太精緻了。

義山的小天地並不見得老是快樂的，也有悲哀、困苦、煩惱，而他照樣欣賞，照樣得到滿足。如《二月二日》一首：

> 二月二日江上行，東風日暖聞吹笙。
> 花鬚柳眼各無賴，紫蝶黃蜂俱有情。
> 萬里憶歸元亮井，三年從事亞夫營。
> 新灘莫悟遊人意，更作風簷夜雨聲。

　　此首是思鄉詩，而寫得美。看去似平和，實則內心是痛苦，何嘗快樂？末尾二句"新灘莫悟遊人意，更作風簷夜雨聲"，不要但看它美，須看他寫的是何心情。"灘"，山峽之水，其流頂不平和；"莫悟"，不必了解；"遊人"，義山自謂。此謂灘不必不平和地流，我心中亦不平和，不必你做一種警告，你不了解我。然義山在不平和的心情下，如何寫出此詩前四句"二月二日江上行，東風日暖聞吹笙。花鬚柳眼各無賴，紫蝶黃蜂俱有情"這麼美的詩？由此尚可悟出"情操"二字意義。

　　觀照欣賞，得到情操。吾人對詩人這一點功夫表示敬意、重視。詩人絕非拿詩看成好玩。我們對詩人寫詩之內容、態度表示敬意。只是感情真實、沒有情操不能寫出好詩。義山詩好，而其病在"自畫"，雖寫人生，只限於與自己有關的生活。此類詩人是沒發展的，沒有出息的。

　　另一類詩人姑謂之曰：記錄。詩人所寫非小天地之自我生活，而為社會上形形色色變化的人生。姑不論其向上、向前，而範圍已擴大了。即如老杜所寫，上至帝王將相，下至田父村夫。用"記錄"二字實不太好，太機械。其記錄非乾枯、機械之記錄，寫時是抱有同情心的。更進一步言之，只是同情還不夠。在詩人寫此詩時，乃是將別人生活自己再重新生活一遍，自己確有別人當時生活之感覺。如老杜《無家別》，別已可慘，何況無家？當其寫其中主人公時，的確是觀察了，而且描寫了，即王靜安先生所謂"能觀、能寫"。而老杜之"觀"、"寫"並非冷靜的、客觀的，而是同情的；並非照相，而是作者靈魂鑽入《無家別》的主人公的

軀殼中去了，是詩的觀、寫，不是冷酷的。故但用"記錄"二字
不恰。

　　近代西洋文學有寫實派、自然派，主張用科學方法、理智，保持
自己冷靜頭腦去寫社會上的形形色色。而老杜絕非如此。也可以說是
《無家別》的主人公的靈魂鑽入老杜的軀殼中，所寫非客觀而是切膚
之痛。黃山谷之"看人穫稻午風涼"（《新喻道中寄元明》），不好，太
客觀，人該這樣活着嗎？詩該這樣寫嗎？說這樣話，真是毫無心肝。
所以老杜偉大，完全打破小天地之範圍。其作品或者很粗糙、不精
美，而不能不說他偉大、有分量。西洋寫實派、自然派如照相師；老
杜詩不是攝影技師，而是演員。譚叫天說我唱誰時就是誰，老杜寫詩
亦然。故其詩不僅感動人，而且是有切膚之痛。

　　舊俄朵思退夫斯基（Dostoevsky）[①]（現實）說："一個人受許多
苦，就因他有堪受這許多苦的力量。"

　　老杜能受苦，商隱就受不了。商隱不但自己體力上受不了，且
神經上受不了，如聞人以指甲刮玻璃之聲便不好聽；不但自己不能
受苦，且怕看別人受苦，不能分擔別人苦痛。能分擔（擔荷）別人苦
痛，並非殘忍。老杜敢寫苦痛，即因能擔荷。詩人愛寫美的事物，不
能寫苦，即因不能擔荷。法國腓力普（聰明）將朵思退夫斯基的話寫
在牆上而註曰："這句話其實不確，不過拿來騙騙自己是很不錯的。"

　　法國人聰明得像透明的空氣。腓力普不信宗教，而頗有宗教精
神。因人的生活必有信仰，如快要淹死的人見什麼都抓，不論是一根

---

① 　朵思退夫斯基（1821—1881）：今譯為陀思妥耶夫斯基，19世紀下半葉俄國作家，代表作有長篇
　　小說《罪與罰》、《卡拉馬佐夫兄弟》等。

草、一塊泥，都要抓。人生亦如此，不論宗教、文學、藝術、富貴、功名，總要抓住點東西才能生活。腓力普想抓住 D 氏之話而抓不住，不過知道拿來騙騙自己是很好的。

而對老杜一派尚有不滿。此非善善從長，而是"春秋責備賢者"（《新唐書·太宗本紀贊》）之意 —— 老杜一派缺乏理想。

理想非幻想、夢想。理想者，是合理的夢想。幻想、夢想或者能吸引人，但不合理；理想是合理的，雖然現在未必現實，而將來必有一日能成為人生實際生活。總之，理想應該是能實現的。

吾人豈能只受罪便完了？應該有一個好的未來。外國語錄説詩人都是預言家，預言家當然有理想。如此，則吾人對老杜詩自有不滿。

記錄與欣賞近似，只不過把範圍擴大而已，仍不能向上、向前，沒有理想。有力量，則可以擔荷現實的苦惱；詩中有理想，則能給人以擔荷現實的力量。人説文學給人以力量，而中國舊詩缺乏理想，易於滿足。《離騷》中屈原是追求理想的，而其所追求的理想究竟是什麼，不可知。李白詩只是幻想、夢想，而非理想。義山對情操一方面用的功夫很到家，就因為他有觀照、有反省。這樣雖易寫出好詩，而易沾沾自喜，滿足自己的小天地，而沒有理想，沒有力量。老杜是偉大的記錄者，已盡了最大義務、責任，而尚缺少理想。（李白詩是幻想、夢想。）

理想可使人眼光、精神向前向上。西班牙的阿佐林（Azorin）②（夢想）説：

---

② 阿左林（約 1875—1966）：今又譯為阿索林，19 世紀晚期 20 世紀上半葉西班牙散文家、文學評論家，開西班牙現代文學先河。

工作，沒有它，沒有生活；
理想，沒有它，生活就沒有意義。

老杜詩理想雖少，然尚有。這在唐朝是特殊的。凡一偉大詩人在當時都是特殊的，前無古人，後無來者，且不為時人所了解。老杜有理想的詩即余在《論杜甫七絕》中所舉七絕：

兩個黃鸝鳴翠柳，一行白鷺上青天。
窗含西嶺千秋雪，門泊東吳萬里船。

"兩個黃鸝"是靜，"一行白鷺"是動；"窗含西嶺"是靜，"門泊東吳"是靜。詩人靜時如黃鸝，動時如白鷺，而此靜是點，動是線；至後二句之靜是一片，動是無限。詩人動靜應如此。嶺之雪乃千秋以上之雪，船雖泊而自萬里外來，在此表現老杜理想。以前無人做此解者，而以為四句皆不過老杜空說夢話。然四句的確有其理想，如此說，庶幾得其詩情！而在老杜集中只此廿八字。

義山雖亦有時有一二句有力量的詩，而究竟太少。韓偓《別緒》中有：

菊露淒羅幕，梨霜惻錦衾。
此生終獨宿，到死誓相尋。

這四句真有力、有理想，而真美。正如金聖歎批《續西廂》曰："若盡如此，敢不拜哉！"惜其僅此耳！

知·覺·情

詩要有：（一）知，（二）覺，（三）情。

有人以為宋詩說理，唐詩不說理，故宋不及唐。此語不然。如陶詩亦說理而好，是詩。南泉說禪"不屬知，不屬不知"（《景德傳燈錄》卷八）。小孩子拿詩唸，然寫不出詩。可見不知不成，僅知亦不成。宋有詩學（知），而不見得有詩。花本身是詩，然無知寫不出詩。人有知故能寫花，然但有知不成，須有知且有覺。

知是理智的，覺是感官。如李義山：

歷覽前賢國與家，成由勤儉敗由奢。

（《詠史》）

二句但是知，故不能成為好詩。必須有感，始能成詩。如：

風裏楊花雖未定，雨中荷葉終不濕。

（蘇東坡《別子由兼別遲》）

雖不好而是詩。二句寫自己環境及立身，出發點亦理智。又如：

蘇軾石像拓片

荷盡已無擎雨蓋，菊殘猶有傲霜枝。

一年好景君須記，最是橙黃橘綠時。

（蘇東坡《贈劉景文》）

　　"荷盡已無擎雨蓋"與上所舉"雨中荷葉終不濕"同義，比義山之"歷覽前賢"二句佳，在知外有覺。東坡本領即在"雨中荷葉終不濕"等句，有感覺。"一年好景君須記，最是橙黃橘綠時"二句，比"荷盡已無擎雨蓋，菊殘猶有傲霜枝"更似詩，蓋前二句尚有知，而後二句只是覺。可見只有知，不能成詩；能成詩，亦須覺動之。但有覺倒能成好詩，如韓偓《香奩集》中"手香江橘嫩，齒軟越梅酸"（《幽窗》）二句，沒意義，可是好。

　　理智是冷靜的，感覺是纖細的，情是溫馨或熱烈的。

　　老杜"浮雲連陣沒，秋草遍山長"（《秦州雜詩二十首》之一）中有感覺；"風吹草低見牛羊"（北朝樂府《敕勒歌》）亦妙在感覺。覺得結果常易流於欣賞。欣賞原是置身物外，而又與物為緣。矛盾中得到調和即是欣賞，其根在覺。"浮雲連陣沒，秋草遍山長。"無馬，不是馬，然就是馬。而但注意纖細的感覺又常流入浮而不實，出而不入。老杜也能欣賞，然另有東西，長於入，短於出，然非不能出。如寫無寐：

暗飛螢自照，水宿鳥相呼。

（《倦夜》）

　　然老杜之與眾不同，仍不在此而在情：

浮雲連陣沒，秋草遍山長。

　　聞説真龍種，仍殘老驌驦。

　　哀鳴思戰鬥，迴立向蒼蒼。

　　情如火燃燒、江澎湃，迴腸盪氣。而後人詩都不成，是否冷靜的頭腦及鋭敏的感覺破壞了熱烈的情？後人詩學、詩才都有，而往往沒有詩情。普通把迴腸盪氣看成喊、豪氣，而老杜不是豪氣是真情。老杜此首五律非無"知"，因此乃其人生觀。人只要有一口氣在，便當努力去生活。對自己不要太驕（嬌）縱，太驕（嬌）縱必無成就。而老杜人生觀甚嚴肅，此在中國詩人、思想家中不多見。老杜此首五律亦非無感，"迴立向蒼蒼"，形色、音色皆好。若感覺不鋭敏，何能如此？長吉之"洞庭明月一千里，涼風雁啼天在水"（《帝子歌》），此詩句有感而無情；"露壓煙啼千萬枝"（《昌谷北園新筍四首》其二），有姿態而無情。

　　情莫切於自己，然而一大詩人最能説別人，説別人即説自己，説自己即説別人。老杜寫馬即把馬的情寫出，寫馬亦即寫自己。

　　惆悵東風一株雪，人生看得幾清明。

　　　　　　　　　　　　　（蘇東坡《東欄梨花》）

　　有人以此為東坡好詩，其實此情感，詩人寫得太多了，太成熟。東坡"風裏楊花雖未定，雨中荷葉終不濕"二句較此生硬。詩自然是成熟好，而與其那樣成熟，反不如生硬。

　　要在普遍中找出特別。

漫議 S 氏論中國詩

《人物與批評》一文載《人間世》（1933 年出版），作者列頓·斯特雷奇 (Lytton Strachey)[1]，散文家。其中有一段對於中國詩的批評，可供參考。

西洋人不甚了解東方，總以之為神秘，尤其是中國思想及中國語言文字。S 氏雖不曾說中國詩與希臘詩佔有同等地位，但確曾以之與希臘詩比較，亦可見其對中國詩之重視。實則 S 氏所見，亦不過僅為一西洋人[2] 所翻譯之一部分，而其見解甚好。

S 氏先說希臘的抒情詩都是些警句。此所謂警句，非好句之意，乃是說出後讀者須想想，不可滑口讀過，其中有作者的智慧、哲學，雖亦有感情、感覺，而其寫出皆曾經理智之洗禮。魯迅先生有一時期頗喜翻譯匈牙利愛國詩人裴多菲 (Petofi Sandor)[3] 的詩，其中有句曰：

---

[1] 列頓·斯特雷奇 (1880—1932)：英國傳記作家、文學評論家。

[2] 西洋人：即翟理斯 (Herbert A. Giles，1845—1935)，英國漢學家、劍橋大學中文教授。1884 年出版《古文珍選》(*Gems of Chinese Literature*)，1898 年出版《古今詩選》(*Chinese Poetry in English Verse*)，1901 年出版《中國文學史》(*History of Chinese Literature*)。

[3] 裴多菲 (1823—1849)：匈牙利詩人，匈牙利民族文學奠基者。

　　希望是什麼？是娼妓：她對誰都蠱惑，將一切都獻給；待你犧牲了極多的寶貝 —— 你的青春 —— 她就棄掉你。(《野草・希望》)

　　人在青年時多有美的希望，而在老年時所得總是幻滅，如此之詩句是警句。希臘詩中多此種句，如曰“你生存時且去思量那死”，讀之如一瓢涼水。希望是黑夜中一點光明，若無此光明，人將失去前行的勇氣。裴多菲的詩真是“涼天”，而英人雪萊的詩“冬天來了，春天還會遠嗎”(《西風頌》) 是給人以希望。一個消極，一個積極；一個詛咒希望，一個讚美希望，但皆為警句的寫法。—— 今吾言此，尚非本題。

　　S 氏對中國詩的評述，説中國詩是與警句相反的，中國詩在於引起印象。

　　這話是對的。如杜甫“干戈滿地客愁破，雲日如火炎天涼”(《夔州歌十首》其九) 似警句而非警句，只是給人一種印象。老杜詩尚非中國傳統詩，最好舉義山之詠蟬：

　　　　五更疏欲斷，一樹碧無情。
　　　　　　(《蟬》)

　　蟬在日間叫，夜間叫，尤其月明時，而至五更則為露所濕，聲不響矣。“五更”句是蟬；“一樹”句似不是蟬，而又是蟬，且是禪。表面看似上句切，下句不切，實則懂詩的人覺得下句好。“一樹碧無情”，無蟬實有蟬。尤其“碧”，必是無情的碧，才是蟬的熱烈的叫聲。又如義山之：

荷葉生時春恨生，荷葉枯時秋恨成。

（《暮秋獨遊曲江》）

　　並未言“恨”如何“生”，如何“成”，而吾人自可得一印象。生時尚有生氣，枯時真是憔悴可憐。中主詞“菡萏香銷翠葉殘，西風愁起綠波間”（《山花子》），可為“秋恨成”之註解。今天我講這些，不是讓同學信我的話，而是信義山的詩、中主的詞。再如“採菊東籬下，悠然見南山”（陶淵明《飲酒二十首》其五），無意義而能給人一種印象。若找不到印象，便是不懂中國詩。

　　然中國詩尚非僅此而已，又可進一步。故 S 氏又説：“此印象又非和盤托出，而只做一開端，引起讀者情思。”

　　此説法真好。

　　平常説詩舉漁洋“神韻”、滄浪“興趣”、靜安“境界”，以及吾所説“禪”，都太抓不住。雖然對，可是太玄、太神秘。若能了解，不用説；若不了解，則説也不懂。所以 S 氏説得好，只須記住給印象，又非和盤托出，而只作一開端。如曰“春恨生”、“秋恨成”，不言如何生、如何成，只是開端，雖神秘而非謎語。後之詩人淺薄者淺薄，艱深（晦澀）者成謎語，都不是詩。

　　義山《錦瑟》之“藍田日暖玉生煙”句，亦是印象。若義山之“身無彩鳳雙飛翼，心有靈犀一點通”（《無題》）實在不好，實即“愛而不見”四字而已，此二句即和盤托出者。“參”義山詩，若“參”此二句，“參”到驢年、貓年也不“會”。“一樹碧無情”，真好，是一觸即來的。又如錢起“曲終人不見，江上數峰青”（《湘靈鼓瑟》）比白居易《琵琶行》“大珠小珠落玉盤”如何？錢氏乃引起印象，更非和盤托出；《琵琶行》雖好，而似外國的。故譯好《琵琶行》較譯好"一樹碧無情"、"江上數峰青"為易。

老杜有的詩，病在和盤托出，令人發生"夠"的感覺，老杜是打破中國詩之傳統者。

中國詩是簡單而又神秘。如說"一"，而"一"後數目甚多，"一"字卻甚簡單。S 氏唯讀少數中國詩，而有此批評，其感覺真是銳敏，非只理智之發達。

S 氏之言，蓋指中國詩並非給予人一種印象，而是引起人一種印象。

清人徐蘭《出關詩》云："馬後桃花馬前雪，出關爭得不回頭。"今天是"楊柳依依"，明天是"雨雪霏霏"（《詩經‧小雅‧采薇》）。又如《詩》之"桃之夭夭，灼灼其華"（《周南‧桃夭》），皆引起人一種印象。"採菊東籬下，悠然見南山"是抒情，亦是引起人一種印象。不但抒情，寫景亦然。如曹子建"明月照高樓"（《七哀》）、大謝"池塘生春草"（《登池上樓》），好即因皆能引起人一種印象。江文通《別賦》："春草碧色，春水淥波，送君南浦，傷如之何？"後人寫"別"多用之，可見其動人之深，影響之大。始言"草碧"、"水淥"與"送"、"傷"有何關係？作者並未言，而人對此草、此水，送君南浦，一別定是悲傷。"春草"二句之下，準是"送君南浦，傷如之何"，因此二句引起人送別的悲傷，引起人一種意象，尚不僅是"想"，而是"感"，由感而生出的，是自然的，引起人一種送別的悲傷印象。

中國詩寫景、抒情，皆走此路。

又，《人間世》之"補白"舉楊萬里詩：

> 小寺深門一徑斜，繞身縈面總煙霞。
> 低低簷入低低樹，小小盆盛小小花。
> 經藏中間看佛盡，竹林外面是人家。
> 山僧笑道知儂渴，其實迎賓例淪茶。
>
> （《題水月寺寒秀軒》）

"補白"者謂其非常活潑，蓋指"低低"二句。"補白"者又稱後二句尤好，實則和盤托出的，多麼淺薄，能給我們什麼印象？至如唐人寫廟，曰"古木無人徑，深山何處鐘"（王維《過香積寺》），曰"竹徑通幽處，禪房花木深"（常建《題破山寺後禪院》），給我們的但為印象。

"參"義山"身無彩鳳"二句，越參越鈍，結果"木"而已；若參誠齋"低低"二句，則不但不能成佛，簡直入魔，比"木"還不如。楊此首詩絕不可"參"。

書法有所謂"縮"字訣，曰"無垂不縮"。垂向外，縮向內，一為發表，一為含蓄。"永字八法"每筆是垂，而每筆又是縮。此法用於作詩，不好講，一講便為理智者矣。而作詩不得"縮"字訣者，多劍拔弩張，大嚼無餘味。登上北海白塔，西看西什庫教堂，東看故宮，二者作風截然不同。西洋建築或者好玩，中國建築不好玩，而莊嚴、美，就是因為後者有"縮"的好處。

李、杜二人皆長於"垂"而短於"縮"。前言老杜的詩打破中國詩之傳統，太白詩不但在唐人詩中是別調，在中國傳統詩上亦不為正統。盛唐孟浩然、晚唐李義山，皆走的是"縮"的一條路，引起人一種印象，而非和盤托出。李、杜則發洩過甚。楊誠齋那首七律《題水月寺寒秀軒》則每句皆"垂"而不"縮"。

後人所作多是零碎破爛，零碎中或者有偉大之物，無奈皆太零碎。若問詩人所寫出者乃一篇，何謂殘缺不完整？冬郎（韓偓）一首"菊露凄羅幕，梨霜惻錦裳，此生終獨宿，到死誓相尋"（《別緒》）是完整的；前舉江淹《別賦》四句，雖是兩半截，而實在是整個的；義山《錦瑟》一首也是完整的。誠齋《題水月寺寒秀軒》一首，詩中東西真多，而太零碎，一句中至少有兩個名詞。任何一名詞皆可加形容詞，而其最適合者只有一個。明白這一點，則知近代白話文所用過多之形容詞是太浪費、太零碎，不是完成，而是破壞；而且寫文學作品應少用名詞。然則義山之"滄海月明珠有淚，藍田日暖玉生煙"（《錦瑟》），豈非一句四個名詞？此則吾人不能比，後人皆學不好。學義山當"參""一樹碧無情"句。且義山"滄海"二句只說一珠一玉，而誠齋"繞身縈面總煙霞"句多亂，如請某人吃飯，說"來"即可，何必說"來"、"坐下"、"張嘴"、"吃飯"，等等。真是破壞。

至如老杜"蕩胸生層雲"（《望嶽》），誠齋何能比？方才說老杜不能"縮"，乃比較言之，如此句何嘗不"縮"？此句也是引起人一種印象。謂之寫實可，謂之幻想亦可。若謂山中灝氣一動，則胸中之雲亦生，則為幻想矣。然"蕩胸"何嘗不"蕩頭"、"蕩腳"？但不能說，一說便完了。詩即在引起人的印象而非給予。只是引起印象故只說"蕩胸"，《別賦》亦只說"春草"、"春水"便可。老杜一"蕩"字、一"生"字，活潑潑地出來，誠齋"繞"、"縈"多死。正如說糖是甜的、鹽是鹹的，但又不純是甜或鹹。凡好的糖皆在甜之外另有別味，否則

王時敏《杜甫詩意畫》

人不能滿足。老杜"蕩"、"生"二字在甜、鹹之外，另能引起一種感覺。

　　誠齋"小小盆盛小小花"句更糟，若曰"栽"尚較好，因説"栽"，則花、盆合一；説"盛"，則花、盆分為兩點。誠齋之末兩句只是仗着一點機智。機智可引入發笑，而絕非是詩。機智只有"垂"而無"縮"。

　　説很遠了，就此帶住！

後 記

　　父親自走出校門就步上講台，一生執教整整 40 個春秋。20 世紀三四十年代中的十多年裏，是他登堂、傳道、授業最為輝煌的一個時期，也是他在教壇最負盛名的時期。而在他的身後，一場浩劫，講義講稿、講課手記，片紙隻字，蕩然無存，給幾代學人留下難以言表的悵憾，對於傳統文化也是一個難以彌補的損失。父親的傳法弟子葉嘉瑩 20 世紀 40 年代在北京輔仁大學親聆老師講課六年之久，她雖然久居海外，歷經坎坷，而所記的聽課筆記竟然一直完好無損地珍存在身邊，不僅稱得上是教育史上的奇跡，更是傳統文化的幸事，後輩學人的福氣。

　　對於珍存全部聽課筆記，嘉瑩教授十餘年前為《顧隨全集》所寫的序言裏，有一段深情的述説：

　　　　一般學術著作大多是知識性的、理論性的、純客觀的記敍，而先生的作品則大多是源於知識卻超越於知識以上的一種心靈與智慧和修養的昇華。……我之所以在半生流離輾轉的生活中，一直把我當年聽先生講課時的筆記始終隨身攜帶，唯恐或失的緣故，就因為我深知先生所傳述的精華妙義，是我在其他書本中所絕然無法獲得的一種無價之寶。古人有言"經師易得，人師難求"，先生所予人的乃是心靈的啟迪與人格的提升。

這道出了一位傳法弟子尊敬老師、了解老師、承傳師法的心曲，感人至深。這次我們整理全部筆記，在講《論語》的那一冊筆記裏，讀到了我父親當年在課堂所説的幾句話：

> 一種學問，總要和人之生命、生活發生關係。凡講學的若成為一種口號或一集團，則即變為一種偶像，失去其原有之意義與生命。

這顯示了一位純粹傳法者的真知和苦心。老師與弟子的兩段話，前後相隔半個世紀，跨越了生死離別的時空界限，情致情思相會交融。現將這兩段"名言"置於卷首，以期讀者打開書冊的第一時間，得睹師生二人作為真正學者的學術品格與人生境界。

嘉瑩教授將全部的筆記託付於我，我掂得其中厚重的歷史、人文的分量，也深深體味出她"書生報國"①的拳拳赤子之心，以及薪盡火傳、承傳師教的濃濃情意。我感到自己是接過了一個承載着歷史文化使命的重託，是要我把這份寶貴的學術遺產傳播於新時代，傳遞到當代學人的手中。我既然接受了嘉瑩教授的託付，竭盡駑鈍，也要奮力前行。

時序不居，歲月去如流矢。自 1982 年初摘錄筆記中的片段編訂成近七萬言的"詩話"，到 20 世紀 90 年代據筆記整理出單篇文稿輯結成為十餘萬言的"説詩"，再到如今"實錄"形式的數十萬言的"傳詩錄"已經是 30 個年頭過去了。即今這本新書《中國古典詩詞感發》，也即將交到讀者手中了。

---

① 葉嘉瑩教授有詩句："書生報國成何計，難壯詩騷李杜魂。"

　　毫不誇張地說，這本新書是把嘉瑩教授六十餘年前聽老師講解詩詞所記下的筆記，真實地、片言未漏地保存了下來，呈現在讀者面前的是一本名副其實的講壇實錄，庶可再現一位前輩學者半個多世紀前在講壇上的風神情采、覃思卓識。父親的講課，古今中外、文史哲禪，相容並包，雅正與通俗合揉，嚴肅與幽默並在，常常是詩內詩外，上下前後，談天說地，見人所未見，發人所未發。即在當年，他的課已有"跑野馬"的美譽。遺憾的是在被扭曲了的時代裏，他的"跑野馬"竟無端地被包含了東拉西扯、不着邊際，甚至"言不及義"的貶抑之意。現在，有了這本"實錄式"的"說詩"，可以讓我們真切地認識一下"顧隨式"的"跑野馬"的真面目，看一看這是怎麼一個"跑"法。我們之所以能夠片言不漏地整理出這部"實錄"式的"說詩"，就因為這"野馬"不是毫無羈勒、沒邊際地隨意狂奔。父親在講堂上儘管說得開、說得遠，但你靜下心來細細品讀的時候，就會發現竟是無一言一句的空話和廢話！

　　父親講作家的創作時，似是不曾以"馬"為喻，卻時常用"水"。他常用《莊子》"水之積也不厚，則其負大舟也無力"喻作家之修養與創作的關係。在這本書裏我們還可以讀到，他以江河來喻創作。他說，不要說已經乾涸了的所謂枯河，即使水流不充沛，也無行船、灌溉之利；但若水流過大、過猛，泛濫而無歸，則不僅不能行船、灌溉，還會沖決河岸，釀成大患。其深意即在於創作必須要有生命的力量、生活的色彩，才有其價值；而又萬萬不可脫離規範與必要的"約束"。其實，教師的講課與作家的創作正有相同、相通之處。嘉瑩教

授的聽課筆記把我"領"進了父親當年的課堂，我想借父親對創作的
譬喻說一說我"坐"在那講堂上"聽"父親講課的感受：那正是一條
條浩浩蕩蕩、蘊積深厚、繫大舟有力的長河滾滾東逝，行船、灌溉而
絕不沖堤決岸、泛濫無歸。隨着大河順流而下，你會看到有時是"驚
濤拍岸"的宏奇壯麗，有時又是"山川自相映發"的華茂秀雅；有時
是"日暮江河急"的迫促恣肆，有時又是"綠水去何長"的自在悠閒；
有時是"飛流直下"的暢快，有時又是"水落塞沙"的悲涼……一卷
在手，讀者自會領略到迥異他者的"顧隨式"的"跑野馬"。可惜的
是，當他 20 世紀 50 年代再度出山時，"顧隨式"的"跑野馬"已是
很少展露了！

　　說得遠了，回到筆記整理這個話題。

　　去歲初春，嘉瑩教授撰寫了《經歷了生死離別的師生情誼》②
懷念自己的老師，文末有一段對我這些年來整理父親遺稿給了太
高的誇獎。捧讀之下，我內心湧動着深深的不安——我只是做了
一些應該做的事。我清楚，若是他人在我的位置上，也會這樣
做——恰逢寬和開放的學術環境，有嘉瑩教授的開路和引領，有
新老學人的扶植和幫助，有眾多讀者的呼喚和期盼，有編輯出版
界的支持與努力。如果我一無所做，就將是一個有負於歷史的罪
人，也辜負了嘉瑩教授的深情用意。父親生前，我雖在大學中文系
一讀四年，卻從未認真承受過庭之訓，整理他的遺稿，是我彌補
自己顢頇與無知的絕好機會；否則，我亦無顏面對疼我愛我的老
父之亡靈。我在做着我應該做、必須做、可能做，更是高興做的

---

② 　是文已作為《顧隨研究》一書的"代序"。(《顧隨研究》，天津：南開大學出版社，2011。)

事。嘉瑩教授的誇獎我真是承受不起，我只有以之為繼續前行的動力。

30年來，嘉瑩教授始終關切着、指導着筆記的整理工作。2010年初，我與女棣獻紅同去南開大學拜謁嘉瑩教授，向她彙報了工作的進展，珍重地將全部筆記原件奉還給她。那時，我們從她的言談表情上，讀出了她心底的欣快與寬慰。

自整理筆記之初，嘉瑩教授就對我說，書籍出版之後，版權、版稅全部交由我處理，這是她回報師恩的一點情意。我理解嘉瑩教授的深情，恭敬不如從命。我依意而行，將儘管不多的收益除支付必要的資料費用外全部用於購買所出版的書籍，以期取得更為廣泛的傳播中華文化的效用。我想，唯有如此，方不辜負嘉瑩教授承傳師教的苦心與深意。這一冊《中國古典詩詞感發》及以後相關"傳詩"諸作出版後，我們依舊會依嘉瑩教授之意而行。

最後，我要略談幾句這本書成書的緣起與過程。將嘉瑩教授的全部聽課筆記都原原本本地以"實錄"的形式加以整理，這個想法我在20世紀90年代後期就已經產生了。這是因為"詩話"與"說詩"問世之後，得到了社會上廣泛而深切的關注，讀者呼喚這種新鮮的極具人生色彩與生命力量的講錄能更多一些；而嘉瑩教授的聽課筆記又確實有更多內容沒有完全整理出來。2005年，嘉瑩教授將我過去已交還她的筆記再次從加拿大寓所全部攜帶回國交付給我時，這個想法有了實現的可能。但可能之變為現實——在半尺多厚的一疊聽課筆記與數十萬字的"實錄"文稿之間，有着很長的距離，其中的工作量是我原本估計不足的。查檢資料、校補引文、梳理內容、整合篇章、添加註釋、總體編排，還要與舊日整理之“說詩”融會為一，再補正當年整理之疏誤，這既要專業的功底，又要清晰的頭腦。心有嘉瑩教授的榜樣在前，我不敢以年齡、體力為由而心存懈怠，然不免時有力不從心之感。如若沒有女棣獻紅的合作，整個工作不可能進行得如此順利；僅我一人之力，書稿之竣事真不知要延宕到何時。獻紅承擔了大量的、關鍵的工作。

　　父親早年畢業於北京大學，自 1929 年後的十餘年，執教於燕園 ③，入北大讀書與進燕園執教，是他人生道路上兩個至為重要的關樞，他是“北大人”！這一冊“實錄”式的著作首先由北京大學出版社出版，只有深深的緣分在！

　　父親若泉下有知，也會感到欣慰！

顧之京

2011 年 11 月 22 日

---

③　燕園：先為燕京大學的所在地，後北京大學遷入至今。

商務印書館 讀者回饋咭

　　請詳細填寫下列各項資料，傳真至2565 1113，以便寄上本館門市優惠券，憑券前往商務印書館本港各大門市購書，可獲折扣優惠。

所購本館出版之書籍：＿＿＿＿＿＿＿＿＿＿＿＿＿＿＿＿＿＿＿＿＿＿

購書地點：＿＿＿＿＿＿＿＿＿＿＿＿　姓名：＿＿＿＿＿＿＿＿＿＿＿

通訊地址：＿＿＿＿＿＿＿＿＿＿＿＿＿＿＿＿＿＿＿＿＿＿＿＿＿＿＿

電話：＿＿＿＿＿＿＿＿＿＿＿＿＿＿　傳真：＿＿＿＿＿＿＿＿＿＿＿

電郵：＿＿＿＿＿＿＿＿＿＿＿＿＿＿＿＿＿＿＿＿＿＿＿＿＿＿＿＿＿

您是否想透過電郵或傳真收到商務新書資訊？　1□是　2□否

性別：1□男　2□女

出生年份：＿＿＿＿＿年

學歷：1□小學或以下　2□中學　3□預科　4□大專　5□研究院

每月家庭總收入：1□HK$6,000以下　2□HK$6,000-9,999
　　　　　　　　3□HK$10,000-14,999　4□HK$15,000-24,999
　　　　　　　　5□HK$25,000-34,999　6□HK$35,000或以上

子女人數（只適用於有子女人士）　1□1-2個　2□3-4個　3□5個以上

子女年齡（可多於一個選擇）　1□12歲以下　2□12-17歲　3□18歲以上

職業：1□僱主　2□經理級　3□專業人士　4□白領　5□藍領　6□教師　7□學生
　　　8□主婦　9□其他

最多前往的書店：＿＿＿＿＿＿＿＿＿＿＿＿＿＿＿＿＿＿＿＿＿＿＿＿

每月往書店次數：1□1次或以下　2□2-4次　3□5-7次　4□8次或以上

每月購書量：1□1本或以下　2□2-4本　3□5-7本　2□8本或以上

每月購書消費：1□HK$50以下　2□HK$50-199　3□HK$200-499　4□HK$500-999
　　　　　　　5□HK$1,000或以上

您從哪裏得知本書：1□書店　2□報章或雜誌廣告　3□電台　4□電視　5□書評/書介
　　　　　　　　　6□親友介紹　7□商務文化網站　8□其他(請註明：＿＿＿＿＿＿＿＿)

您對本書內容的意見：＿＿＿＿＿＿＿＿＿＿＿＿＿＿＿＿＿＿＿＿＿＿
＿＿＿＿＿＿＿＿＿＿＿＿＿＿＿＿＿＿＿＿＿＿＿＿＿＿＿＿＿＿＿＿

您有否進行過網上購書？　1□有　2□否

您有否瀏覽過商務出版網(網址：http://www.commercialpress.com.hk)？1□有　2□否

您希望本公司能加強出版的書籍：1□辭書　2□外語書籍　3□文學/語言　4□歷史文化
　　　　5□自然科學　6□社會科學　7□醫學衛生　8□財經書籍　9□管理書籍
　　　　10□兒童書籍　11□流行書　12□其他(請註明：＿＿＿＿＿＿＿＿＿＿＿)

根據個人資料「私隱」條例，讀者有權查閱及更改其個人資料。讀者如須查閱或更改其個人資料，請來函本館，信封上請註明「讀者回饋咭-更改個人資料」

請貼
郵票

香港筲箕灣
耀興道 3 號
東滙廣場 8 樓
商務印書館（香港）有限公司
顧客服務部收